U0134429

給孩子的古文

給孩子系列
北島　主編

給孩子的古文

商偉　選編

香港中文大學出版社

■ 給孩子系列　北島主編

《給孩子的古文》
　商偉 選編

© 香港中文大學 2021

本書中文繁體版由傳世活字（北京）文化有限公司授權出版。
本書版權為香港中文大學所有。除獲香港中文大學
書面允許外，不得在任何地區，以任何方式、任何
文字翻印、仿製或轉載本書文字或圖表。

國際統一書號 (ISBN)：978-988-237-176-7

出版：香港中文大學出版社
　　　香港 新界 沙田 · 香港中文大學
　　　傳真：+852 2603 7355
　　　電郵：cup@cuhk.edu.hk
　　　網址：cup.cuhk.edu.hk

■ FOR YOUNG READERS SERIES　EDITED BY BEI DAO

Classical Chinese Proses Selected for Young Readers
(in Chinese)
　Edited by Shang Wei

© The Chinese University of Hong Kong 2021
All Rights Reserved.

ISBN: 978-988-237-176-7

This traditional Chinese edition is authorized by Moveable Type Legacy
(Beijing) Co. Ltd.

Published by The Chinese University of Hong Kong Press
　　　The Chinese University of Hong Kong
　　　Sha Tin, N.T., Hong Kong
　　　Fax: +852 2603 7355
　　　Email: cup@cuhk.edu.hk
　　　Website: cup.cuhk.edu.hk

Printed in Hong Kong

目　錄

序

　　活字文化約我編一本《給孩子的古文》，我欣然接受了。這不是一件輕鬆的事情，做得好就更難，但我還是一口答應了下來。

　　我們常說，中國自古以來就是一個詩歌大國。這固然不錯，可是別忘了，中國也歷來是一個散文大國。

　　我們這裏所說的古文，是一個寬泛的概念，指二十世紀之前眾多的散文體裁，包括半詩化的駢文。從歷史上來看，散文與詩詞相輔相成，共同創造了中國古典文學的輝煌成就。而詩詞使用的文字又正是從古人的文言文中提煉出來的，不懂古文，對詩詞也只能是一知半解。就語文學習來說，古文是起點，捨此別無他途。

　　同古典詩歌相比，古文覆蓋的內容更廣泛，小至身邊瑣事、日常交往，大到歷史興衰、天下存亡，沒有它不涉及的話題，也沒有它處理不了的題材。從古文作品中，我們可以讀到美德與修養、友誼和情義，也可以讀到對自然的觀賞、藝術與審美的趣味，以及生活的經驗和歷史的智慧。一部好的古文選，就是一部中華傳統文化的讀本。讀一本好的古文選本，也就是經歷一次古典文化的精神洗禮。

落實到《給孩子的古文》，首先有一個選目問題：選取哪些作品，標準是什麼？首先，我們收入了一些經典性的古文。這些作品不僅經歷過時間的考驗，也往往成為衡量其他同類文章的標準典範。由此入手，可以舉一反三，觸類旁通，事半功倍。

其次，我希望在這個選本中展現古文活潑的生命力，及其多樣性和豐富性。為此我也選入了一些不大常見的作品，包括個別節選的篇目，如金聖歎的〈快事〉，就是從他的〈讀第六才子書《西廂記》法〉中節選出來的。作者無意於獨立成篇，題目也是由編者擬訂的，但又自成段落，而且活潑靈動，興味盎然。我們今天讀這樣的古文，不僅不覺得困難，甚至沒有絲毫的過時感和違和感。千百年之下，它們仍然能喚起心靈的共鳴，給予智性的啟迪。這正是我希望這本書帶給我們讀者的感受。

古文的多姿多彩體現在主題、風格和文體等方面。在選擇篇目時，我尤其希望讀者能對古文的重要文體獲得一個大致瞭解。因此，收入的文章包括從經部、史部和子部書籍中節選的片段，也包括了書信、記、傳、志、賦、序、論、說、祭文、遊記、畫論、題跋、墓誌銘，乃至儒家經典和戲曲小說的評註等等。掌握這些文體的基本特徵，正是進入古文世界的一條重要門徑。

在編排的體例上，全書大致按時代排序，但同時兼顧難易長短的先後順序，通常是先短後長，先易後難。尤

其是剛開始的部分，有意節選了一些篇幅短小的寓言、笑話。這樣讀起來，可以由淺入深，循序漸進。

我對每一篇古文都做了導讀和註釋。註釋以句子的串講為主，對難懂的字詞也提供拼音和釋義，讀者無需查閱字典，便可以得其大意。導讀部分是這本書的重點，但願能做得有一些特色。

我在導讀部分不求面面俱到，也沒有遵循一個固定的格式，而是每一篇各有側重，就文章的某些精彩之處，做啓發性的提示和發揮。我希望這些導讀既能展現古文寫作的千姿百態，也可以啓示閱讀古文的不同方式。

瞭解一篇古文的特色，最好的辦法是參照比較。因此，我在選擇篇目和撰寫導讀時，做了一個新的嘗試，那就是在所選的篇章之間，去做一些前後串聯或相互對照。這樣一來，這些作品就不再是互不相關、孤零零的單篇文章了，而是彼此之間產生了許多關聯。這些關聯多種多樣，有的涉及主題和題材，有的涉及篇章結構、修辭風格、文體屬性和其他特徵。例如，我選了不少與水有關的文章，從《老子》的〈上善若水〉、孔子的〈子在川上曰〉，到《莊子》的〈秋水〉，一直到吳均的〈與宋元思書〉、柳宗元的〈小石潭記〉、蘇軾的〈答謝民師書〉、袁中道的〈西山十記〉、劉侗、于奕正的〈水盡頭〉等等。這些文字或寫水景，或以水為譬喻，談詩論文，或從中引申關於宇宙人生的哲理，但都來自對自然現象的直觀感受。吳均寫富春

江，「水皆縹碧，千丈見底。游魚細石，直視無礙」。柳宗元寫小石潭，「全石以為底」，水中之魚彷彿是在透明的空氣中游動：「潭中魚可百許頭，皆若空游無所依」。於是有了接下來這一段晶瑩剔透的文字：

> 日光下澈，影布石上。佁然不動，俶爾遠逝。往來翕忽，似與遊者相樂。

後來明代的袁中道這樣描寫北京西直門外的溪流：「流水澄澈，洞見沙石」，又見「小魚尾游，翕忽跳達」。他用「翕忽跳達」來描寫游魚的敏捷活潑，直接呼應了柳宗元的〈小石潭記〉，我在導讀和註釋中都做了說明。可以說，水在這本書的字裏行間流動閃爍，時隱時現，形成了一個前後貫連的系列。從這些篇章和片段中，我們讀到了靈動鮮活的文字，也讀到了鳶飛魚躍的機趣和心靈狀態。其中蘊含了令人耳目一新的感受，還有那些啓迪心智的快樂。單獨來讀，這些片段和單篇的文字不過靈光乍現，稍縱即逝，但連起來看，就可以相映生輝，最終匯成一道綿延不絕、流光溢彩的河流。

我的初衷正是通過前後勾連參照，來達到融會貫通的效果，而全書讀起來，也有了內部的連續性和整體感。無論是依照順序通讀還是挑著讀，讀者都能夠從導讀中發現一些綫索，把讀到的文章串連起來；讀過了前面的文

章，也可以幫助理解後面的文章，並引出一些相關的話題來討論。在我看來，編選本應該做乘法，而不是做加法：由於彼此呼應和反覆比照，這些文章形成了多層次的交織，彰顯了它們之間的關聯與異同，因此從各個方面對讀者產生啟發。加法做起來簡單容易，但乘法的效果是加倍的，是二乘三等於六，而不是二加三等於五。與古文直接相關的是書文化，因為「書」正是古文的載體和媒介，從早期的銘文和竹簡，到後來的抄本和印本，形成了悠久的文化傳統。在今天這個多媒體的電子讀本時代，許多與此相關的知識和經驗都逐漸消失了，如何保存關於書的歷史記憶就變得更為迫切、更為重要了。在《給孩子的古文》中，我們特意配上了一些書影，相信讀者能夠對古代的書籍獲得一個親切的感受：古人閱讀的書籍是什麼樣子的？版式如何？重要的是，古人讀書，不只讀作品本身，還連同註釋和評點一塊兒讀。那麼，註釋和評點是怎麼教我們讀書的呢？它們採用了什麼格式，又出現在每一頁的哪些位置上？此外，我們在《給孩子的古文》中也讀到了書畫的題跋，它們本身就是書畫作品的一部分。從本書提供的古籍書畫的圖例中，我們多少可以窺見，古人是如何閱讀的。

這個選本的標題是《給孩子的古文》，但又不只是為孩子們編的，大人也可以讀，或者說更應該讀。尤其歡

迎家長和孩子一起讀，每天或每週花上一點時間，分享閱讀的喜悅和交談的快樂。就父母來說，還有什麼比這更值得珍貴的經驗呢？而孩子養成終生讀書的習慣，也正是這樣開始的。請相信我好了，在燈下與父母一起讀書交談，會是他們一生中最溫馨的記憶。

古文需要反覆閱讀，不可能一遍就讀懂了，更做不到完全領會。對於我們每一個人來說，提高文學閱讀的能力和修養，都是一輩子的事情，不可能立竿見影，當即生效。然而，千里之行，始於足下。我的願望是編撰一冊古文讀本，讓它陪伴著年輕的朋友們成長。

但願孩子們長大了還記得這些讀過的古文，還想回過頭來重讀，就好像回到自己熟悉的家園。我們每個人都應該有這樣一個文化的家園，它是富饒的人生寶藏。不論我們走到哪裏，身在何處，都可以經常回顧，不僅看到自己成長的足跡，也從中獲得精神的安頓，並汲取智慧和力量。這些精彩的古文作品，寓意十分豐富，因此能夠百讀不厭、常讀常新，陪伴我們一生。我相信，每一次閱讀，都會讓我們感到賓至如歸，同時也帶給我們發現的驚喜和意外的收穫。就讓我們一起來加入古文之旅，共享閱讀的樂趣吧！

2018 年 7 月 29 日初稿，
2019 年 11 月 29 日修訂。

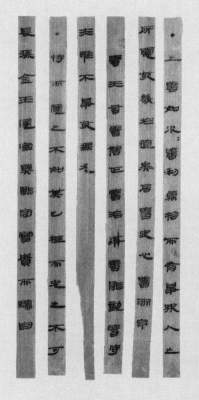

此處選擇的幾幅圖片，與本書
的內容相關，也有助了解古人
抄寫、刻印文字的不同方式，
以及書籍形態的歷史演變。

———————

〈上善若水〉
西漢竹簡《老子》
（北京大學藏）

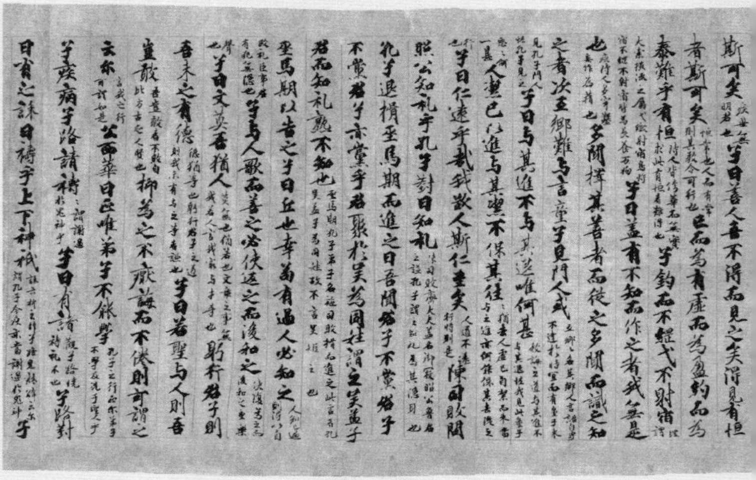

敦煌寫本《論語》
（法國國家圖書館藏）

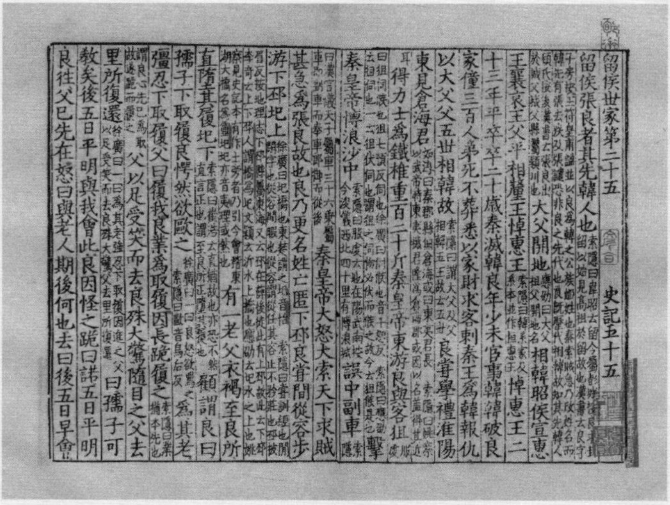

司馬遷〈留侯世家〉，宋乾道七年蔡夢弼東塾刻本《史記》
（中國國家圖書館藏）

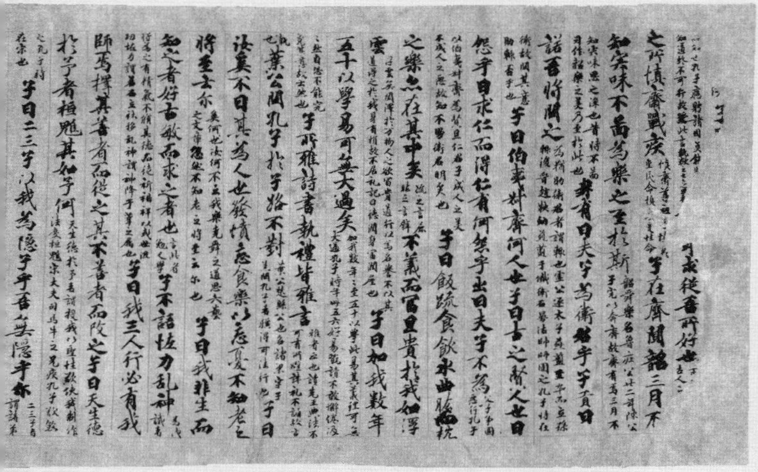

之所慎齋戰疾 子在齊聞韶三月不知肉味曰不圖爲樂之至於斯也 冉有曰夫子爲衛君乎子貢曰諾吾將問之 入曰伯夷叔齊何人也曰古之賢人也曰怨乎曰求仁而得仁又何怨乎出曰夫子不爲也 子曰飯疏食飲水曲肱而枕之樂亦在其中矣不義而富且貴於我如浮雲 子曰加我數年五十以學易可無大過矣 子所雅言詩書執禮皆雅言也 葉公問孔子於子路子路不對子曰汝奚不曰其爲人也發憤忘食樂以忘憂不知老之將至云爾 子曰我非生而知之者好古敏而求之者也 子不語怪力亂神 子曰我三人行必有我師焉擇其善者而從之其不善者而改之 子曰天生德於予桓魋其如予何 子曰二三子以我爲隱乎吾無隱乎爾

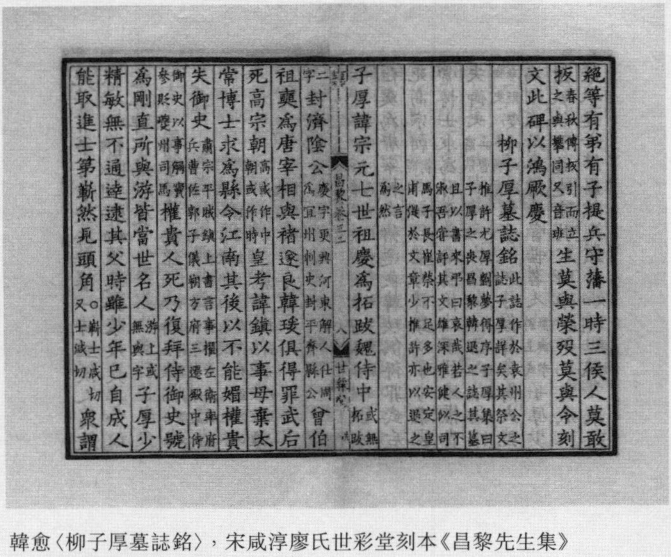

絕等有弟有子提兵守藩一時三侯人莫敢扳生莫與榮歿莫與令刻文此碑以鴻厥慶

柳子厚墓誌銘

子厚諱宗元七世祖慶爲拓跋魏侍中封濟陰公曾伯祖奭爲唐宰相與褚遂良韓瑗俱得罪武后死高宗朝皇考諱鎮以事母棄太常博士求爲縣令江南其後以不能媚權貴失御史權貴人死乃復拜侍御史號爲剛直所與游皆當世名人子厚少精敏無不通達逮其父時雖少年已自成人能取進士第嶄然見頭角衆謂

韓愈〈柳子厚墓誌銘〉，宋咸淳廖氏世彩堂刻本《昌黎先生集》
（中國國家圖書館藏）

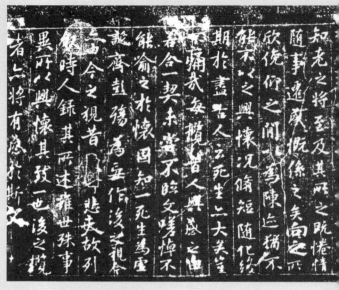

王羲之〈蘭亭集序〉定武本拓本

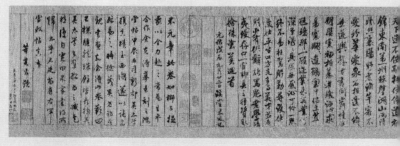

米芾《蜀素帖》（局部）並董其昌跋
（台北故宮博物院藏）

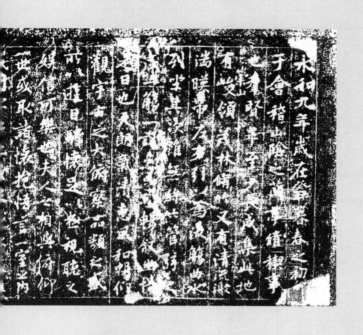

永和九年歲在癸丑暮春之初
會於會稽山陰之蘭亭脩禊事
也羣賢畢至少長咸集此地
有崇山峻嶺茂林脩竹又有
清流激湍映帶左右引以為流
觴曲水列坐其次雖無絲竹管
弦之盛一觴一詠亦足以暢敘
幽情是日也天朗氣清惠風和暢仰
觀宇宙之大俯察品類之盛
所以遊目騁懷足以極視聽之
娛信可樂也夫人之相與俯仰
一世或取諸懷抱悟言一室之內

八境臺
集賢林亞人

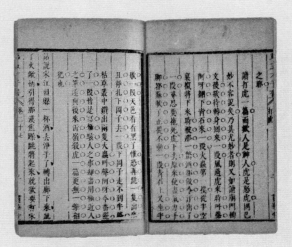

金聖歎《〈景陽岡武松打虎〉評點》，
明崇禎貫華堂刻本《第五才子書施耐庵水滸傳》
（日本早稻田大學圖書館藏）

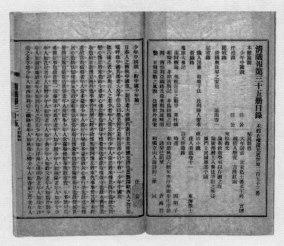

梁啓超〈少年中國說〉，
《清議報》第35冊（1900年2月10日）
（中國國家圖書館藏）

《老子》

上善若水

本篇選自《老子》第八章。

《老子》一書相傳為老子所作。老子，楚國人，姓李，名耳，字聃（dān）。楚國苦縣（今河南鹿邑）人，另一說安徽渦陽人。與孔子同時，而年歲稍長。

《老子》總結了老子的哲學思考，是關於「自然」之「道」的智慧之書，不過，《老子》所說的「自然」指的是「自然而然」和「順其自然」，不同於我們今天常說的「大自然」或「自然界」。《老子》也是一部精湛的文學作品。從形式上看，它通篇押韻，而且穿插了不少排比句和對仗句。它的文學品格也體現在其他方面，例如老子對自然現象和人類生活經常會有一些精妙的觀察，在行文中透露出通過直覺而領悟的智慧。此外，老子還長於使用比喻來表述哲理，往往寥寥數語，卻寓意無窮，耐人尋味。

說到水，真是再平常不過了，誰沒見過水呢？老子喜歡寫水，常常用它來象徵值得讚美的品格，包括智慧和力量。水看上去柔弱無形，甚至有些逆來順

受。可在老子的眼裏，卻沒有什麼比它更強大了。這倒不是因為洪水滔天的時候，來勢洶洶，而是因為滴水可以穿石，能以柔克剛，以弱勝強。

俗話説：人朝高處走，水往低處流。但老子認為，水甘居卑下之位，與物無爭，卻潤澤萬物，惠及天下。因此，姿態謙卑，格局宏大。這正是令人景仰的境界。

老子教導我們效法水的「不爭」，並非教人消極退卻，無所作為；而是要我們學會沉潛包容，謙遜為懷；同時做到動靜得時，因勢利導，最終以無為之心，行有為之事。這是哲人的省察，是值得深思的智者之言。

本書節選的部分古文章節原無標題。為了方便閱讀，取其首句或首句的頭幾個字為題，如此處的〈上善若水〉；有的根據內容重新擬題，如選自《史記·廉頗藺相如列傳》的〈趙括談兵〉。謹此說明，此後不再一一解釋。

上善若水①。水善利萬物而不爭，處眾人之所惡②，故幾於道③。

居善地，心善淵，與善仁，言善信，政善治，事善能，動善時④。

夫唯不爭，故無尤⑤。

① 〔上善〕句：至善之人的品德如水一般。 上善：至高無上的品德，也可以理解為上善之人、聖人。

② 〔水善利萬物而不爭〕二句：水善於滋潤萬物而不與萬物相爭，它處於人們不願意去的卑下之地。 善：善於、長於。 利：有利於。 惡（wù）：厭惡。

③ 故：因此。 幾：接近。水最接近老子推崇的「道」，也就是「自然」的最高境界。

④ 〔居善地〕數句：這裏列舉了水的七個美德，也就是聖人所具有的品格。居處要像水那樣甘居下位，心境要像水那樣沉靜淵默，待人要像水那樣友愛仁善，潤澤萬物，言說要像水那樣來去有時，遵守信用，為政要像水那樣保持平衡安定，做事要像水那樣發揮能量，行動要像水那樣把握時機。

⑤ 〔夫唯〕二句：正因為水有不爭的美德，所以也就不會受到指責了。 夫：句首的語氣詞。 尤：怨咎、過失。

《論語》

吾十有五而志於學

本篇選自《論語・為政》。

《論語》記載孔子（約公元前551–前479）及其弟子的言行，由孔門弟子及再傳弟子纂錄而成，其中有很多格言警句，在後世廣為流傳。孔子，名丘，字仲尼，春秋末期魯國人，中國古代著名的思想家、教育家、儒家的創始人。《論語》對孔子的言談舉止、生活場景的記載，展現了一位文化巨人的親切形象。通過隻言片語，孔子的弟子也往往躍然紙上，給讀者留下了難忘的印象。

在這一節中，孔子自述學習和修養的經歷。他把自己的一生描寫成一個永無止境的自我完善的旅程：他從十五歲開始致力於學，直到七十歲才達到了「從心所欲不踰矩」的理想狀態。而隨著年齡的增長，人生的每一個階段都打上了各自的印記。

孔子相信人具有通過學習而自我改進的內在動力和無限潛力。因此，自我修養與外在的功利無關，也沒有來世的補償。它是儒家君子的終生追求，是每日必修的功課，容不得絲毫的渙散或懈怠。

子曰：「吾十有五而志於學①，三十而立②，四十而不惑，五十而知天命③，六十而耳順④，七十而從心所欲，不踰矩⑤。」

① 十有（yòu）五：即十五歲。志於學：有志於學。
② 三十而立：到了三十歲，就學有所成了。
③ 天命：指非人力所能支配的事。
④ 耳順：指聽別人說話，能知曉其意，判明是非，也可指能聽得進不同的意見。
⑤〔七十〕二句：到了七十歲，就能按照自己的心意去做事，但又不越出規矩。 踰（yú）：同「逾」，越過、超過。 矩：規矩、法度。

《論語》

子在川上曰

本篇選自《論語・子罕》。

　　兩千五百多年前，孔子站在河邊發出了這樣的感慨：「逝者如斯夫，不舍晝夜。」大意是説，時間就像這江水一樣流逝啊，晝夜不息。幾乎與孔子同時，古希臘哲學家赫拉克利特（約公元前540–470）也説過類似的一句話：「人不能兩次踏入同一條河流。」河流與時間一樣，一去不返，不可逆轉。因此，即便是同一條河流，也無時無刻不處在變化當中。但孔子在感嘆萬物隨時間逝去時，強調了「不舍晝夜」的永恒性。在他眼裏，天地之間唯一不變的，似乎正是那江河般日夜不息的奔湧流逝。

　　儒家的人生哲學重行動、重實踐，而由人及物，又形成了天道運行不息、宇宙以動為本的世界觀，於是有「天行健，君子以自強不息」的説法。這樣看來，孔子的感慨或許有惜時進取之意。還記得嗎？他曾經這樣説過：「知者樂水，仁者樂山；知者動，仁者靜；知者樂，仁者壽。」「知者」即「智者」，而「逝者如斯夫」也因此成為智者的啓悟。

不過，這智者的啓悟又蘊含著詩人的感受和嘆息，是宇宙意識的一個詩化的表達。時間原本是抽象的，既看不見，也摸不著。但孔子用奔流不息的河水來做比喻，就把它給具象化了，並且造成了視覺上的鮮明印象。再看「不舍晝夜」的「不舍」，意思是不停止、不止息。使用這樣一個動詞，也就意味著將宇宙運行的力量人格化了，彷彿江水晝夜不息的奔流，是出於它自身的意願和選擇。的確，「不舍」是相對於「舍」而言的，是對靜止狀態的否定；「晝」與「夜」也是相互對立的，形成了明與暗的反襯和對比。而無論是將抽象的概念具體化或人格化，還是有意造成動靜、黑白的映襯對照，都可以說是詩的做法。孔子的感嘆因此成就了一首詩——從形式上看是散文，骨子裏卻是詩。

　　每當我們撫今追昔，感嘆歲月流逝，光陰不再，都自然會想起孔子的這句話。從此後的古典詩文中，我們也經常聽到它綿延不絕的迴響。

子在川上曰^①：「逝者如斯夫，不舍晝夜^②。」

① 川上：河邊。 川：河流的統稱。

② 逝者：指時間，也泛指隨時間消逝的所有事物。 如斯：如同流水；
斯：這，指上一句的「川」。 夫：句尾助詞，表示感嘆。 舍：停
止、捨棄、止息。

《列子》

杞人憂天

這則寓言選自《列子》中的〈天瑞〉篇。

《列子》又名《沖虛真經》，由列子的門人弟子編撰成書。列子，也叫列禦寇，生活在戰國時期的鄭國，生平記載很少，是道家學派的傑出代表人物。《列子》一書在流傳過程中，幾經編訂，現在流傳的版本是晉代張湛校訂註釋的，雜糅了一些後來的觀念。也有不少學者懷疑《列子》為晉代的偽作，出自張湛之手。但即便是偽書（或其中的一些部分出自後人的假托），也不足以抹殺這本書的價值。《列子》是一本智慧之書，收入了不少短小精悍的寓言故事，讀起來俏皮風趣，而又寓意深長。其中蘊含的道理，往往能超越時代的局限，與我們今天的經驗產生共鳴。

本則寓言即成語「杞人憂天」的出處，其中的那位杞國人整天憂心忡忡：如果天崩地陷，日月星辰自天墜落，那該怎麼辦呢？他為此焦慮得吃不下飯、睡不著覺。有一位熱心人，為杞人答疑解憂：自然界有它自身的秩序，萬物各安其位，為那些不著邊際的念頭而寢食不安，不過是自尋煩惱罷了。

這一段對話是從《列子》中節選出來的，接下來還有別人加入，連列子也有話要說。關於這個話題，誰對誰錯，一時還難下斷言。要知道他們說了些什麼，可以找《列子》來讀讀看。他們對生命、宇宙和其他的自然現象都有一些精彩獨到的洞見與思考。

杞國有人憂天地崩墜，身亡所寄，廢寢食者[1]；又有憂彼之所憂者，因往曉之[2]，曰：「天，積氣耳，亡處亡氣[3]。若屈伸呼吸，終日在天中行止，奈何憂崩墜乎？[4]」其人曰：「天果積氣[5]。日月星宿，不當墜耶？」曉之者曰：「日月星宿，亦積氣中之有光耀者[6]；只使墜，亦不能有所中

[1]〔杞國〕三句：杞國有人擔心天墜地陷，沒有存身之處，因此吃不下飯，也睡不著覺。 崩墜：崩陷墜落。 亡：同「無」。 寢：睡覺。

[2]〔又有〕二句：又有人因為這個杞國人終日憂心忡忡而替他擔心，因此前去開導他。 曉：曉喻、開導。

[3]〔天〕三句：天不過是由氣積聚而成的，無一處無氣。 耳：罷了、而已。

[4]〔若屈伸〕三句：你活動呼吸，整天都在空氣中行走和停留，為什麼要擔心天墜地陷呢？ 若：你。 天：指地面以上的空間。 奈何：為什麼？

[5] 果：果真。

[6]〔積氣〕句：日月星辰也不過就是空氣中有光耀的物體。

傷⑦。」其人曰：「奈地壞何⑧？」曉者曰：「地，積塊耳，充塞四虛，亡處亡塊⑨。若躇步跐蹈，終日在地上行止⑩，奈何憂其壞？」其人舍然大喜，曉之者亦舍然大喜⑪。

⑦〔只使〕二句：即使墜落，也不會傷人的。 只使：即使。 中傷：擊中傷害。

⑧〔奈地壞何〕句：地要是崩陷了該怎麼辦呢？ 「奈……何」：即「對……該怎麼辦呢」。

⑨〔地積塊耳〕三句：大地不過是積聚的土塊，充塞四方，無一處無土塊。 四虛：四方。

⑩〔若躇步〕二句：你走路步行，整天都在地上活動。 躇(chú)步跐(cǐ)蹈：踩踏。

⑪ 其人：那個人。 舍然：釋然、放心的樣子。

《列子》

海上之人有好漚鳥者

本文選自《列子》的〈黃帝〉篇。

　　這一則寓言中的主人公，生長在海邊，與海鷗快樂嬉戲，不分你我。可是有一天他動了機心，因為父親要他捉幾隻海鷗帶回家來。這只是一念之差，外表上不易覺察，卻破壞了他與海鷗之間無心可猜的默契和信任。第二天海鷗見到他時，憑著直覺，就產生了戒心，再也不肯跟他親近了。

　　這個故事的結局令人遺憾，背後的教訓更值得記取：只有懷著一顆天真的心去接近海鷗，海鷗才會跟你做朋友。與海鷗交往是如此，待人處世就更是如此了。

海上之人有好漚鳥者，每旦之海上，從漚鳥游，漚鳥之至者百住而不止①。其父曰：「吾聞漚鳥皆從汝游，汝取來，吾玩之②。」明日之海上，漚鳥舞而不下也③。

---

① 〔海上之人〕四句：海邊有一個人喜歡海鷗，每天早上去海邊與海鷗嬉戲，來和他玩耍的海鷗數以百計而不止。 好（hào）：喜歡、喜好。 漚（ōu）：通「鷗」。 之海上：去海邊。 住：當作「數」。 百住：數以百計，這裏形容多。

② 〔吾聞〕三句：我聽說海鷗都和你一起遊樂，你抓幾隻來供我玩耍。 汝：你。

③ 〔明日〕二句：第二天到海邊，海鷗在空中盤旋卻不飛下來了。

《列子》

燕人生於燕

本文選自《列子》的〈周穆王〉篇。

　　燕人思鄉心切，但在回鄉途中，卻因為輕信了別人，而誤將晉國當成了燕國故里。這一番誤會真是大煞風景，不但預支了他的鄉情，也敗壞了他的心緒。等他到了燕國，面對故鄉的遺跡和祖先的墓地，反而不再感到傷心了。

　　扯謊騙人當然不對，但受騙上當的人也應該好好反省。列子的這一則寓言究竟告訴了我們什麼呢？

燕人生於燕，長於楚，及老而還本國。過晉國，同行者誆之^①；指城曰^②：「此燕國之城。」其人愀然變容^③。指社曰：「此若里之社。」乃喟然而嘆^④。指舍曰：「此若先人之廬。」乃涓然而泣^⑤。指壠曰：「此若先人之冢^⑥。」其人哭不自禁。同行者啞然大笑，曰：「予昔給若，此晉國耳^⑦。」其人大慚。及至燕，真見燕國之城社，真見先人之廬冢，悲心更微^⑧。

---

① 〔過晉國〕二句：途經晉國時，同行的人欺騙了他。 誆（kuáng）：欺騙。 燕國、晉國，均為周代的諸侯國。

② 城：城牆。

③ 愀（qiǎo）然變容：悲傷地變了臉色。

④ 〔指社曰〕三句：同行的人指著土地廟說：「這是你鄉里的土地廟。」 社：祭祀土地神的地方。 乃：於是。 喟（kuì）然：嘆氣的樣子。

⑤ 〔指舍曰〕三句：同行的人指著人家的屋舍說：「這是你祖輩的房屋。」 此人傷心地流下了眼淚。 舍：屋舍。 涓然：流淚的樣子。

⑥ 壠：土丘，此處指墳墓。 冢（zhǒng）：墳墓。

⑦ 〔同行者〕三句：同行的人啞然大笑，說：「我剛才都是騙你的，這裏只是晉國而已。」 啞然：情不自禁地笑出聲來。 給（dài）：欺騙。

⑧ 及：等到。 更：反而，與預期相反。

《列子》

倡者

這個故事選自《列子》的〈湯問〉篇。

在我們前面讀到的古文中，主人公要麼是人物，要麼是動物，尤其是寓言裏的動物，但這一篇卻是例外，描寫了一位為周穆王表演的歌舞藝人：他看上去既有個人意願，也能自由行動，可以與人互動交流；他智商發達，情商好像也不差，除了能歌善舞，還跟服侍天子的姬妾眉來眼去，結果惹得龍顏大怒。幸虧他不是真人，否則早沒命了。鬧了半天，這位演技出眾的藝人竟然是人工製造的玩偶，出自一位名叫偃師的神工巧匠之手。偃師當即叫停表演，把玩偶拆了個七零八落。周穆王終於放心地發現，它身體內外全是「假物」。可一旦重新組裝起來，它又像真的似的，活蹦亂跳起來。天底下竟然有這樣的活寶嗎？是的，讀到這裏，我知道大家心裏在想什麼：它多像今天的機器人！

這個故事假託在久遠的周代，寫作的時間不晚於魏晉時期，也可能更早。說它科幻也好，穿越也罷，畢竟有一些時代的依據。楊伯峻先生引晉人傅玄的〈馬

先生傳〉，證明至遲到那個時代，已有類似偃師的設計了，可以讓木頭人擊鼓吹簫、緣繩倒立、舂磨鬥雞等等，有千變萬化之妙。同〈馬先生傳〉比起來，這一篇包含了更多想像、誇張的成分。尤其是在玩偶的身上投射了人的意識和感情，體現了當時人對自我的認識。可是我們今天讀起來卻不覺得過時，甚至絲毫沒有違和感。彷彿作者就活在當下，與今天的世界息息相通。

這篇文字見證了一個跨越時空的奇蹟，不僅令人驚嘆，並且發人深省。它的精彩描述引出了許許多多的問題，這些問題我們今天依然面對。

周穆王西巡狩，越崑崙，不至弇山①。返還，未及中國，道有獻工人名偃師，穆王薦之②，問曰：「若有何能？」偃師曰：「臣唯命所試。然臣已有所造，願王先觀之③。」穆王曰：「日以俱來④，吾與若俱觀之。」

① 巡狩（shòu）：指夏、商、周三代天子巡幸天下，視察分封給諸侯的領地。　崑崙：山名，在今天新疆與西藏之間，古代關於崑崙山的神話傳說，見於《山海經》、《淮南子》等書。　弇（yǎn）山：在今甘肅境內，相傳為西王母之山，又傳為日入之所。一說「不」為衍文，當刪去。

② 〔道有〕二句：途中有人獻給周穆王一位工匠，名叫偃師，周穆王引見他。　偃（yǎn）師：周穆王時期的能工巧匠。

③ 〔臣唯命所試〕三句：我完全聽從大王的命令，要我做什麼我就做什麼。不過，我已經造出了一些東西，請大王先觀看一番。　臣：古人的自稱，以示謙卑。

④ 日：另日。　以：即以之，帶上它一起來。　俱：一同。

越日偃師謁見王⑤。王薦之，曰：「若與偕來者何人邪⑥？」對曰：「臣之所造能倡者⑦。」穆王驚視之，趣步俯仰，信人也⑧。巧夫鎮其頤，則歌合律⑨；捧其手，則舞應節⑩。千變萬化，惟意所適⑪。王以為實人也，與盛姬內御並觀之⑫。技將終，倡者瞬其目而招王之左右侍妾。王大怒，立欲誅偃師⑬。

---

⑤ 越日：第二天。　謁（yè）見：拜見。

⑥〔若與偕來者〕句：與你一起來的那一位是什麼人呢？　偕：同行。邪（yé），句尾詞，表示疑問。

⑦〔臣之所造〕句：我製作的多才多藝的歌舞藝人。　倡：歌舞藝人。

⑧〔趣步俯仰〕二句：看他疾走的步履和俯仰的姿態，的確是人。　趣：同「趨」，快步疾走。　信：確實。

⑨〔巧夫〕二句：偃師點頭，倡者就隨著韻律歌唱。　巧夫：巧匠，此指偃師。　鎮（qīn）頤（yí）：點頭、低頭。　頤：下巴。

⑩〔捧其手〕二句：偃師擊掌，倡者便應和節拍起舞。　應節：合拍。

⑪ 惟意所適：指倡者完全依照偃師的意念歌舞表演。　適：至。

⑫ 盛姬：周穆王寵幸的後宮美人。　內御：宮中侍奉天子的女官。　並：一起。

⑬〔技將終〕四句：表演結束前，倡者眨眼挑逗天子左右的侍女。天子大怒，當即就要誅殺偃師。　瞬：眨眼。　立：立即。

偃師大懾⑭，立剖散倡者以示王，皆傅會革、木、膠、漆、白、黑、丹、青之所為⑮。王諦料之⑯，內則肝、膽、心、肺、脾、腎、腸、胃，外則筋骨、支節、皮毛、齒髮，皆假物也，而無不畢具者。合會復如初見⑰。王試廢其心，則口不能言；廢其肝，則目不能視；廢其腎，則足不能步⑱。穆王始悅而嘆曰：「人之巧乃可與造化者同功乎⑲？」詔貳車載之以歸⑳。

⑭ 懾（shè）：恐懼。

⑮〔皆傅會〕句：大意是說倡者全身附著聚合了各種不同的材料，包括革（皮革）、木、膠、漆和白、黑、丹、青等自然顏料。 傅會：即附會，指附著、匯聚。

⑯ 諦（dì）：細察。 料（liào）：觸動、撩撥。

⑰〔合會〕句：把這些部分組合起來，倡者又恢復了最初見到的樣子。

⑱〔王試廢其心〕六句：寫周穆王每拿掉倡者的一個內臟器官，與之相應的肢體或外部器官就失去了功能，這是因為古人相信人的五臟分別對應七竅和四肢。 廢：去除。

⑲〔人之巧〕句：人工之巧竟然可與宇宙造化的功效相媲美嗎？

⑳〔詔貳車〕句：周穆王詔令兩輛車駕，載他們一起回家。

夫班輸之雲梯，墨翟之飛鳶，自謂能之極也[21]。弟子東門賈、禽滑釐聞偃師之巧以告二子，二子終身不敢語藝，而時執規矩[22]。

[21]〔夫班輸〕二句：班輸設計攻城的雲梯，墨翟發明飛翔的木鳶，他們都自稱是技藝的極致了。　夫：句首助詞，起提示作用。　班輸：也就是魯班，古代的巧匠。　墨翟 (dí)：即墨子，先秦時期墨家的創始者。　鳶 (yuān)：鷹。

[22]〔弟子〕三句：班輸和墨翟的徒弟東門賈、禽滑 (gǔ) 釐 (lí) 聽説了偃師的機巧，分別轉告給他們的老師。於是，班輸和墨翟都終身不敢談論技藝了，只是不時拿起測繪工具，依照現成的規矩，有所製作而已。言下之意，偃師的技藝出神入化，不是循規蹈矩者所能比的。　規矩：工匠用來測畫方圓的工具，泛指法度、規則。

《列子》

疑鄰竊斧

這個故事出自《列子》的〈説符〉篇，講的是關於觀察與成見的道理。故事的主人公不小心弄丟了斧子，於是疑心大起。他仔細地觀察他鄰居的兒子，從走路的樣子、態度表情，一直到言談舉止，一樣都不放過。而這些觀察全都得出了竊斧者的結論。聽上去，彷彿他真看出了什麼蛛絲馬跡，但其實不然。故事一開頭就告訴我們，他懷疑上了鄰居的兒子。心裏有了成見，自然就越看越像。可實際上呢，卻是視而不見，因為他只看到了他想看的東西，一心一意要證明他已經得出的結論。

這個小故事的深刻寓意完美地體現在了它的語言結構上。故事的主人公丟了斧子之後，覺得鄰居的兒子，「動作態度無為而不竊鈇也」。找到了斧子，再看鄰居的兒子，結果「動作態度無似竊鈇者」。得出完全相反的結論，卻採用了同樣的句式，連句子的順序都沒有改變。可見，他並沒有改掉先入為主的老毛病，仍舊是有了結論再觀察。犯了錯誤，卻不知改進，他最終也沒學會怎樣去觀察。

人有亡鈇者^①，意其鄰之子^②，視其行步，竊鈇也；顏色^③，竊鈇也；言語，竊鈇也；動作態度無為而不竊鈇也^④。俄而抇其谷而得其鈇^⑤，他日復見其鄰人之子^⑥，動作態度無似竊鈇者。

《列子》

昔齊人有欲金者

這則故事也出自《列子》的〈說符〉篇。

　　這是一個關於貪欲的故事。那位齊國人一門心思只想著金子，到了賣金子的地方，他眼裏便只有金子，什麼店主呀、官吏呀，全都視而不見了，於是就在光天化日之下搶走了金子。我們都聽過「掩耳盜鈴」的故事吧？講的也是偷盜，但還有所不同：掩耳盜鈴不免自欺欺人，但畢竟有備而來，怕的是主人聽見鈴聲。而齊人攫金而去，卻完全是盲目的，連他自己也說不清是怎麼一回事兒。

　　有一句成語叫「利令智昏」，用來解釋這個故事，再恰當不過了。

昔齊人有欲金者^①，清旦衣冠而之市^②，適鬻金者之所，因攫其金而去^③。吏捕得之，問曰：「人皆在焉，子攫人之金何^④？」對曰：「取金之時，不見人，徒見金^⑤。」

---

① 金：金子或其他材料製成的錢幣。

② 〔清旦〕句：清早，他穿戴整齊去集市。 衣冠（yìguàn）：用作動詞，即穿衣戴帽。 之：去。

③ 〔適鬻金者之所〕二句：到了賣金子的地方，搶了賣金者的金子就離開了。 適：到。 鬻（yù）：出售、賣。 所：地方。 因：於是。攫（jué）：奪、搶。

④ 〔人皆在焉〕二句：別人都在那裏，你為什麼要搶人家的金子呢？焉：即「於此」。 子：你。 何：為什麼。

⑤ 〔取金〕三句：我拿金子的時候，沒看見人，只看到金子。 徒：只。

《戰國策》

畫蛇添足

本文選自《戰國策·齊策二》。

戰國時代,天下大亂,列國紛爭,連橫合縱的故事可沒少聽說過。縱橫家因此成了時代的風雲人物。他們紛紛往來於各國之間,爭相遊說諸侯,為他們出謀劃策。縱橫家是謀臣策士、職業說客,擅長修辭與論辯。其中也不乏非常之人,以大智大勇和人格魅力而為後人稱頌。他們的精彩言行和滔滔雄辯,在史書上隨處可見,而最為集中地體現在《戰國策》中。這部書上承春秋,下迄秦併六國,由西漢劉向匯集整理而成,並擬定書名。

這個故事講的是一場畫蛇比賽。蛇本來沒腳,畫上了腳就不是蛇了。哪怕畫得飛快,又有什麼用呢?更何況因為畫腳還耽誤了時間,別人後來居上,贏得了這場比賽。我們常說「功虧一簣」,指的是一座高山,缺了最後一筐土而沒有堆成。言下之意,做一件事情務必堅持到底,始終如一,否則就有可能功敗垂成。畫蛇添足的寓言則告訴我們:過猶不及。事情做

過了頭，也同樣糟糕。因為賣弄聰明而多此一舉，結果因小失大，落得個前功盡棄，空手而歸。

楚有祠者，賜其舍人卮酒①。舍人相謂曰：「數人飲之不足，一人飲之有餘。請畫地為蛇，先成者飲酒。」一人蛇先成，引酒且飲之②，乃左手持卮，右手畫蛇，曰：「吾能為之足。」未成，一人之蛇成，奪其卮曰：「蛇固無足，子安能為之足③？」遂飲其酒。為蛇足者，終亡其酒④。

①〔楚有祠者〕二句：楚國有人舉辦祭祀活動，結束之後，他把一壺酒賞賜給了門客。　舍人：春秋戰國時期寄食於貴族門下並為之服務的人。　卮（zhī）：盛酒的器具。
②〔一人〕二句：一個人先畫成了蛇，拿起酒壺正準備喝。　引：拿過來。　且：將。
③　固：本來、根本。　安能：怎麼能？這是一個反問句，回答是不應該、不可能。
④〔為蛇足者〕二句：畫蛇添足的人最終沒有喝到酒。　亡：失去。

《戰國策》

南轅北轍

本文選自《戰國策·魏策四》。

這是魏國的臣子季梁講的一則寓言:一個人打算駕車到楚國去,由於選擇了相反的方向,又不聽別人的勸告,結果離楚國越走越遠了。季梁想勸說魏王改變攻打趙國的想法,於是就講了這個故事,未必實有其事,但道理卻不難理解:無論做什麼事,都要首先看準方向,才能真正發揮自己的有利條件;如果方向弄錯了,條件越好,走得越快,離目的地就越遠。

季梁與下一篇中的蘇代在遊說君王時,採用了講故事的方式,而且自稱是出自親身見聞。由此可見《戰國策》的寫作套路,連句式也十分相似,都是從「今者臣來」(今天我在來的路上)說起。兩篇對照來讀,就會發現《戰國策》這些不成文的結構法則和敘述公式。這對於我們閱讀古文是大有益處的。

魏王欲攻邯鄲，季梁聞之，中道而反①，衣焦不申，頭塵不浴②，往見王曰：「今者，臣來，見人於大行，方北面而持其駕③，告臣曰：『我欲之楚④。』臣曰：『君之楚，將奚為北面⑤？』曰：『吾馬良。』臣曰：『馬雖良，此非楚之路也。』曰：『吾用多。』臣曰：『用雖多，此非楚之路也⑥。』曰：『吾御者善⑦。』此數者愈善，而離楚愈遠耳。

① 〔魏王〕三句：魏王想要攻打趙國的都城邯鄲，季梁聽到了這個消息，出使中途便返回魏國。 邯鄲：趙國都城，今河北邯鄲市。 季梁：魏國大臣。 中道：半路。 反：同「返」。

② 〔衣焦不伸〕二句：來不及舒展衣服上的褶皺，也顧不上洗淨頭上的灰塵。 焦：捲曲。 申：同「伸」，伸展。

③ 〔今者〕三句：今天我在來的路上，見到一個人，正向北方駕車而行。 今者：今天。 大行：大路。 方：正。

④ 之：去。

⑤ 君：您，第二人稱的尊稱。 奚（xī）：為什麼。

⑥ 〔用雖多〕二句：即便費用很多，又有什麼用呢？這不是去楚國的路啊。此處指楚國在南方，他卻駕車北行。 雖：即便、儘管。

⑦ 御者：駕車的人。

今王動欲成霸王，舉欲信於天下⑧。恃王國之大，兵之精銳，而攻邯鄲，以廣地尊名⑨。王之動愈數，而離王愈遠耳，猶至楚而北行也⑩。」

⑧〔今王〕二句：如今大王的一舉一動，都是為了建立霸業、取得天下的信任。　信於天下：為天下所信任。

⑨〔恃王國之大〕四句：依仗魏國的強大，軍隊的精良，去攻打趙國，以擴展土地和獲得尊貴的名位。　恃 (shì)：依靠。

⑩〔王之動愈數〕三句：大王您這類的舉動越多，離霸王的目標就越遠，正像去楚國卻往北走一樣。　數 (shuò)：頻繁。

《戰國策》

鷸蚌相爭

本文選自《戰國策‧燕策二》。

辯士蘇代借用民間流傳的寓言故事，來說明趙燕兩國勢均力敵，一旦交戰，很可能長久相持不下。結果呢，自然是相互消耗，兩敗俱傷，給強大的秦國提供了乘虛而入的機會。日常生活的情況自然大不相同，但類似的蠢行又何嘗少見呢？

寓言不僅借助虛構的情節，也往往讓動物開口說話，以寄寓人生和社會的哲理。這在中國的口頭文學中十分常見，而且歷史悠久。在這一則寓言中，鷸與蚌各說了一句話，不僅邏輯前後一致，連語言也很相似，還都帶著歌謠腔。因此，儘管牠們各不相讓，針鋒相對，但聽上去卻又一唱一和，彼此呼應，就像是一齣喜劇中的對話或歌詞。

大家都讀過《伊索寓言》吧？還記得其中那些相似的情節嗎？寓言的智慧往往跨越地理和文化的邊界而彼此相通，未必就是誰受了誰的影響。

趙且伐燕，蘇代為燕謂惠王曰[1]：「今者臣來，過易水[2]，蚌方出曝，而鷸啄其肉，蚌合而拑其喙[3]。鷸曰：『今日不雨，明日不雨，即有死蚌。』蚌亦謂鷸曰[4]：『今日不出，明日不出，即有死鷸。』兩者不肯相舍，漁者得而並禽之[5]。今趙且伐燕，燕、趙久相支，以弊大眾，臣恐強秦之為漁父也[6]。故願王之熟計之也[7]。」惠王曰：「善[8]。」乃止。

---

① 且：將要。　蘇代：戰國時縱橫家。　惠王：指趙惠文王，戰國時期趙國的君主。

② 今者：今天。　易水：水名，發源於河北易縣。

③〔蚌方出曝〕三句：河蚌剛從河裏出來曬太陽，鷸就來啄它的肉，蚌馬上合上殼，拑住了鷸的喙。　曝：曬太陽。　鷸(yù)：鳥名，常在水邊或水田中捕食小魚和貝類。　拑：夾住。　喙(huì)：鳥獸的嘴。

④ 亦：也，同樣。

⑤〔兩者〕二句：鷸蚌相爭，誰也不放開對方，漁翁把它們兩個一塊抓走了。　舍：放開、放棄。　並：一起。　禽：同「擒」，捉住。

⑥〔燕、趙久相支〕三句：燕趙兩國長期相持不下，就會把百姓拖垮了，我擔心強大的秦國成了從中獲利的漁翁。　弊：使疲憊，使動用法。

⑦〔故願〕句：所以希望大王仔細考慮出兵之事。　熟：反覆。

⑧ 善：好的，表示同意。

《孟子》

人皆有不忍人之心

本文選自《孟子·公孫丑上》。

孟子（約公元前372–前289），名軻，戰國中期鄒國人。孟子是戰國時期儒家學派的主要代表人物，他繼承並發展了孔子的思想，主張行王道，施仁政。孟子曾四處奔波，遊說諸侯，宣揚自己的政治理想，但他的學說最終並沒有得到實行。

《孟子》一書主要記載孟子的言說，包括他與諸侯的對話，可以看到孟子高屋建瓴、滔滔雄辯的氣勢和立論清晰、逐層辯駁的風格特徵。與《論語》相比，《孟子》每一章的篇幅都明顯加長，論述也更充分。在對話中，孟子或開門見山，或因勢利導，通篇洋溢著道德的激情和智慧的光芒。哪怕對方藉故推諉，説自己這也不行，那也不行，孟子也總能通過對一些小事的觀察，來證明他們實際上沒那麼差。在他看來，憐憫、同情之心，人皆有之，而且與生俱來。因此，無論是誰，只要不放棄努力，就有向善的希望。這正是孟子難能可貴的品質：在諸侯混戰、暴力橫行的時代，他保持了理想主義的高貴信念和一顆赤子之心。一部《孟子》，今天讀起來，仍然能感受到它源自內心信念的強大感召力。

孟子主張性善說，相信人的天性向善。這一篇談的是德政，從一個假想的例子著手，說明每個人都「有不忍人之心」，也就是同情、憐憫之心。推向政治的領域，便「有不忍人之政」。孟子在論述時，由小及大，以己推人。在表達上，又借助了排比句和對仗句，從正反兩個方面逐層展開，由此形成了論說體獨具一格的篇章結構與修辭風格。

孟子曰：「人皆有不忍人之心。先王有不忍人之心，斯有不忍人之政矣①。以不忍人之心，行不忍人之政，治天下可運之掌上②。所以謂人皆有不忍人之心者，今人乍見孺子將入於井，皆有怵惕惻隱之心③，非所以內交於孺子之父母也，非所以要譽於鄉黨朋友也，非惡其聲而然也④。

① 〔人皆有〕三句：每個人都有憐憫、體恤他人之心，先王因為有憐憫、體恤他人之心，也就有了憐恤百姓的政治。 不忍人之心：指不能忍受別人受難遭罪的同情心和憐憫心。 斯：這樣、於是。
② 〔以不忍人之心〕三句：以體恤、憐憫之心，施行體恤、憐憫百姓的政治，治理天下就會像在手掌上運控物件那樣輕而易舉。
③ 〔所以〕三句：之所以說每個人都有體恤、憐憫他人之心，那是因為假使現在突然看到一個小孩兒快要掉進井裏了，任何人都會產生驚懼、同情之心。 乍：突然。 孺子：兒童。 怵惕(chùtì)：驚懼。 惻隱：同情。
④ 〔非所以〕三句：(產生驚懼、同情的反應，並趕上去援救，)並不是要以此為手段，去跟小孩兒的父母攀交情，或在鄉間鄰里中博取名譽，也不是因為厭惡孩子的哭聲。 非惡其聲而然：一說，也不是討厭背上見死不救的惡名才這樣。 所以：以此為手段來達到某種功利目的。 內交：「內」通「納」。納交、結交。 要：通「邀」，謀求博取。 然：這樣，這裏指產生驚懼、同情的反應。

《孟子》

君子所以異於人者

本文選自《孟子·離婁下》。

孟子繼承了孔子的學説，強調修身的重要性。修身包括哪些內容呢？其中一條是這裏説的「自反」，即反躬自省，也就是《論語》所説的「吾日三省吾身」。出了問題，先想一想自己有沒有錯，別一股腦兒把錯都算在別人頭上。也不要動不動就給自己找藉口，好像別人都理無可恕，只有自己是情有可原。君子能坦坦蕩蕩地做人，首先是因為他問心無愧。另一條是「推」，就是以己推人，也以此為依據，來決定如何對待他人。孔子所以説：「己所不欲，勿施於人。」孟子説：「老吾老，以及人之老；幼吾幼，以及人之幼」，也是同樣的意思。這是做人的法則，也暗含了作文的道理。好的作家都有以己推人的同情心，也善於捫心自問，自我反省。寫小説如此，做文章也不例外。

孟子曰：「君子所以異於人者，以其存心也。君子以仁存心，以禮存心①。仁者愛人，有禮者敬人。愛人者人恆愛之；敬人者人恆敬之②。有人於此，其待我以橫逆，則君子必自反也③：我必不仁也，必無禮也，此物奚宜至哉④？其自反而仁矣，自反而有禮矣，其橫逆由是也，君子必自反也：我必不忠⑤。自反而忠矣，其橫逆由是也。君子曰：『此亦妄人也已矣⑥。如此，則與禽獸奚擇哉？於

① 〔君子〕四句大意：君子與一般人不一樣的地方，就在於存在心裏的意念不同。君子把仁和禮存在心上。

② 恆：恆常、永久。

③ 〔有人於此〕三句：假設這裏有一個人，對我蠻橫無理，君子必定會反躬自問。

④ 〔我必不仁也〕三句：我自己一定有不仁和不合禮法的地方，否則，這樣的事情怎麼會發生在我身上呢？　此物：指此類事情。　宜：應該。

⑤ 〔其自反而仁矣〕五句：如果反省的結果是自己的言行合乎仁、合乎禮，而對方蠻橫無理的態度仍然不變，君子必定再次反省：自己待人一定沒有做到竭誠盡力。　由是：猶是，仍舊是這個樣子。　忠：盡心竭力。

⑥ 〔自反而忠矣〕三句：如果反省的結果是自己確實竭誠盡力了，而對方的態度仍然沒有發生改變。君子才說：「這是一個狂妄無知之人。」　也：出現在句尾，表示該句為判斷句。　亦：的確、確實，表示強調的意思。　已：而已。

禽獸又何難焉⑦？』

「是故君子有終身之憂，無一朝之患也⑧。乃若所憂則有之⑨：舜人也，我亦人也。舜為法於天下，可傳於後世⑩。我由未免為鄉人也，是則可憂也⑪。憂之如何？如舜而已矣。若夫君子所患則亡矣⑫。非仁無為也，非禮無行也⑬。如有一朝之患，則君子不患矣⑭。」

⑦〔如此〕三句：既然這樣，那他和禽獸有什麼區別呢？而我們對於禽獸又有什麼可責難的呢？言下之意，如果對方與禽獸無別，那也就根本不必跟他一般見識了。 擇：選擇、差異。 難（nàn）：質問、責備。

⑧〔是故〕二句：所以君子有長遠的憂慮，沒有突如其來的禍患。

⑨〔乃若〕句：至於讓君子憂慮的事情還是有的。 之：此處指憂慮之事。

⑩〔舜人也〕四句：舜是人，我也是人。舜以自己的行動為天下樹立了效法的榜樣，可以傳之後世。 舜（shùn）：傳說中的上古帝王，也是儒家的聖人。 亦：也。

⑪〔我由未免為鄉人也〕二句：（與舜相比，）我仍然不免是個普通人，這是值得憂慮的事。 由：猶、仍然。

⑫〔憂之如何〕三句：憂慮又怎麼辦呢？讓自己變得和舜一樣就是了。至於讓君子以為禍患的事情是沒有的。

⑬〔非仁〕二句：非仁的事情不做，非禮的行動不為。

⑭〔如有〕二句：即使一旦有突如其來的禍患，君子也不以為患了。這一句解釋前面說的「君子有終身之憂，無一朝之患也」。對君子來說，重要的是「非仁無為也，非禮無行也」。做到了這一點，其他都不足為患。

《孟子》

齊人有一妻一妾

本文選自《孟子・離婁下》。

　　孟子在與君王的對話中，經常穿插一些寓言和故事，以增強説服力。在這裏讀到的故事中，孟子為我們勾畫了一個內心和行為都卑鄙下賤，卻又喜歡擺譜張揚、自欺欺人的「小人」形象。有一天，妻妾發現了他的秘密，內心蒙受了巨大的恥辱，也為自己的無助處境而深感痛苦，可他並不知道真相已經敗露，還照舊在妻妾面前得意揚揚地自吹自擂。一句「施施從外來」，活脱脱地寫出了他踱步歸來、洋洋自得的步履神態。孟子告訴我們，以卑劣的手段來謀求富貴或炫耀榮達，都是徒勞無益的，最終只能自取其辱。但他並沒有一上來就講這一番大道理，而是提供了一篇生動的諷刺小品，讓讀者自己去體會什麼是尊嚴、名聲與信譽，什麼是虛榮、卑鄙和無恥。

齊人有一妻一妾而處室者[1]。其良人出，則必饜酒肉
而後反[2]。其妻問所與飲食者，則盡富貴也。其妻告其妾
曰：「良人出，則必饜酒肉而後反；問其與飲食者，盡富
貴也，而未嘗有顯者來，吾將瞷良人之所也[3]。」

蚤起，施從良人之所之，遍國中無與立談者[4]。卒之
東郭墦間，之祭者，乞其餘；不足，又顧而之他[5]——此

① 處室：居家度日。

② 〔其良人出〕二句：她們的丈夫每天出門，必定酒足飯飽之後才回
　來。 良人：丈夫。 饜(yàn)：饜足、吃飽。 反：同「返」。

③ 〔問其與飲食者〕四句：問與他一起吃喝的是些什麼人，丈夫回答
　說，全是有錢有勢的人。但我從來沒見到什麼顯要人物到家裏來，
　我打算偷偷地看他究竟去了什麼地方。 瞷(jiàn)：窺視、偷看。 所
　之：所去的地方。

④ 〔蚤起〕三句：清早起來，她便尾隨丈夫去他所到之處，走遍全城，
　也沒看到誰與他短暫交談。 蚤：同「早」。 施(yí)：曲折緩行。 國
　中：城中。

⑤ 〔卒之東郭墦間〕五句：最後他一直走到了東門外的墓地，到那些祭
　掃墳墓的人面前，乞討剩餘的祭品，沒吃夠，又環顧左右，去別人
　那裏乞食。 卒：最後。 郭：指城市的外牆，內城牆稱城，合稱城
　郭。 墦(fán)：墓地。

其為饜足之道也⑥。

　其妻歸，告其妾，曰：「良人者，所仰望而終身也，今若此⑦！」與其妾訕其良人⑧，而相泣於中庭，而良人未之知也，施施從外來，驕其妻妾⑨。

　由君子觀之，則人之所以求富貴利達者，其妻妾不羞也，而不相泣者，幾希矣⑩！

---

⑥〔此其〕句：這就是他讓自己酒足飯飽的辦法。

⑦〔良人者〕三句：丈夫是我們依賴並託付終身的人，如今他卻是這個樣子！

⑧ 訕（shàn）：責怪、譏諷。

⑨〔施施〕二句：得意揚揚地從外面回來，在妻妾面前擺威風。 施施：行走緩慢自得的樣子。

⑩〔由君子觀之〕五句：大意是說，從君子的立場來看，有些人用來乞求富貴榮華的手段，未免有些太卑劣了，想讓他的妻妾不為此蒙羞，不為此相對哭泣，是很少見的吧！ 利：利益。 達：發達、成功。 希：同「稀」，稀少、罕見。

《莊子》

逍遙遊（節選）

　　莊子，名周，戰國時期宋國人，身世不可確考。
《莊子》一書，共三十三篇，一般認為，其中「內篇」為
莊子所著，「外篇」和「雜篇」由莊子後學撰輯而成。《莊
子》在後世與《老子》並稱，成為古典道家思想的經典
之作。《莊子》繼承了《老子》的基本思想，但在思辨和
文字表現等方面都有新的發展，對後世的哲學和文學
也產生了巨大的影響。在《莊子》中，內容與風格達到
了高度的統一：它的汪洋恣肆的文風與破除一切常識
羈絆的思維方式，彼此合拍，相互推進，共同締造了
先秦思想與文學的輝煌巔峰。

　　〈逍遙遊〉為我們描述了一種自在自為、無所憑借
的自由狀態。這裏節選的部分從鯤、鵬起頭，談大小
之別與長短之分。這些差異，在莊子看來，都是相對
而言的，也取決於經驗和知識。對於蟬和斑鳩來説，
能飛到樹上就很不錯了，有時連這都做不到。像大鵬
那樣，扶搖直上九萬里，就完全超出了它們的想像範
圍，也超出了它們的理解力。

　　本篇文字主要由寓言和比喻構成。我們知道，列

子是寫寓言的好手，可莊子也毫不遜色，甚至還更勝一籌。莊子通過寓言來闡發他的哲學思考，展現了他縱恣不羈的想像力。

正像老子喜歡寫水，莊子長於寫風。風的形象和主題貫穿了《莊子》的不同篇章，也流動在它的字裏行間。在莊子的筆下，風是力的化身和自由的象徵，並且指向了〈逍遙遊〉所憧憬的那個自由自在、恣意遨遊的境界。而他的文章也有如萬里長風，浩蕩無際，想落天外。要瞭解莊子的文章和境界，首先來看一看他是怎樣寫風的。就讓我們從〈逍遙遊〉的這個片段開始。

北冥有魚，其名為鯤。鯤之大，不知其幾千里也。化而為鳥，其名為鵬。鵬之背，不知其幾千里也；怒而飛，其翼若垂天之雲①。是鳥也，海運則將徙於南冥。南冥者，天池也②。

　　《齊諧》者，志怪者也③。《諧》之言曰：「鵬之徙於南冥也，水擊三千里，摶扶搖而上者九萬里，去以六月息

---

① 〔北冥〕以下數句：北海有魚叫鯤。鯤之大，不知有幾千里長。鯤變化為鳥，其名為鵬。鵬的脊背，也不知有幾千里長；它振翅而飛，翅膀就像從天上垂掛下來的雲。　北冥：北邊的海，下文「南冥」即南邊的海，因海水深黑而稱冥。　鯤（kūn）：傳說中的大魚。怒而飛：振翅起飛的樣子。　垂天之雲：一說即「陲天之雲」，指天邊之雲。

② 〔是鳥也〕四句：這隻鳥，海動風起時就飛往南海。南海就是天池。　徙：遷徙。

③ 〔《齊諧》者〕二句：《齊諧》是記載詼諧怪異的書。　志：記載、記述。

者也④。」野馬也，塵埃也，生物之以息相吹也⑤。天之蒼蒼，其正色邪？其遠而無所至極邪？其視下也，亦若是則已矣⑥。

　　且夫水之積也不厚，則其負大舟也無力⑦。覆杯水於坳堂之上，則芥為之舟；置杯焉則膠，水淺而舟大也⑧。風之積也不厚，則其負大翼也無力。故九萬里，則

④〔鵬之徙於南冥也〕四句：描寫鵬鳥起飛時，翅膀拍擊水面，三千里水花飛濺的壯觀場面，又寫它如何振動翅膀，形成旋風，直上九萬里的高空。飛離此地，需要六個月才停下來歇息。 摶（tuán）：盤旋。 扶搖：自下而上的旋風。 去：離開。 息：止息，一說即風，全句的意思是大鵬乘六月之風而去。

⑤〔野馬也〕三句：描寫雲氣浮塵在風中飄游湧動的奇幻景觀。天地間雲氣浮湧，瞬息萬變，狀若野馬奔騰，空氣中飄浮著塵埃——這些都是宇宙中的各種生物，因氣息吹拂而呈現出的萬千氣象。

⑥〔天之蒼蒼〕五句：天空深青，這或許就是它真實的顏色嗎？天空果真深遠得沒有邊際嗎？大鵬往下看，也是這樣的光景。 蒼蒼：深色。 其：或許，一說通「豈」，難道。 邪：即「耶」，表示疑問。「其視下也」一句中的「也」字標誌句中停頓。 若：像。

⑦〔且夫〕兩句：水如果積得不深，那麼它就無力承載大船。 且夫：句首語，用來提示下文、引起議論。

⑧〔覆杯水〕四句：倒一杯水在堂前的窪地，那麼一根小草即可當船，但把杯子放在上面，就黏住不動了。這是因為水淺而船大。 覆：倒水、潑水。 坳（ào）堂：應作「堂坳」，即堂前地上的坑窪。 芥：小草。

風斯在下矣，而後乃今培風⑨；背負青天而莫之夭閼者，而後乃今將圖南⑩。

　　蜩與學鳩笑之曰⑪：「我決起而飛，搶榆枋而止，時則不至而控於地而已矣，奚以之九萬里而南為⑫？」適莽蒼者，三湌而反，腹猶果然⑬；適百里者，宿舂糧⑭；適千里者，三月聚糧。之二蟲又何知⑮！

---

⑨〔故九萬里〕三句：所以大鵬飛九萬里，風就在它的下面，它才能乘著風力南飛。　斯：就、於是。　而後乃今：即「今而後乃」，意思是「這之後才……」。培風：同「憑風」，即乘風之意。

⑩〔背負青天〕二句：背負青天而無所阻礙，然後飛往南海。　夭（yāo）：挫折。　閼（è）：阻礙。　圖：圖謀、打算。

⑪蜩（tiáo）：蟬。　學鳩：斑鳩一類的小鳥。這裏寫蟬和小鳩譏笑大鵬。

⑫〔我決起而飛〕四句：我快速躍起，直到撞上榆樹和檀樹而止，有時還沒飛到樹上就掉下來了，如此而已，何必要飛到九萬里的高空，然後再南行呢？　決：通「赽」，迅速的樣子。　搶：撞上。　控：投、落。「奚以之九萬里而南為」：鑲嵌句，「奚……為」的意思是為什麼、何必；「以」帶入問題的內容；「之」為動詞，意思是往、去。

⑬〔適莽蒼者〕三句：到郊野去的，只帶三餐的口糧，當天回來，肚子還是飽飽的。　適：到。　莽蒼：近郊林野之處。　湌：同「餐」。果然：果腹，吃飽的樣子，「然」指樣子，這裏形容飽食的狀態。

⑭〔適百里者〕二句：到百里以外的地方去，要花一晚上的時間舂（chōng）米，準備乾糧。

⑮之：這。

小知不及大知，小年不及大年。奚以知其然也[16]？朝菌不知晦朔，蟪蛄不知春秋，此小年也[17]。楚之南有冥靈者，以五百歲為春，五百歲為秋；上古有大椿者，以八千歲為春，八千歲為秋，此大年也[18]。而彭祖乃今以久特聞，眾人匹之，不亦悲乎[19]！

---

[16]〔小知不及大知〕三句：小智不瞭解大智，壽命短的不瞭解壽命長的。我們怎麼知道是這樣的呢？　　及：趕上、比得上。

[17]〔朝菌不知晦朔〕三句：朝生暮死的蟲子（一說為菌類）不知道一個月的始末，夏生秋死的寒蟬不知道一年的春秋，這就是「小年」，即短壽者。　　晦朔：指月亮的盈缺。晦，每個月的最後一天；朔，每個月的第一天。　　蟪蛄：寒蟬。

[18]「冥靈」和「大椿」皆指傳說中長生不死之樹，一說「冥靈」指神龜。

[19]〔而彭祖〕三句：「彭祖」是傳說中的人物，據說活了八百歲，所以他以長壽而聞名天下。眾人都想比附他。這在莊子看來，豈不是太可悲了嗎？因為他們只知道彭祖，而不知道還有冥靈和大椿。　　匹：匹敵、匹配。

《莊子》

秋水（節選）

埳井之蛙

　　〈秋水〉篇圍繞著好幾組對話展開，著重闡述認知
的相對性與局限性。這裏所選的公孫龍與魏牟的一大
段對話，就以此為主題，從各個方面，運用了不同的
事例，反覆加以辯析申說。

　　莊子生活在一個百家爭鳴的時代，各種不同的學
說相繼登場。有人像墨子那樣，奉行「兼愛」說，宣揚
愛所有的人，而不是追隨孔子，分什麼親疏遠近。也
有人像楊朱那樣，恰恰相反，聲稱拔一毛以利天下而
不為。從這裏節選的〈秋水〉一文中，我們得知，惠施
有「合同異」之說，而公孫龍與之格格不入，主張「離
堅白」。究竟是什麼意思呢？大家可以從正文的註釋中
找到答案。此外，《莊子》的〈天下〉篇還引用了惠施的
另一個說法：「鏃矢之疾而有不行不止之時。」大意是
說，箭頭飛動的速度很快，但有不動和不止的時候。
這話怎麼講呢？從運行的過程來看，箭頭當然從未停
止；但相對於其中的每一個瞬間而言，它又可以說是
靜止不動的。真是無巧不成書，這一看法與古希臘數

學家芝諾的「飛矢不動」說遙相呼應，不無相似之處。這些想法聽上去悖離常識，近乎詭辯，但又往往蘊含了深刻的洞察和辯證思維的成分。例如，〈天下〉篇轉述了惠施的另一個著名論斷：「一尺之捶（棰），日取其半，萬世不竭。」一尺長的木棍，每天截去一半，卻永遠也截不完。從常識的立場來看，這怎麼可能呢？可是我們知道，物質無限可分的原理，早已得到了現代科學的支持。莊子是惠施的論敵，彼此爭論，無休無止，但先秦諸子正是通過這樣的激烈爭辯而創造了百家爭鳴的局面，將人類的認識思維和語言辨析推向新的前沿，也成就了中國思想文化史上最富於活力和創造力的黃金時代。

語言是思想的工具，並且反過來塑造了思想本身。在思想觀念激烈論爭的時代，語言文字被淬煉得空前犀利，鋒芒閃耀。《莊子》在漢語的運用和寫作的造詣上，達到了一個新的高度。他是一位了不起的格言家，擅長以悖論的方式寫作，同時也是寫寓言的一把好手。我們今天熟悉的成語如「以管窺天」、「以錐指地」，成語故事如「井底之蛙」和「邯鄲學步」，都出自〈秋水〉篇的這幾個選段中。從一篇文字中產生一兩個成語，就已經相當稀奇了，而在莊子的筆下，它們聯翩而至，令人目不暇接。《莊子》是一座思想的寶庫，它也因此成為我們語言文字的重要依據。

公孫龍問於魏牟曰：「龍少學先王之道，長而明仁義之行①；合同異，離堅白；然不然，可不可②；困百家之知，窮眾口之辯③；吾自以為至達已④。今吾聞莊子之言，汒焉異之。不知論之不及與，知之弗若與？今吾無所開吾喙，敢問其方⑤。」

---

① 〔公孫龍〕三句：公孫龍問魏牟說：「我年輕時學習先王之道，年長後明白了仁義的行為。」

② 〔合同異〕四句：將事物的異同合二為一，將同一個物體的堅硬和白色分離開來；把不對的說成是對的，認可了不該認可的。「合同異」與「離堅白」是當時兩個學派的不同論題，前者以惠施為代表，強調事物的共相，儘管事物千差萬別，仍可以從差異中看到它們的共同屬性；後者以公孫龍為代表，注重事物的差異性。他主「離堅白」說，認為石頭的堅與白原本是彼此無關、各自獨立的兩種性質，分別屬觸覺和視覺所感知的範圍，而不是石頭的兩個相互關聯的內在屬性。「然不然」和「可不可」的第一個「然」和「可」字均為意動用法，即以不然為然，以不可為可。

③ 困：使動用法，使百家的智慧陷於困境。　知：同「智」。　窮：窮盡，使眾人理屈詞窮。

④ 至達：無所不通。

⑤ 〔今吾聞〕六句：我剛才聽了莊子的言論，內心十分迷茫，對他的說法深感震驚。不知道是我的論辯不及他呢，還是我的智性比不上他？我現在連張口說話都做不到了，請問您有什麼辦法嗎？　汒：同「茫」。　喙：鳥獸的嘴。　方：方法、辦法。

公子牟隱机大息，仰天而笑曰⑥：「子獨不聞夫埳井之蛙乎⑦？謂東海之鱉曰：『吾樂與！出跳梁乎井幹之上，入休乎缺甃之崖；赴水則接腋持頤，蹶泥則沒足滅跗；還視虷蟹與科斗，莫吾能若也。且夫擅一壑之水，而跨跱埳井之樂，此亦至矣，夫子奚不時來入觀乎⑧！』東海之鱉左足未入，而右膝已縶矣。於是逡巡而卻，告之海曰⑨：『夫千里之遠，不足以舉其大；千仞之高，不足以

⑥〔公子牟〕二句：魏牟靠著几案，長嘆一聲，仰天大笑著說。　隱：倚。　机：通「几」，几案、桌子。　大息：嘆息。
⑦　獨：豈、難道，表示反問。　埳井：同「坎井」，指淺井。
⑧〔吾樂與〕數句：我（指井底之蛙）快樂極了！我出來就跳上井的欄杆，回到井裏便在井壁破損處休息。投赴水中，井水與兩腋齊高，並且托起了我的腮幫子，趨入泥裏，泥水就淹沒了我的腳背。環顧井裏的赤蟲啊、螃蟹和蝌蚪什麼的，沒有誰能比得上我。更何況我還獨占一溝之水，盤踞埳井之內，這樣的快樂的確已經達到了極致。夫子（指東海大鱉），你為何不隨時進來看看呢？　與：語氣詞，表示感嘆。　乎：此即「於」，出現在句尾時，通常表示疑問。甃（zhòu）：井壁。　頤：下巴。　蹶（jué）：足踏。　跗（fū）：腳背。虷（hán）：井中的赤蟲。　擅：獨霸、占據。　奚：何不？　時：時不時，也就是隨時、經常的意思。
⑨〔東海之鱉〕四句：東海的大鱉左腳還沒伸進去，右腳已經被絆住，於是徘徊退卻，把大海的情形講給井底之蛙聽。　縶（zhí）：羈絆。逡巡（qūnxún）：遲疑徘徊、欲行又止。

極其深⑩。禹之時十年九潦，而水弗為加益；湯之時八年七旱，而崖不為加損⑪。夫不為頃久推移，不以多少進退者，此亦東海之大樂也⑫。』於是埳井之蛙聞之，適適然驚，規規然自失也⑬。

「且夫知不知是非之竟，而猶欲觀於莊子之言，是猶使蚊虻負山，商蚷馳河也，必不勝任矣⑭。且夫知不知論

⑩ 舉：此指說明、形容。 仞：古代的長度單位，周制為八尺。 極：窮盡。此句的意思是，以千仞之高，也不足以丈量東海的深度。

⑪ 潦：水潦。 加益：漲滿溢出。加：更加；益：同「溢」。 損：減損，此指崖岸上的水位並沒有減退。

⑫〔夫不為頃久推移〕三句：不因為時間的長短而變化，不因為雨水的多少而增減，這就是東海的大快樂啊！ 頃久：時間長短。 「推移」與「進退」：此指水位的前後上下移動。

⑬〔於是〕三句：井底之蛙聽罷，驚惶失措，茫然自失。 適適然：驚惶的樣子。 規規然：迷惘失落的樣子。

⑭〔且夫〕五句：況且你的智慧不足以達到理解是非的領域，卻還想明瞭莊子的言論，這就像讓蚊蟲負山，馬蚿渡河，必定是不能勝任的。 竟：同「境」，指境域、境界。 蚊虻（méng）：即蚊蟲。 商蚷（jù）：蟲名，又稱馬陸。

極妙之言而自適一時之利者，是非埳井之蛙與⑮？且彼方跐黃泉而登大皇，無南無北，奭然四解，淪於不測；無東無西，始於玄冥，反於大通⑯。子乃規規然而求之以察，索之以辯，是直用管窺天，用錐指地也，不亦小乎⑰！子往矣！且子獨不聞夫壽陵餘子之學行於邯鄲與？未得國能，又失其故行矣，直匍匐而歸耳⑱。今子不去，將忘子之故，失子之業⑲。」

⑮〔且夫知不知〕二句：而且你的智慧不足以通曉絕妙的言說，自己卻得意於一時之利，這豈不正像井底之蛙嗎？ 第一個「知」即「智」，第二個「知」為動詞，指「知曉」。 自適：自得其樂。 一時之利：從上下文來看，指論辯中暫時勝出。 是：這。 與：此處表示疑問。

⑯〔且彼〕七句：形容莊子之道，下入黃泉而上登皇天，不分南北，四面通達，陷入深不可測之域；不分東西，起於幽暗玄遠之處，而返回無所不通的大道。 且：況且。 黃泉：地下的泉水。 大皇：天。 奭(shì)然：不受拘束的樣子。

⑰〔子乃〕五句：你卻斤斤計較，想通過觀察和辯說的方法去求索莊子之道，這簡直就如同以竹管觀天，用錐子量地，豈不是太渺小了麼？ 規規然：拘泥淺陋。

⑱〔子往矣〕五句：你走吧！你難道沒有聽說過那個壽陵少年邯鄲學步的故事嗎？他沒有學會趙國人的本領，卻忘掉了自己原來的步法，只能爬著回去。 往：離開。 壽陵：燕國的城邑。 餘子：弱齡少年。 邯鄲：趙國的國都，當地人以走路的姿態優雅著稱。 直：簡直、只能。

⑲ 故：指上一句中的「故行」。 業：本行、學業。

公孫龍口呿而不合，舌舉而不下，乃逸而走[20]。

莊子釣於濮水

　　神龜拖著尾巴，在泥濘裏爬行。從人的立場來看，這可不是什麼理想的生活狀態，但卻順應了神龜的天性。最要緊的是，它畢竟是自由自在地活著。神龜死後，被珍藏在廟堂之上，獲得了莫大的榮耀，但那是以死亡為前提的。莊子講這個故事給楚王的兩位大夫聽，是為了謝絕楚王的任命。他可不希望像死去的神龜那樣活著。但有趣的是，他讓他們二位先說出了「吾將曳尾於塗中」的決定。連楚王派來的說客也贊同這一選擇，他們還拿什麼來勸說莊子接受楚王的任命呢？這兩位大夫就只好空手而歸了。

莊子釣於濮水，楚王使大夫二人往先焉，曰：「願以境內累矣①！」莊子持竿不顧②，曰：「吾聞楚有神龜，死已三千歲矣，王以巾笥而藏之廟堂之上③。此龜者，寧其死為留骨而貴乎？寧其生而曳尾於塗中乎④？」二大夫曰：「寧生而曳尾於塗中。」莊子曰：「往矣，吾將曳尾於塗中。」

①〔莊子釣於濮水〕三句：莊子正在濮水邊上釣魚，楚威王派了兩位大夫先去向他致意說：「我希望把國家政務託付給您！」　濮水：古水名，原出自山東濮縣之南，經河南封丘向東北流入山東。　楚王：即楚威王。　使：派遣。　大夫：古代官職，周代國君之下有卿、大夫、士三等。　往先焉：先於自己前往那裏。　焉：那裏。　境內：國境之內的政事。　累：煩勞、託付。

②〔莊子〕句：莊子手執釣竿，頭也不回。　顧：回頭看。

③〔王巾笥〕句：大王用織巾包好，把它放進竹盒，珍藏在廟堂之上。　巾：即巾幂(mì)，用來覆蓋、包裹貴重之物的織巾。　笥(sì)：盛衣物或食物的竹器。　廟堂：帝王祭祀或議事之所。

④〔此龜者〕三句：這隻神龜寧肯死了留下龜骨受人貴重，還是更願意拖著尾巴在泥濘裏自由自在地活著呢？　寧：寧肯、寧願。　曳(yè)：拖著。　塗：泥濘。

惠子相梁

莊子剛講過關於神龜的寓言，接下來又講了一個關於鵷鶵和貓頭鷹的故事。鵷鶵是傳說中像鸞、鳳那樣的瑞鳥，習性高潔，而貓頭鷹卻引以為同類，結果造成了可笑的誤會。莊子為什麼要對惠子講這個故事呢？莊子對做官沒興趣，可惠子輕信了謠言，以為莊子到梁國來，並不是為了來看他，而是要取代他做宰相，因此受了一場驚嚇。

後來，唐代詩人李商隱在自己的詩歌中使用過這一典故：「不知腐鼠成滋味，猜意鵷鶵竟未休」，嘲笑那隻貓頭鷹少見多怪，不知腐鼠有什麼好吃的，竟然猜疑鵷鶵要來搶它的「美食」。更可笑的是，貓頭鷹不僅自驚自嚇，還反過來恫嚇起鵷鶵來了。正是蟬鳩安知鯤鵬之志，井底之蛙又如何能瞭解「東海之大樂」呢？

由此可知，〈秋水〉中的這幾個寓言故事，看上去各自獨立，但背後的主題卻是一脈相承的。

惠子相梁，莊子往見之①。或謂惠子曰：「莊子來，欲代子相②。」於是惠子恐，搜於國中三日三夜。

莊子往見之，曰：「南方有鳥，其名曰鵷鶵，子知之乎③？夫鵷鶵發於南海而飛於北海，非梧桐不止，非練實不食，非醴泉不飲④。於是鴟得腐鼠，鵷鶵過之，仰而視之曰：『嚇！』今子欲以子之梁國而嚇我邪⑤？」

① 惠子相梁：惠子在梁國做宰相。 惠子：即惠施，是莊子的朋友和論辯對手，因此《莊子》中經常拿他來開玩笑。 相：做動詞用，意思是任宰相一職。

②〔或謂惠子曰〕二句：有人對惠子說：「莊子來了，是想取代你做宰相。」

③ 鵷鶵（yuānchú）：傳說中與鸞、鳳同類的瑞鳥。

④〔夫鵷鶵〕四句：鵷鶵從南方出發，飛到北海，非梧桐樹不棲息，非竹子的果實不食，非甘美的泉水不飲。 練實：竹實。 醴（lǐ）泉：像甜酒一樣甘美的泉水；醴：甜酒。

⑤〔於是鴟得腐鼠〕四句：正在這時，一隻貓頭鷹得到了一隻腐爛的老鼠。鵷鶵剛好飛過，貓頭鷹仰起頭來望著它，叫道：「嚇！」如今你也想用你的梁國來嚇我嗎？ 鴟：即鴟鵂（chīxiū），貓頭鷹的一種。 嚇（hè）：表示恫嚇之意，前一個是象聲詞，後一個是動詞。

魚之樂

這一天，莊子與惠子一起外出遊覽，來到了濠水的一座橋上。看到水裏的魚兒自由自在地從容出遊，莊子感嘆道：「看得出來，魚很快樂啊。」沒想到惠子立刻反駁說：「你又不是魚，你怎麼知道魚是快樂的呢？」這話可有些煞風景啊，原本是一次輕鬆的出遊，被他變成了一場辯論比賽。不過，莊子腦子快，當即回答說：「你不是我啊，怎麼知道我不知道魚很快樂呢？」惠子聽了大喜，心想自己的機會來了，就再次反駁道：「好吧，我不是你，固然不知道你知魚之樂。而你原本不是魚，你不知魚之樂，那正是確定無疑的了。」

究竟是魚之樂呢，還是莊子之樂？這的確是一個問題。同樣都是人，也未必就能彼此相知，更何況人與魚原為異類呢？顯然，惠子認為莊子把自己出遊的快樂投射到了魚的身上，而人與魚之間是不可能感同身受、產生共鳴的。讀到這裏，我想問一下我們的讀者，你究竟同意誰的看法呢？

莊子並沒有在這個問題上糾纏下去，而是話鋒一轉：還是讓我們從頭說起吧，也就是回到你最初的那個問題。你問我：「汝安知魚之樂？」這個「安」字是一個疑問詞，意思是「怎麼」或「哪裏」。你這樣問我，表

明你已經承認我知魚之樂了。你不過想進一步瞭解，我莊周是怎麼知道或從哪裏知道的。那就讓我來回答你好了：我就是從我們當下所在的濠水之上得知的。言下之意，魚之樂的判斷出自我此時此地的親眼觀察，與惠子那一套關於人與魚、你與我的推理無關。

莊子不服輸，當即扳回一局，反敗為勝。可是我們別忘了：「汝安知魚之樂」的這個「安」字並不簡單。作為一個疑問詞，它通常出現在反問句中：你怎麼能知道魚之樂呢？你哪裏能知道魚之樂呢？而這正是惠子的原意。反問句是不需要回答的，因為結論在先：你當然是不可能知道的。莊子有意迴避了這個反問句，同時利用了「安」字的多義性，顧左右而言他，回答了一個根本不需要回答的問題。就這樣，作為哲學家的莊子出乎預料地給我們上了一堂語言修辭課。

可是，人與人、人與魚之間究竟能否相知共鳴呢？這個問題莊子並沒有作出回答。他回應惠子說：你不是我，怎麼知道我不知魚之樂？雖說是批評惠子，實際上卻採用了惠子的邏輯——正像我惠施並非你，所以不知你，你莊周又豈能知魚呢？這樣一來，惠子就在邏輯上佔了上風，莊子不得不改變策略，從語言修辭上去大做文章了。

當然，我們或許不應該苛求莊子。在這樣一場辯論中，以論述的方式來證明魚是快樂的，畢竟不是一

件容易的事情。這是莊子通過觀察和直覺得來的判斷，但它背後的道理，那可就說來話長了。

莊子與惠子遊於濠梁之上^①。莊子曰：「鯈魚出遊從容，是魚之樂也^②。」惠子曰：「子非魚，安知魚之樂？」莊子曰：「子非我，安知我不知魚之樂？」惠子曰：「我非子，固不知子矣；子固非魚也，子之不知魚之樂，全矣^③。」莊子曰：「請循其本^④。子曰：『汝安知魚樂』云者^⑤，既已知吾知之而問我。我知之濠之上也。」

---

① 濠梁之上：濠水的橋梁上。　濠：水名，在今安徽鳳陽附近。　梁：橋梁。

② 〔鯈魚〕二句：鯈魚從容自在地游動，這是魚的快樂啊！也就是說，這表明魚很快樂！　鯈(tiáo)魚：又稱白鰷魚。　從容：舒緩悠閒、自由自在。　是：這，此指「鯈魚出遊從容」。

③ 〔我非子〕五句：我不是你，的確不知道你知道魚是快樂的；而你的確不是魚，因此，你也不知道魚是快樂的，這完全可以肯定了！　固：固然、原本、確實。　全：完全，表示論證已經完成。

④ 〔請循其本〕句：請回到最初的問題。　循：追溯。　本：根源，此指原本的話題。

⑤ 云者：用在引文的後面，表示轉述結束或有所省略。

《禮記》

苛政猛於虎

《禮記》是古代儒家經典之一，與《儀禮》和《周禮》合稱「三禮」，據傳由西漢禮學家戴聖編纂成書。《禮記》的內容十分豐富，是研究中國典章制度、社會生活和儒家思想的重要著作。部分篇章記載了孔子及其弟子的言行片段，簡潔生動，有很強的可讀性。

本篇〈苛政猛於虎〉選自《禮記·檀弓下》，記敘了孔子路過泰山時的一段見聞與對話：有一家三代人，從丈夫的父親到丈夫和兒子，都死於虎口，卻不肯遷居。一問才知道，原來當地雖有虎患，卻沒有「苛政」。他們寧肯死也不願受苛政的罪。所以，孔子要他的弟子牢牢記住：「苛政猛於虎」——「嚴苛的暴政比老虎還要凶猛啊！」

這一段描寫加上對話，前後不過幾句，看似簡單，卻勝過千言萬語。婦人的回答「昔者吾舅死於虎，吾夫又死焉，今吾子又死焉」。三句話使用了同一個簡單句，講的是同一個死亡事件，但每一次都換了一個主語，時間跨越三代人——重複加替換，產生了觸目

驚心的效果。但這不過是為下一句的「苛政猛於虎」做鋪墊而已：與苛政相比，這些都還在能夠忍受的範圍之內。苛政之恐怖，就可想而知了。

孔子過泰山側，有婦人哭於墓者而哀[1]。夫子式而聽之[2]，使子路問之曰：「子之哭也，壹似重有憂者[3]。」而曰[4]：「然[5]。昔者吾舅死於虎[6]，吾夫又死焉[7]，今吾子又死焉。」夫子曰：「何為不去也[8]？」曰：「無苛政[9]。」夫子曰：「小子識之[10]，苛政猛於虎也。」

---

① 〔有婦人〕句：有一位在墓前慟哭的婦人，哭得十分悲哀。

② 夫子：先生，這裏指孔子。　式：同「軾」，車前橫木。孔子俯身扶軾，表示同情和關懷。

③ 〔子之哭也〕二句：聽您的哭聲，實在像是遭遇了好多傷心事似的。子：「你」的尊稱。　壹：的確。　重(chóng)：重複、連續。另一説讀「zhòng」，意思是沉重。

④ 而：乃、就。

⑤ 然：是的，表示同意。

⑥ 舅：丈夫的父親。　死於虎：被動句，指被虎所傷害致死。

⑦ 死焉：死於虎口。焉，等於「於之」，「之」指上句中的「虎」。

⑧ 何為不去也：為什麼不離開這裏？

⑨ 苛政：包括苛刻的政令和繁重的賦役。

⑩ 小子：年輕人，這裏是孔子對弟子的稱呼。　識(zhì)：記住。

司馬遷

趙括談兵

本文節選自《史記・廉頗藺相如列傳》。

《史記》是西漢著名史學家司馬遷撰寫的一部史書，是中國歷史上第一部紀傳體通史。它記載了上自上古傳說的黃帝時代，下至漢武帝太初年間大約三千年的歷史。

司馬遷（公元前145–約前87），字子長，西漢人。他生長在史官的家庭，自幼就受到了良好的教育，並且師從董仲舒、孔安國等人學習古代文獻。他二十歲開始漫遊大江南北，為撰寫《史記》做準備。在擔任太史令的父親司馬談死後，司馬遷繼任太史令，先後用了約十六年時間，終於完成了這部《史記》。

《史記》對後世史學和文學的發展都產生了深遠影響。其首創的紀傳體為歷代官方的「正史」所傳承。同時，《史記》也是一部優秀的文學著作。它擅長敘事和刻畫人物性格，為後世留下了眾多的栩栩如生的歷史人物形象。魯迅盛讚《史記》為「史家之絕唱，無韻之《離騷》」，概括了它的偉大成就。

趙括出身將門，自少喜讀兵書，説起用兵的道理來，口若懸河，誰也難不住他。可是司馬遷筆鋒一轉，讓我們聽到了他父母的想法。首先是他的父親老將趙奢不以為然，因為他把戰爭這樣嚴重的事情説得太輕巧容易了。知兒莫如母，他的母親根據自己平日的觀察，對他也不看好。實際上，秦將白起早就看出了趙括自以為是、驕縱輕敵的弱點。他在戰場上佯裝敗北，以誘敵深入。趙括果然中計，身敗名裂不説，可嘆那幾十萬趙軍也斷送在了他的手裏。

　　從這一段歷史敘述產生了一個成語叫「紙上談兵」。「兵」指戰爭、軍事。「紙上談兵」指有的人只會誇誇其談，一旦上了戰場，卻落得個兵敗身死。更何況自古兵者為凶器，聖人不得已而用之，又談何容易呢？後人説少年不可輕易言兵，往往舉趙括為例。

趙括自少時學兵法，言兵事，以天下莫能當①。嘗與其父奢言兵事，奢不能難②，然不謂善。括母問奢其故，奢曰：「兵，死地也，而括易言之③。使趙不將括即已，若必將之，破趙軍者必括也④。」及括將行，其母上書言於王曰：「括不可使將。」王曰：「何以⑤？」對曰：「始妾事其父，時為將，身所奉飯飲而進食者以十數，所友者以百數，大王及宗室所賞賜者盡以予軍吏士大夫⑥，受命之

① 〔以天下〕句：以為天底下沒人能與他旗鼓相當。 當：匹敵。
② 難（nàn）：駁難、反駁。這裏是説趙括常與父親趙奢談論兵法，父親駁不倒他。
③ 〔兵，死地也〕三句：帶兵打仗是出生入死之事，趙括卻把它説得那麼輕易。 死地：危險的地方。
④ 使：假使。 將：作動詞用，指任命他做將領。下一句「括不可使將」的「將」字，用法相同。
⑤ 何以：為什麼？
⑥ 〔身所奉飯飲〕三句：承蒙他親手送上飯食、湯飲而進食的人，多達幾十位。他所交的朋友有幾百人之多，大王和宗室賞賜給他的東西全都被他轉贈給了軍中的將士和僚屬。

日，不問家事。今括一旦為將，東向而朝，軍吏無敢仰視之者⑦。王所賜金帛，歸藏於家，而日視便利田宅可買者買之⑧。王以為何如其父⑨？父子異心，願王勿遣⑩。」王曰：「母置之，吾已決矣⑪。」括母因曰：「王終遣之，即有如不稱，妾得無隨坐乎⑫？」王許諾。

趙括既代廉頗，悉更約束，易置軍吏⑬。秦將白起聞之，縱奇兵，佯敗走⑭，而絕其糧道，分斷其軍為二，士

⑦〔今括一旦為將〕三句：現在趙括剛當上大將，就面朝東方接受拜見，軍中將士沒有敢抬起頭來看他的。 東向而朝：面朝東坐著，接受部下的拜見。

⑧〔而日視〕句：每天看到有利可圖的田產和屋宅就買了下來。

⑨〔王以為〕句：大王拿他跟他的父親相比，以為如何？

⑩ 遣：派遣。

⑪ 置：放開手不要管了。 決：決意、做好了決定。

⑫〔即有如不稱〕句：趙括的母親說：「那麼如果他犯了失職的過錯，我可以不受到連累嗎？」 隨坐：連坐，因別人犯罪而受到牽連。

⑬〔悉更〕二句：全部更改原有的紀律和規定，並撤換和任命了許多將吏。 悉：全部。 更：變更。

⑭ 縱：出。 佯：假裝。

卒離心。四十餘日，軍餓，趙括出銳卒自博戰⑮，秦軍射殺趙括。括軍敗，數十萬之眾遂降秦，秦悉坑之⑯。趙前後所亡凡四十五萬。明年，秦兵遂圍邯鄲，歲餘，幾不得脫⑰。賴楚、魏諸侯來救⑱，乃得解邯鄲之圍。趙王亦以括母先言，竟不誅也⑲。

⑮ 銳卒：精銳部隊。
⑯ 坑：活埋。
⑰ 邯鄲：趙國的首都。　幾：幾乎。
⑱ 賴：有賴於。
⑲ 〔趙王〕二句：趙王也因為趙括的母親有言在先，最後沒有將她處死。

司馬遷

圯下受書

本文選自《史記‧留侯世家》。

司馬遷作史而長於寫人，他筆下的歷史是由一系列個人的生動故事所構成的。留侯，是張良的封號。張良，字子房，秦末漢初著名的謀士、大臣。張良一生可寫之事甚多，他從黃石公那裏得到了一部兵書，於是日後精通兵法，這固然也算是一件大事，但一句話就足以交代清楚了，而司馬遷卻不惜筆墨，細細寫來。這是為什麼呢？原因可能不止一個，大家可以用心想一想。有一點我們也許都同意：圯下受書一事，有懸念，有細節，是講故事的好材料，還極富於傳奇色彩。黃石公約見張良，前後三次才有了結果，這樣的情節在民間故事中往往可見，司馬遷如何肯輕易放過？另外還有一個更重要的原因：這件小事讓我們看到了張良隱忍屈尊卻安之若素的性格。有了這一筆，張良這個形象就立起來了。至於他後來輔佐漢高祖，成就了統一天下的大業，也一點兒都不難理解了。

良嘗閒從容步遊下邳圯上①，有一老父，衣褐，至良所，直墮其履圯下②，顧謂良曰：「孺子，下取履！」良鄂然③，欲毆之。為其老，強忍，下取履。父曰：「履我！」良業為取履，因長跪履之④。父以足受⑤，笑而去。良殊大驚，隨目之⑥。

父去里所，復還⑦，曰：「孺子可教矣。後五日平明，與我會此⑧。」良因怪之，跪曰：「諾。」五日平明，良往。

---

① 〔良嘗閒〕句：張良閒暇時曾徜徉於下邳橋上。 嘗：曾經。 圯
（yí）：橋。

② 褐：古時平民穿的衣服，通常用粗麻布製成。 直：故意、特意。老
人故意把鞋掉到橋下去。

③ 鄂然：同「愕然」，驚訝發呆的樣子。

④ 〔父曰〕四句：老人說：「給我把鞋穿上！」張良心想既然都已經把鞋
子取上來了，於是就跪下身去給他穿上。 履：此作動詞用，即把鞋
穿上。 業：已經。 長跪：兩膝著地，上身挺直。

⑤ 受：承受。

⑥ 〔良殊大驚〕二句：張良大吃一驚，目送老人走遠。 殊：非常。

⑦ 〔父去〕二句：老人離開一里地左右，又回來了。 里所：一里來地。
所：表示大概、約略的意思。

⑧ 〔孺子〕三句：你這個孩子是可以教導成器的。五天以後天剛亮時，
與我在這裏相會。

父已先在，怒曰：「與老人期，後，何也⑨？」去⑩，曰：「後五日早會。」五日雞鳴，良往。父又先在，復怒曰：「後，何也？」去，曰：「後五日復早來。」五日，良夜未半往。有頃⑪，父亦來，喜曰：「當如是。」出一編書，曰：「讀此則為王者師矣。後十年興。十三年孺子見我濟北，穀城山下黃石即我矣⑫。」遂去，無他言，不復見。

　　旦日視其書⑬，乃《太公兵法》也⑭。良因異之，常習誦讀之。

⑨　期：訂約。　後：後到，來晚了。

⑩　去：離去，離開。

⑪　有頃：過了一會兒。

⑫　〔讀此〕四句：讀了這部書就可以做帝王的老師了。十年以後你會發跡。十三年後到濟北來見我，穀城山下的黃石就是我。　興：成事。

⑬　旦日：天亮時。

⑭　太公：即姜太公，名子牙，曾輔佐周文王和周武王成就周朝大業。《太公兵法》是假托姜太公所作的一部古代兵書。

司馬遷

韓信拜將

本文選自《史記·淮陰侯列傳》。

　　韓信是劉邦手下的一員大將，與蕭何、張良並稱漢初三傑，為締造漢家天下立下了汗馬功勞。但韓信的命運卻令人嗟嘆。他功成名就之後，因為功高蓋主，引人猜忌，最終落得個夷滅宗族的下場。而他從來就是一個奇人，早年的經歷也同樣大起大落。這裏節選了《史記·淮陰侯列傳》的有關內容，司馬遷從韓信發願報漂母一飯之恩，寫到他受市井小兒的胯下之辱；從蕭何夜追韓信，寫到韓信拜將，一軍皆驚——這些跌宕起伏的精彩情節，原本出自司馬遷從淮陰一帶採集來的民間傳說，經過他妙筆生花的潤色而廣為傳頌。後來屢經改寫，又進入了民間說書和章回小說，並且活躍在戲曲的舞台上。從文人、官僚，到鄉野間不識字的農夫，甚至老幼婦孺，幾乎家喻戶曉。光憑這一點，我們就明白司馬遷有多偉大了。司馬遷是獨一無二，無可替代的：他屬於一個偉大的傳統，也屬於我們當中的每一個人。

淮陰侯韓信者，淮陰人也。始為布衣時，貧無行，不得推擇為吏，又不能治生商賈，常從人寄食飲，人多厭之者①。常數從其下鄉南昌亭長寄食，數月，亭長妻患之，乃晨炊蓐食。食時信往，不為具食②。信亦知其意，怒，竟絕去③。

① 〔始為布衣時〕六句：韓信當初為平民時，貧窮而且品行不好，不能被推選去做小吏，又不能做買賣以維持生活，經常寄食在別人家裏，他們大多討厭他。
② 〔亭長妻患之〕四句：亭長的妻子嫌惡他，於是早起把飯煮好，就在床上吃完了。等到開飯的時候，韓信來了，卻不給他準備飯食。 蓐食：早上在床上進餐。蓐，通「褥」。
③ 絕去：訣別離去。

信釣於城下，諸母漂，有一母見信飢，飯信，竟漂數十日④。信喜，謂漂母曰：「吾必有以重報母。」母怒曰：「大丈夫不能自食，吾哀王孫而進食⑤，豈望報乎！」

淮陰屠中少年有侮信者，曰：「若雖長大，好帶刀劍，中情怯耳⑥。」眾辱之曰：「信能死，刺我；不能死，出我袴下⑦。」於是信孰視之，俯出袴下，蒲伏⑧。一市人皆笑信，以為怯。

④〔諸母漂〕四句：有幾位大娘在河邊漂洗衣物，其中一位看見韓信餓了，就給他飯吃。幾十天都如此，直到漂洗完畢。 竟：完畢、結束。

⑤ 王孫：王室子弟，泛指貴族子弟，此處猶言「公子」，以示尊敬之意。

⑥〔若雖長大〕三句：你雖然長得高大，喜歡帶刀佩劍，其實是個膽小鬼而已。 中情：指內心。

⑦〔信能死〕句：你（韓信）要是不怕死，就拿劍刺我。怕死的話，就從我的胯下爬過去。 能死：不怕死。 袴(kù)：通「胯」，胯下指兩腿間。

⑧ 孰視：仔細打量。 孰：同「熟」。 蒲伏：匍匐、爬行。

及項梁渡淮，信杖劍從之，居戲下[9]，無所知名。項梁敗，又屬項羽，羽以為郎中[10]。數以策干項羽[11]，羽不用。漢王之入蜀，信亡楚歸漢，未得知名，為連敖[12]。坐法當斬，其輩十三人皆已斬，次至信，信乃仰視，適見滕公[13]，曰：「上不欲就天下乎[14]？何為斬壯士！」滕公奇其言，壯其貌，釋而不斬[15]。與語，大說之[16]。言於上，上拜以為治粟都尉，上未之奇也[17]。

⑨ 戲下：麾下、旗下。另解作戲水之下。「戲」指戲水，在今陝西臨潼區東。

⑩ 屬：歸屬、投奔。 以為郎中：任命他為郎中。 郎中：品階很低的官。

⑪ 干：求請、獻議。

⑫〔漢王之入蜀〕四句：漢王劉邦進入蜀地，韓信離開楚軍歸順漢王，沒有什麼名聲，只不過是一個小官員而已。 連敖（áo）：接待賓客的小官。

⑬ 坐法：因為犯法。 適：碰巧、剛好。 滕公：即夏侯嬰，曾任滕縣縣令，時人稱滕公。

⑭ 就天下：成就天下、打下天下。

⑮〔滕公〕三句：寫滕公為韓信的言辭和相貌所打動，將他釋放了，而沒有斬首。「奇其言，壯其貌」中的「奇」和「壯」都是意動用法，即以其言為奇，以其貌為壯。

⑯ 大說之：即「大悅之」，對他大為喜歡和欣賞。

⑰〔言於上〕三句：便把他推薦給漢王劉邦。漢王派他做管理糧餉的治粟都尉，仍不把他當奇才來看待。 治粟都尉：漢代官名。

信數與蕭何語，何奇之。至南鄭，諸將行道亡者數十人。信度何等已數言上，上不我用，即亡[18]。何聞信亡，不及以聞，自追之[19]。人有言上曰：「丞相何亡。」上大怒，如失左右手。居一二日，何來謁上[20]。上且怒且喜，罵何曰：「若亡，何也[21]？」何曰：「臣不敢亡也，臣追亡者。」上曰：「若所追者誰何？」曰：「韓信也。」上復

---

[18] 〔諸將行道亡者〕四句：半路上跑掉的軍官就有幾十個。韓信料想蕭何等人已經多次向漢王推薦過自己了，可是漢王卻一直不加重用，就也逃跑了。 道亡：半路逃走。

[19] 〔不及以聞〕三句：還來不及把韓信逃亡的消息報告給劉邦，就親自去追趕韓信了。

[20] 居一二日：指過了一兩天。 謁：拜見。

[21] 若：你。

罵曰：「諸將亡者以十數，公無所追；追信，詐也㉒。」何曰：「諸將易得耳，至如信者，國士無雙。王必欲長王漢中，無所事信；必欲爭天下，非信無所與計事者。顧王策安所決耳㉓。」王曰：「吾亦欲東耳㉔，安能鬱鬱久居此乎？」何曰：「王計必欲東，能用信，信即留；不能用，信終亡耳。」王曰：「吾為公以為將㉕。」何曰：「雖為將，

㉒ 詐：欺騙。

㉓ 〔王必欲長王漢中〕五句：大王如只想在漢中長久稱王，當然用不上他；假如想要爭奪天下，除了韓信就沒有可以商量大計的人了。這就看大王如何打算了。 事：用。 顧：只是。 安：怎樣。 決：決定。

㉔ 東：用作動詞，指東行，暗指佔領帝都，稱霸天下。

㉕ 〔吾為公〕句：我為了您拜他為將。

信必不留。」王曰：「以為大將。」何曰：「幸甚。」於是王欲召信拜之。何曰：「王素慢無禮㉖，今拜大將如呼小兒耳，此乃信所以去也。王必欲拜之，擇良日，齋戒，設壇場，具禮，乃可耳㉗。」王許之。諸將皆喜，人人各自以為得大將。至拜大將，乃韓信也，一軍皆驚。

㉖ 素：平素。　慢：傲慢。
㉗〔擇良日〕五句：選擇吉日，守齋戒，專門為任命儀式設置高台和場地，操演禮儀，這樣做才行。

諸葛亮

誠子書

諸葛亮（181–234），字孔明，早年隱居，躬耕於南陽，時稱「臥龍」。劉備三顧茅廬請他出山。諸葛亮不負所望，輔佐劉備建立了蜀漢政權，從而形成了歷史上有名的魏、蜀、吳三足鼎立的局面。

　　這是諸葛亮寫給兒子諸葛瞻的一封家書。當時諸葛瞻不過八歲而已，信中所說的道理，他未必能懂。但這又有什麼關係呢？諸葛亮寫給孩子的話，為的是他終身受益。這封家書言簡意賅，是道德與智慧的結晶，也是人生閱歷的總結。諸葛亮的教誨與期望，以及父親對兒子的愛護與關懷，都在這簡短的幾句話中真切地表達出來了。其中「非澹泊無以明志，非寧靜無以致遠」兩句，引自西漢劉安的《淮南子·主術訓》：「是故非澹薄無以明德，非寧靜無以致遠。」後來又常常被縮寫為：「澹泊以明志，寧靜以致遠」，並且成為歷代學子修身立志的座右銘。的確，只有胸襟淡泊，不慕榮利，才有可能明確志向。只有內心寧靜，沉潛專一，才有希望走得更遠。人生的行旅因此就是一場內心的修煉。

夫君子之行，靜以修身，儉以養德①。非澹泊無以明志，非寧靜無以致遠。夫學須靜也，才須學也，非學無以廣才，非志無以成學②。淫慢則不能勵精；險躁則不能治性③。年與時馳，意與日去，遂成枯落，多不接世，悲守窮廬，將復何及④！

①〔夫君子之行〕三句：說到君子的行為操守，應當通過內心的寧靜來完成自身的修養，通過儉樸的生活方式來培養高尚的品德。 以：依靠、通過。

②〔夫學須靜也〕四句：為學必須靜下心來，不受外界的干擾和誘惑，才能必須通過學習來獲得。不學習就無法增長才能，而沒有志向就學無所成。

③〔淫慢〕二句：放縱怠惰就無法奮發精進，急於求成就不能修煉性情。 淫慢：放縱怠惰。 勵精：也可以解釋為激勵精神。 險躁：偏狹急躁。 治性：修養和約束性情。一作「冶性」，指陶冶性情。

④〔年與時馳〕句：年華與光陰一同飛逝，意志伴隨著歲月逐漸消磨，最終像枯葉一樣衰落，大多於社會無益。到那時守在破屋裏唉聲嘆氣，哪裏還來得及呢？ 遂：於是。 接：接觸，也有「接濟」、救助的含義。

邯鄲淳

《笑林》三則

邯鄲淳，字子淑，東漢時穎川陽翟（今禹州市）人。他所撰《笑林》三卷，是我國古代最早的笑話集，後來又有《廣笑林》等書問世，形成了俳諧文字的悠久傳統。

楚人有擔山雞者

謠言是怎樣形成的，為什麼會有那麼多的人信以為真，而且以訛傳訛？騙子從中得到了好處，自不必說，連被騙的路人，也稀裏糊塗地得到了楚王的一大筆賞賜。當然，最糊塗的恐怕還要算是楚王了，為了那一隻根本就不存在的鳳凰破費巨資，充當了一回冤大頭。不過，或許他壓根兒就不在乎真相如何。據說路人花重金買下了那隻象徵吉祥的「鳳凰」，首先想到的就是獻給他。對楚王來說，還有什麼比這一份忠誠更重要的呢？是啊，國王自有國王的道理，只不過在別人的眼裏，這終究是一齣滑稽可笑的荒誕劇。

楚人有擔山雞者，路人問曰：「何鳥也？」擔者欺之曰：「鳳皇也！」路人曰：「我聞有鳳皇久矣，今真見之，汝賣之乎？」曰：「然！」乃酬千金，弗與^①；請加倍，乃與之。方將獻楚王，經宿而鳥死^②。路人不遑惜其金，惟恨不得以獻耳^③。國人傳之，咸以為真鳳而貴^④，宜欲獻之，遂聞於楚王。王感其欲獻己也，召而厚賜之，過買鳳之值十倍矣^⑤。

---

① 弗與：沒有答應成交。
② 方：剛剛。 經宿：過了一夜。
③ 〔路人不遑〕二句：路人還來不及惋惜花了大價錢，只是後悔沒能把「鳳凰」獻給楚王。 遑：閒暇。 恨：遺憾。
④ 〔國人傳之〕四句：國中之人口耳相傳，都把山雞當成了鳳凰來尊貴，認為應該獻給楚王，於是就報告給了楚王。 咸：都。
⑤ 〔王感其欲獻己也〕三句：楚王被那個路人買「鳳凰」想要獻給自己的行為所感動，於是把他召去好好地賞賜了一番，賞金比路人買「鳳凰」的價錢還多出了十倍。

漢世老人

　　吝嗇鬼是人們最喜歡嘲弄的對象之一，自古而然，中外不分。這個笑話中的老人，家富無子，死後田產就被充官了。但他的一生除了積累和守護財富，似乎別無所好。關於吝嗇鬼的笑話很多，彼此間還相互競爭，專在細節上比高下。這一則笑話中的細節就相當精彩：老人不情願地答應給乞丐幾個錢，但他從屋裏取錢出來時，走一步就拿掉一枚。等到了乞丐面前，手裏的錢最多只剩下一半了。把錢交出去時，他還閉上了眼睛，一副於心不忍的樣子。

　　讀到這裏，我們總算明白了什麼是細節的魅力。寫作離不開令人印象深刻的細節，不論是鴻篇巨制的小說和戲曲，還是三言兩語的笑話，都不例外。

漢世有老人無子，家富，性儉嗇①；惡衣蔬食，侵晨而起，侵夜而息②；營理產業，聚斂無厭③，而不敢自用。或人從之求丐者④，不得已而入內取錢十，自堂而出，隨步輒減，比至於外，才餘半在，閉目以授乞者⑤。尋復囑云⑥：「我傾家贍君，慎勿他說，復相效而來⑦！」老人俄死，田宅沒官，貨財充於內帑矣⑧。

① 〔漢世〕三句：漢代有一位老人，家富而無子，性格節儉吝嗇。
② 〔惡衣蔬食〕三句：衣服粗劣，以草菜為食，天一亮就起床，天黑了才睡覺。
③ 厭：滿足。
④ 〔或人從之〕句：有時別人向他乞討錢財。 之：指老人。
⑤ 〔隨步輒減〕四句：走一步，就減去一枚，等到了堂外，錢只剩下一半了，他閉上眼睛把錢交給乞討者。 比：等到。 授：交給。
⑥ 尋：一會兒。 復：又。
⑦ 〔我傾家〕三句：我把家裏的錢全都拿來給了你，你可千萬不要對別人說啊。否則，他們都會學你的樣子，來向我要錢了。 傾家：即傾家蕩產，把全部的家當都拿出來了。 贍：供給。 效：仿效。
⑧ 〔老人〕三句：老人不久就過世了，他的田地房屋被官府沒收，錢財充入國庫。 俄：很快、不久。 內帑(tǎng)：舊時指國庫。

執竿入城

這個笑話中的那個魯國人,手執長竿,卻橫豎進不去城門。這固然已經令人不可思議了,而那位自以為年紀大、閱歷廣的老父就更加可笑了:他建議把長竿鋸成兩截。出此下策,卻那麼自信,這才是真正的笑點。彷彿這還不夠,作者最後又加了一句:執竿者竟然照他的話辦了!在可笑的程度上,他們倆真是難分高下,只是可惜了那根長竿。

魯有執長竿入城門者，初豎執之，不可入；橫執之，亦不可入，計無所出①。俄有老父至②，曰：「吾非聖人，但見事多矣。何不以鋸中截而入③？」遂依而截之。

① 〔計無所出〕句：想不出什麼辦法。
② 俄：一會兒。
③ 〔吾非聖人〕三句：我算不上聖人，可見過的事情不算少了，為什麼不用鋸子把長竿從中間截斷後再進城門呢？　但：只是。

曹丕

與吳質書

　　曹丕（187–226），字子桓，曹操次子，於220年代漢自立，為魏文帝，也是中國文學史上一位重要的詩人和批評家。

　　書信在今天已經瀕臨絕跡了，但在中國歷史上，它曾經扮演過我們無法想像的重要角色。在那些過往的歲月中，小到個人交往、親友間的相互存問，大到思想交流、彼此間的辯駁爭論，都離不開書信。那時沒有手機微信，連電話電報也沒聽說過。而人生不易，聚少離多，維繫個人之間的紐帶，就不能不寄望於鴻雁傳書了。以人生而言，這是一個不小的缺憾，但在精神生活上，卻得到了加倍的補償：那些通過書信折射出來的人生面影、智慧的火花和細膩而豐沛的內心世界，為中國文學的寶庫增添了絢爛多彩的瑰寶。讀了這些書信，我們才知道，今天這個沒有書信的時代究竟失去了什麼，又如何相形失色了。

　　〈與吳質書〉是曹丕為世子時寫給朋友吳質的一封信。在這封信中，曹丕深情回憶了當年與吳質，以及徐幹、應瑒、劉楨、陳琳等已逝友人共同遊處、歡

宴賦詩的經歷，同時也對他們的才能與成就做出了公允的評價。難能可貴的是，曹丕在表達對朋友的追念時，處處結合自己當下的心境，融注了人生短暫、歡會難再的感慨。這封信將議論、回憶、對友人的關心與個人情感的抒發，完美地融為一體，因此讀起來情文並茂，感人至深。

二月三日，丕白①。歲月易得，別來行復四年②。三年不見，〈東山〉猶嘆其遠，況乃過之，思何可支③！雖書疏往返，未足解其勞結。昔年疾疫，親故多離其災。徐、陳、應、劉，一時俱逝，痛可言邪④！

昔日遊處，行則連輿，止則接席；何曾須臾相失⑤？每至觴酌流行，絲竹並奏，酒酣耳熱，仰而賦詩⑥。當此

---

① 白：陳説，書信開篇和結尾的常用語。

② 歲月易得：時間很容易就過去了。 行：將。 復：又。

③ 〔三年不見〕四句：三年不見，《詩經·東山》詩裏的士兵尚且感嘆離別的時間太長，何況我們的分別已超過了三年，思念之情又如何承受得起呢！ 支：承受、支撐。

④ 〔雖書疏往返〕七句：儘管我們時有書信往來，但並不足以解除鬱結在心頭的懷念之情。前一年疾疫流行，親友多遭不幸，徐幹（字偉長）、陳琳（字孔璋）、應瑒（字德璉）、劉楨（字公幹）都相繼過世了，內心的悲痛怎麼能用言語來表達呢？ 書疏：書信。 勞結：鬱結。 離：通「罹」，遭遇。

⑤ 〔行則連輿〕三句：往昔我們或一同出遊或平居相處，出遊則車輿相連，平居則接席而坐，何曾有過一刻分離！ 須臾（yú）：一會兒。

⑥ 〔觴（shāng）酌流行〕四句：觴：酒杯。 酌：斟酒。 流行：酒杯從一位傳給另一位，描寫歡飲正酣的情形；一說指曲水流觴，詳見下一篇王羲之的〈蘭亭集序〉。 絲：指琴類弦樂器。 竹：指簫笙類管樂器。

之時，忽然不自知樂也⑦。謂百年己分，可長共相保⑧。何圖數年之間，零落略盡，言之傷心⑨！頃撰其遺文，都為一集。觀其姓名，已為鬼錄⑩。追思昔遊，猶在心目。而此諸子，化為糞壤，可復道哉⑪！

　　觀古今文人，類不護細行，鮮能以名節自立⑫。而偉長獨懷文抱質，恬淡寡欲，有箕山之志，可謂彬彬君子

---

⑦〔當此之時〕二句：當年沉醉之時，並沒有覺得自己處在快樂之中。忽然：當下、一會兒。

⑧〔謂百年己分(fèn)〕二句：自認為人生百年是自己分內應有的，我們可以長久地共享相處之樂。 百年：泛指人的一生。 分：指應得的分內之事。 保：陪伴、依靠。

⑨〔何圖〕三句：哪裏想得到幾年之間，差不多都凋零謝落，說起來令人傷心。

⑩〔頃撰其遺文〕四句：近來編纂他們的遺稿，匯成一集。看到他們的姓名，已經登記在死者的名冊上了。 頃：近來、不久前。 撰：編纂。 都：合成、匯集。

⑪〔可復道哉〕句：我還能說些什麼呢？此為反問句和感嘆句。

⑫〔觀古今文人〕三句：縱觀古今文人，大多不拘小節，很少能在名譽和節操上立身的。 類：大類、大多。 護：注意。 鮮：很少、罕見。

者矣⑬。著《中論》二十餘篇，成一家之言，辭義典雅，足傳於後，此子為不朽矣。德璉常斐然有述作之意⑭，其才學足以著書，美志不遂，良可痛惜⑮！間者歷覽諸子之文，對之抆淚，既痛逝者，行自念也⑯。

孔璋章表殊健，微為繁富⑰。公幹有逸氣，但未遒耳；其五言詩之善者，妙絕時人⑱。元瑜書記翩翩，致足

---

⑬〔而偉長〕四句評徐幹，說他文質兼備，既抱有淳樸的本質，又懷著不凡的文采。他清心寡慾，不慕俗世的榮華富貴，而有隱者之志，可以說是一位文質彬彬的君子。　箕(jī)山之志：相傳堯時的許由、巢父曾在箕山隱居。　彬彬：形容配合適中，恰到好處，出自《論語·雍也》：「文質彬彬，然後君子。」

⑭德璉：應瑒的字。　斐然：有文采的樣子。　述作：「述」指闡發前人的著作，「作」指他本人的創作。

⑮遂：實現。　良：很。

⑯〔間者〕四句：近來遍閱他們的文章，讀罷不禁為之抆淚，既痛念逝去的好友，又想到了自己的生命短促。　間者：近來。　抆(wěn)淚：擦眼淚。　行：且、又。本段提到徐幹和應瑒，而作者在點評他們的為人、才學和文章時，往往同時涉及這幾個方面，並不做明確的區分。

⑰這一段評論陳琳、劉楨、阮瑀(字元瑜)、王粲(字仲宣)。　章表：指大臣寫給君主的奏書。　殊健：陳琳寫的章表，氣勢尤其剛健。　微為繁富：文辭稍嫌繁複富麗。

⑱〔公幹有逸氣〕四句：劉楨的文風有超俗的氣質，只是還不夠遒勁有力而已。他的五言詩中的佳作，如此高妙，超過了當時所有的詩人。　絕：超越。

樂也⑲。仲宣續自善於辭賦，惜其體弱，不足起其文。至於所善，古人無以遠過⑳。

　　昔伯牙絕弦於鍾期，仲尼覆醢於子路，痛知音之難遇，傷門人之莫逮㉑。諸子但為未及古人，亦一時之雋也㉒。今之存者，已不逮矣㉓。後生可畏，來者難誣，然恐吾與足下不及見也㉔。

⑲〔元瑜書記〕二句：阮瑀所作的書記文采飛揚，可以給讀者帶來最大的快樂。　書記：指書檄等官方文字。　翩翩：形容詞采飛揚。

⑳〔仲宣〕五句評王粲，繼之而起，也長於辭賦。其中「惜其體弱，不足起其文」，大意是說，可惜他體質稍弱，不足以振起他的文章。然而，說到他的擅長之處，即便古人也超不過他多少。

㉑〔昔伯牙〕四句：過去伯牙在好友鍾子期死後，便斷絕琴弦，終身不再鼓琴了，痛感知音難遇。孔子聽說子路被衛人剁成肉醬後，命家人把肉醬倒掉，傷悲弟子無人可及。　醢(hǎi)：肉醬。　逮：趕上。

㉒〔諸子但為未及古人〕二句：他們只不過還比不上古人罷了，但畢竟是一代人中的俊傑。　但：只不過。　雋(juàn)：同俊，指才智出眾。

㉓〔今之存者〕二句：當今的這些人已經趕不上他們了。

㉔〔後生可畏〕三句：後生晚輩值得敬畏，來者如何，也未敢妄言或輕視。只是恐怕您與我都來不及看到了。《論語・子罕》：「後生可畏，焉知來者之不如今也？」　誣：輕蔑，指輕視或妄加評論。

年行已長大，所懷萬端，時有所慮，至通夜不瞑㉕。志意何時復類昔日㉖？已成老翁，但未白頭耳。

光武言：「年三十餘，在兵中十歲，所更非一㉗。」吾德不及之，年與之齊矣。以犬羊之質，服虎豹之文，無眾星之明，假日月之光，動見瞻觀，何時易乎㉘？恐永不復得為昔日遊也㉙。少壯真當努力，年一過往，何可攀

㉕ 年行：即「行年」，已經度過的歲月，指年齡。 萬端：形容愁思千頭萬緒。 瞑：閉目入睡。

㉖〔志意〕句：我的志向和心力何時能與昔日相比呢？

㉗〔年三十餘〕三句：年過三十，在軍中十年，所經歷的事情很多。更：經歷。這是引用漢光武帝劉秀的話。

㉘〔以犬羊之質〕六句大意是說，自己並無特殊的德能，卻登上了太子之位，假借的是父親曹操的光芒。而自己的一舉一動都在眾目瞻觀之下，這種情形什麼時候才能改變呢？ 以犬羊之質，服虎豹之文：比喻自己本來不過是犬羊，卻披上了虎豹的華彩外皮。 無眾星之明，假日月之光：自己不像眾星那麼明亮，而是憑藉著父王的日月之光。此處曹丕以日月比皇帝，即父王曹操。 見：被。 易：改變。

㉙〔恐永不復得〕句：恐怕永遠也不可能再像從前那樣一起交遊了。

援^㉚？古人思秉燭夜遊，良有以也^㉛。頃何以自娛？頗復有所述造不^㉜？東望於邑，裁書敘心^㉝。丕白。

㉚ 攀援：挽留、留住。

㉛〔古人思秉燭夜遊〕二句：秉燭夜遊：出自漢代《古詩十九首·生年不滿百》一首的「晝短苦夜長，何不秉燭遊？」意思是說，既然苦於晝短夜長，為什麼不夜裏起來，手持蠟燭出遊，及時行樂呢？ 良有以也：的確是有道理、有原因的。

㉜〔頃何以自娛〕二句：近來以什麼自娛，是否又有了一些新作？ 述造：即「述作」。 不：一作「否」，這裏是「有否」的意思。

㉝ 於邑（wūyè）：同「嗚咽」，傷心哽咽。一解作抑鬱煩悶。 裁書：即寫信。

王羲之

蘭亭集序

王羲之（321–379），字逸少，東晉著名書法家，有
「書聖」之稱。

永和九年（353）在蘭亭舉辦了一次著名的文人集
會。與會者包括王羲之、謝安等四十一位名士，他們
臨流賦詩，各抒懷抱，輯成《蘭亭集》。王羲之為詩集
作序，這就是〈蘭亭集序〉的來歷。

〈蘭亭集序〉是古文名篇，也是選集必收之作。在
這篇短文中，王羲之借眼前蘭亭集會的盛況，抒發宇
宙人生的感慨。前人說：古往今來曰宇，上下四方曰
宙。所謂宇宙之感正是時空交匯之際所喚起的人生感
悟。評家早已指出，這篇文章的精彩之處在於即景言
情，情景交融，但實際上又不止於此。我們看它從歡
樂寫到憂傷，彷彿只在一念之間，或者如曹丕在〈善哉
行〉中所寫的那樣，是「憂來無方，人莫之知」吧？作者
上一段還在說曲水流觴，樂莫大焉，下一段卻結束在
「死生大矣，豈不痛哉」這兩句話上，一時哀從中來，
如不可遏。然而悲歡之間的瞬息變化，卻沒有留下突

兀或勉強的痕跡,彷彿本來就是如此:不知道什麼時候快樂沒有了,變成了悲哀,什麼時候又從悲哀中昇華出了浩渺的宇宙意識。情緒的潮汐,就這樣波瀾起伏,蔚為大觀,令人不能不為之動容。這當然首先要歸功於王羲之本人,歸功於他敏銳而豐富的感受力和文字表現力。但無可否認,這同時也體現了魏晉時期共同的時代敏感與情感結構。我們剛讀過曹丕的〈與吳質書〉,對此已經有所體會了吧。

永和九年，歲在癸丑①，暮春之初，會於會稽山陰之蘭亭，修禊事也②。群賢畢至，少長咸集③。此地有崇山峻嶺，茂林修竹④；又有清流激湍，映帶左右⑤，引以為流觴曲水，列坐其次⑥。雖無絲竹管弦之盛，一觴一詠，亦足以暢敘幽情。

　　是日也，天朗氣清，惠風和暢，仰觀宇宙之大，俯

---

① 永和：東晉穆帝司馬聃的年號。　癸丑：古人以天干地支紀年，癸丑年即永和九年，公元353年。

② 修禊(xì)：古時的一種習俗，於農曆三月上旬的巳日(三月初三)在水邊洗濯嬉戲，相聚宴飲，舉行祓除不祥的祭祀活動。　永和：東晉年號。　會稽(kuàijī)：地名，今浙江紹興。　修：指舉行、操習。

③ 畢：全、全部。　少長：年少者和年長者。　咸：都。

④ 修：長。

⑤ 〔又有〕二句：此外，還有清溪和急流，或像鏡子倒映四周景色，或如佩帶環繞左右。

⑥ 〔引以為流觴曲水〕二句：引水環曲成渠，流觴飲酒為樂，依次列坐在曲水的兩邊。　流觴：將酒杯放在彎曲的水流之中，順流而下，酒杯停在誰的面前，誰就取杯飲酒。

察品類之盛⑦，所以遊目騁懷，足以極視聽之娛，信可樂也⑧。

　　夫人之相與，俯仰一世，或取諸懷抱，晤言一室之內；或因寄所託，放浪形骸之外⑨。雖趣舍萬殊，靜躁不同，當其欣於所遇，暫得於己，快然自足，不知老之將至⑩。及其所之既倦，情隨事遷，感慨係之矣⑪。向之所

⑦ 是日也：這一天。　惠風和暢：柔和的風讓人感到溫暖而舒暢。惠：原意指給予恩惠，此指和風令人舒適。　品類：泛指宇宙間萬物的種類。　盛：此處指繁多。

⑧ 〔所以〕三句：藉以放眼四望，馳騁胸懷，也足以盡情享受視聽之樂，真是一大樂事。　所以：意思是用以、可以用來……。　極：窮盡。　信：的確、實在。

⑨ 〔夫人之相與〕六句：人與人相互交往，俯仰之間便度過了一生。有的人在一室之內暢談自己的胸懷抱負；有的人就著自己所愛好的事物，寄託內心情懷，放縱無羈地生活。　取諸懷抱：取之於懷抱。諸：之於。　晤：晤談，一作「悟」。　形骸：身體。

⑩ 〔雖趣舍萬殊〕六句：儘管每個人自有取捨，性情各異，躁靜不同，可一旦遇上了他喜好的事物，都會在那一刻感到自得、滿足和快樂，忘記了衰老即將到來。　趣舍：即「取捨」、偏好。最後一句出自《論語・述而》中孔子對自己的描述：「其為人也，發憤忘食，樂以忘憂，不知老之將至云爾。」　快然：早期摹帖作「怏（yàng）然」。

⑪ 〔及其所之既倦〕三句：等到他對自己所遇之物產生了厭倦，心緒隨著事情發生了變化，感慨也便由此而來。　之：此作動詞，有「追求」、「遭遇」或「獲得」的意思。　係：附著。

欣，俯仰之間，已為陳跡，猶不能不以之興懷。況修短隨化，終期於盡^⑫。古人云，死生亦大矣^⑬，豈不痛哉！

　　每覽昔人興感之由，若合一契，未嘗不臨文嗟悼，不能喻之於懷^⑭。固知一死生為虛誕，齊彭殤為妄作^⑮。後之視今，亦猶今之視昔^⑯，悲夫！故列敘時人，錄其所述。雖世殊事異，所以興懷，其致一也。後之覽者，亦將有感於斯文^⑰。

⑫〔向之所欣〕六句：過去所喜歡的東西，轉瞬之間已成舊跡，可是仍然不能不因為它而引發心中的感觸，況且壽命的長短，取決於造化，最後同歸於消滅。

⑬〔死生〕句：死生實在是一件大事。這句話出自《莊子·德充符》。

⑭〔每覽〕四句：每每考察古人興發感動的緣由，與今人別無二致。及至下筆為文，也不免嗟嘆悲悼，而難以豁然於心。 覽：觀覽，一作「攬」，同「覽」。 契：符契，古時的一種信物，在上面刻字，然後剖而為二，雙方各執一半，以為憑證。 喻：曉悟、明白。

⑮〔固知〕二句：由此可知，本來就知道把生與死看成是一回事兒是虛幻而不真實的，把長壽和短命等量齊觀也是胡亂的編造。「一死生」、「齊彭殤」均出自《莊子》。 固：原本，又作「故」解，即「因此」。 彭：指彭祖，據說活了八百歲。 殤：未成年而死去的人。

⑯ 猶：猶如，一作「由」，同「猶」。

⑰〔雖世殊事異〕五句：儘管時代變了，事情也不同了，但引起人們感懷的境況，卻是一樣的。 將來的讀者也會因為這部《蘭亭集》而感慨萬千的。 斯文：這裏指這次集會的詩文。

陶淵明

五柳先生傳

陶淵明（約 365–427），又名潛，字元亮，號五柳先生，世稱靖節先生。陶淵明年輕時曾有過建功立業的志向，但始終未能實現。當時的政治環境和社會現實異常動蕩複雜，陶淵明最終覺悟到，他既不可能實現自己的政治理想，也不可能改變自己的本性來迎合世俗，於是辭官歸隱，過上了隱居躬耕的生活。陶淵明生前不求聞達，只是因為隱逸而偶為人知，死後才逐漸以詩歌而獲得了巨大的聲望。

一篇傳記文字，開頭兩句卻說不知道傳主來自何處，也不知道他的姓名，這豈不是咄咄怪事嗎？然而，陶淵明的〈五柳先生傳〉就是這樣開篇的。而且我們很快就明白了，這位五柳先生既是一個理想人格的化身，也是作者內心世界的寫照。

通篇讀下來，我們會發現，如果一心一意想從這篇自傳中獲得今天個人履歷中常見的那些信息，結果就未免要大失所望了。陶淵明並不是沒有閃光的金字招牌，他的名片也根本用不著打造。他早年在幕府和官府中任職，接近過權重一時的風雲人物，更不

用說他還出身於一個世代為官的家族。但對此陶淵明一字不提，他希望我們記住的不是這些，甚至也不是他的姓氏和身世。從他簡短的文字中，我們看到了一位隱者的肖像速寫：他安貧樂道、不慕榮利，好讀書飲酒著文，一心以自娛自適為樂，而不知老之將至。

〈五柳先生傳〉中的兩個典故，可以幫助我們更多地瞭解傳主的人生理想：一處出自孔子在《論語》中對弟子顏回的稱讚：「一簞食，一瓢飲，在陋巷。人不堪其憂，回也不改其樂。」顏回住在簡陋的巷子裏，平常的飲食粗糙簡單。別人處在這樣的情況下，都會不勝其憂的，可顏回卻自得其樂，而且從未改變。這與文中引用的黔婁之妻的話「不戚戚於貧賤，不汲汲於富貴」是一致的。另一處出自早期的史書，無懷氏和葛天氏都是傳說中上古時代的帝王，據說他們的部落過著淳樸無憂的簡單生活。這兩個典故，前者代表了儒家的道德楷模，後者完美地契合了老子和莊子的道家理念。合而觀之，它們揭示了陶淵明人生觀的重要資源。

先生不知何許人也^①，亦不詳其姓字。宅邊有五柳樹，因以為號焉^②。閑靖少言，不慕榮利。好讀書，不求甚解^③；每有會意，便欣然忘食。性嗜酒，家貧不能常得。親舊知其如此，或置酒而招之。造飲輒盡，期在必醉；既醉而退，曾不吝情去留^④。環堵蕭然，不蔽風日，短褐穿結，簞瓢屢空，晏如也^⑤。常著文章自娛，頗示己志。忘懷得失，以此自終。

① 何許：什麼地方。
② 因以為號：於是就以（五柳）為號。古代的男子二十而冠，行過冠禮後，始立字號。
③ 〔好讀書〕二句：喜好讀書，但不拘泥於字句，不過求煩瑣的解釋。
④ 〔親舊知其如此〕六句：親戚朋友瞭解到他的這種境況，有時擺好酒席邀請他。他去了就喝個盡興，務必大醉而歸。而大醉之後，竟然說走就走，並不介意。　造：至。　曾（zēng）：用在「不」前，加強否定語氣。　吝情：顧惜、捨不得。　去留：偏義詞，強調的是「去」，也就是離開的意思。
⑤ 〔環堵〕五句：簡陋的屋子裏四壁破敗，遮擋不住風和烈日，粗布短衣破爛，家裏的簞瓢也經常是空的，可他卻怡然自得，不以為苦。環堵：房屋四壁。　穿結：衣服洞穿和補綴打結。　簞（dān）：古代盛飯用的器皿。　瓢：飲水用具。　晏如：快樂的樣子。「簞瓢」幾句話出自孔子在《論語》中對弟子顏回的稱讚。

贊曰⑥：黔婁⑦之妻有言：「不戚戚於貧賤，不汲汲於富貴⑧。」極其言，茲若人之儔乎⑨？酣觴賦詩，以樂其志，無懷氏之民歟？葛天氏之民歟⑩？

⑥ 贊：是傳記結尾的評論性文字。

⑦ 黔婁：春秋時魯國人，不求仕進，屢辭諸侯之聘。

⑧ 〔不戚戚於貧賤〕二句：不因為貧賤而悲戚，也不熱衷於發財和做官。戚戚：憂慮的樣子。 汲 (jí) 汲：心情急切的樣子。

⑨ 〔極其言〕二句：黔婁之妻的這句話，如果深究其意，大概五柳先生就是像她說的這樣的人。 極：推究。 茲：指五柳先生。 儔 (chóu)：同類。

⑩ 〔無懷氏〕二句：不知道他是無懷氏時代的人呢？還是葛天氏時代的人呢？「無懷氏」和「葛天氏」均為傳說中的上古帝王。

劉義慶

《世説新語》十則

　　《世説新語》主要記錄魏晉名士的奇聞軼事和清談佳話，也可以説是魏晉風流的一部分類匯編。該書是由臨川王劉義慶（403–444）組織一批文人編寫而成的。全書今傳本分三卷三十六門，分別展示了人物活動的不同門類，或人物的某些內在品格和行為特徵。例如上卷四門：德行、言語、政事、文學；中卷九門：方正、雅量、識鑒、賞譽、品藻、規箴、捷悟、夙慧、豪爽。這十三門偏向於正面的褒揚。下卷二十三門，情況相對複雜，有褒有貶或近於中立。魏晉時期盛行人物品鑒之風，通過對名士的氣質風度和言談舉止的觀察，對他們做出評斷和品定高下。《世説新語》正是這一風氣的產物。

　　《世説新語》記載的軼事傳聞，未必都實有其事，但提供了魏晉時期名士文化的多彩多姿的剪影。其中多有奇人軼事，特立獨行，而不拘於禮法常規。這其中不僅包括了高人逸士的操行，也有像王述的那些近乎好笑的狷急之舉。而在名人雅士競相以清高自許的

氛圍之中，陶侃的節儉和勤勉就顯得格外另類了。不過，這裏重要的或許不只在於做了什麼，而在於是否做得灑脫坦然或一以貫之。在《世說新語》的評價系統中，即便「儉嗇」也可以做得不俗的。順便說一句，你會好奇陶侃是誰？他就是陶淵明的曾祖父。

　　魏晉時期，政治環境險惡，人人自危，自有其黑暗面，但這同時又是一個人生高度藝術化的時代。在這裏所選的幾則中，我們還讀到了他們對山水的遊觀，對人物的品鑒和對文學作品的欣賞。走在山陰道上，時有會心之處。徘徊於園林之中，又覺鳥獸禽魚自來親人。這一態度也體現在了對文學和人物的品藻上：阮孚每一次讀罷郭璞的兩句山水詩「林無靜樹，川無停流」，便頓覺神超形越。而山濤把自己的朋友嵇康比作孤松，醉後則如「玉山之將崩」。其他人的品評也不乏詩意，比如說嵇康就像是松間的長風，舒緩而高舉。這是一種藝術的眼光和態度，也因此成全了藝術化的人生。

言語 61

　簡文入華林園[1]，顧謂左右曰：「會心處不必在遠，翳然林水，便自有濠、濮間想也，覺鳥獸禽魚自來親人[2]。」

---

①　簡文：即梁簡文帝。

②　〔會心處〕四句：令人心領神會的地方不一定很遠，樹木蔽空，林水掩映，就自然會產生濠水、濮水上那樣悠然自得的想法，覺得鳥獸禽魚自己會來與人親近。　翳（yì）：遮蔽。　濠（háo）：濠水。　濮（pú）：濮水。　濠、濮間想：詳見本書《莊子‧秋水》中的〈莊子釣於濮水〉和〈魚之樂〉。

言語 63

　支道林常養數匹馬①。或言：「道人畜馬不韻②。」支曰：「貧道重其神駿③。」

① 支道林：即支遁（dùn），東晉高僧。

② 〔道人〕句：僧人養馬不雅，意思是養馬與僧人的身分不符。　道人：指有德行或道術的人，此指僧人。　畜：畜養。　不韻：不雅；韻：風雅、高雅。

③ 貧道：支遁自指，為自謙之辭。　重：看重、欣賞。　神駿：形容馬的神氣駿逸。　這一逸事還有另外一個版本，略有不同，出自《許玄度集》：「遁字道林，常隱剡東山，不遊人事，好養鷹馬，而不乘放。人或譏之，遁曰：『貧道愛其神駿。』」大意是説，支道林經常隱居在剡（shàn）東山，不參與世俗事務，而好養鷹畜馬，但又從不乘馬放鷹。有人譏笑他，支道林回應説：我養鷹畜馬，並不是以乘馬放鷹為樂，而是因為喜愛它們的神駿。　剡山、剡溪均在今浙江省紹興嵊山境內。

言語 91

　　王子敬曰：「從山陰道上行，山川自相映發，使人應
接不暇。若秋冬之際，尤難為懷^①。」

---

① 〔山川〕四句：山光水色交相輝映，使人目不暇接。若在秋冬之交，
　　這裏的景色又特別讓人難以釋懷。王子敬即王獻之，字子敬，書法
　　家王羲之的兒子。

政事 16（節選）

　　陶公性檢厲，勤於事①。作荊州時，敕船官悉錄鋸木屑，不限多少。咸不解此意②。後正會，值積雪始晴③，聽事前除雪後猶濕，於是悉用木屑覆之，都無所妨④。

　　官用竹，皆令錄厚頭⑤，積之如山。後桓宣武伐蜀，裝船，悉以作釘⑥。

① 〔陶公〕二句：陶侃性情檢束、嚴厲，對政事十分勤勉。　陶公：即陶侃，東晉人。

② 〔作荊州時〕四句：他在荊州任刺史時，命令建造船隻的官員把鋸木屑全部收集起來，不論多少。大家都不明白他的用意。　敕（chì）：命令。　悉錄：全部收集起來。　咸：全、都。

③ 正會：此指農曆正月初一，下屬向刺史陶侃朝賀的大會。　值：正當、遇上。

④ 〔聽事〕三句：大堂前的台階雪後還很濕。這時陶公就讓人用木屑覆蓋在上面，大家出入時就一點兒都不受妨礙了。　聽事：處理政事的廳堂。　除：台階。

⑤ 〔官用竹〕二句：官府用的毛竹，陶侃總是命令把截下的根部收集起來。

⑥ 〔後桓宣武〕三句：後來桓溫伐蜀，組裝戰船的時候，就把這些竹頭全部當作鉚（mǎo）釘來使用了。　桓宣武：即桓溫，東晉政治家，死後諡（shì）號「宣武」。

文學①42

　　支道林初從東出，住東安寺中②。王長史宿構精理，
並撰其才藻，往與支語，不大當對③。王敘致作數百語④，
自謂是名理奇藻⑤。支徐徐謂曰⑥：「身與君別多年，君義
言了不長進⑦。」王大慚而退。

---

① 文學：即文章學問，不同於今天所說的「文學」。
② 〔支道林初從東出〕二句：支道林，即支遁，字道林，東晉高僧。他
　　原居會稽，在京城建康的東邊，晉哀帝派人把他接到建康，所以說
　　「從東出」。
③ 〔王長史〕四句：長史王濛事先想好精微的義理，並且撰構了富於才
　　情的文辭，去和支道林清談，可是卻不大能與支道林相匹敵。 王長
　　史：即王濛，長史是他的官職。 宿：事先。
④ 敘致：陳述事理。
⑤ 藻：詞藻。
⑥ 徐徐：緩慢。
⑦ 〔君義言〕句：你在義理和言詞方面一點兒都沒有長進啊。

文學 76

　郭景純詩云：「林無靜樹，川無停流①。」阮孚云：「泓
崢蕭瑟，實不可言②。每讀此文，輒覺神超形越。」

① 〔林無靜樹〕二句：這兩句詩出自郭璞的〈幽思篇〉。　郭璞，字景純，
　西晉文學家。
② 〔泓崢蕭瑟〕二句：阮孚評價郭璞的詩句說：意境深邃蕭索，只可意
　會，不可言傳。　泓崢：清澈而又深不可測。

巧藝 12

　　顧長康畫謝幼輿在巖石裏^①。人問其所以^②，顧曰：
「謝云：『一丘一壑，自謂過之^③。』此子宜置丘壑中^④。」

① 顧長康：即顧愷之，晉代著名的畫家。 謝幼輿：即謝鯤，晉朝人，
　年少知名，性好山水。
② 所以：原因。
③〔謝云〕三句：丘：山丘。 壑(hè)：溝，指兩山之間的窪地或溪流。
　過：超過。 此處顧愷之引用謝鯤的話，見《世說新語・品藻》：「明
　帝問謝鯤：『君自謂何如庾亮？』答曰：『端委廟堂，使百僚準則，臣
　不如亮。一丘一壑，自謂過之。』」大意是說，晉明帝問謝鯤，與庾
　亮相比，你自以為如何？謝鯤回答道：說到在朝中做官(穿著禮服，
　在朝廷上行身處事，為百官做出榜樣)，我不如庾亮。至於隱居世
　外，寄情山水，我自認為要勝過他。
④ 此子：指謝鯤。 宜：應該、宜於。 置：放置、置身於。

容止 5

　　嵇康身長七尺八寸[①]，風姿特秀。見者歎曰：「蕭蕭肅肅，爽朗清舉[②]。」或云：「蕭蕭如松下風，高而徐引[③]。」山公曰[④]：「嵇叔夜之為人也，巖巖若孤松之獨立[⑤]；其醉也，傀俄若玉山之將崩[⑥]。」

---

① 嵇 (jī) 康：字叔夜，是「竹林七賢」之一。在嵇康所生活的三國時期，一尺約等於現在的24.2厘米，一寸為十分之一尺，約等於2.42厘米，因此嵇康身高約188.76厘米。如果劉義慶採用他本人所在時期的長度單位，那麼嵇康的身材還會略高一些，因為東晉時期一尺約為24.5厘米，南朝宋時期一尺約為24.6厘米。

② 〔蕭蕭肅肅〕二句寫嵇康外貌秀逸安詳，氣質清爽超俗。 蕭蕭：竦立秀出貌。 肅肅：嚴正凝定。

③ 〔蕭蕭如松下風〕二句：他像松樹間沙沙作響的風聲，高遠而舒緩悠長。 蕭蕭：此處為象聲詞，形容風聲。

④ 山公：即山濤，是嵇康的朋友。

⑤ 巖巖：高峻的樣子。

⑥ 傀 (guī) 俄：傾頹。 崩：倒塌。

任誕①47

　　王子猷居山陰，夜大雪，眠覺，開室命酌酒②，四望皎然。因起仿偟，詠左思〈招隱詩〉③。忽憶戴安道。時戴在剡，即便夜乘小船就之。經宿方至，造門不前而返④。人問其故，王曰：「吾本乘興而行，興盡而返，何必見戴！」

---

① 任誕：任性放誕，聽憑個性行事，不拘常規。

② 〔眠覺〕二句：一覺醒來，推開門，命僕人斟酒。　王子猷（yóu）：即王徽之，字子猷，書法家王羲之的兒子。　覺（jué）：醒來。

③ 〔四望〕三句：四下望去，一片皎潔，於是起身徘徊，吟詠左思的《招隱詩》。　皎（jiǎo）然：光明潔白。　仿偟（pánghuáng）：來回走動。　左思〈招隱詩〉：左思是西晉著名詩人，曾作〈招隱詩〉，表達了嚮往隱居的心願。

④ 〔忽憶〕五句：忽然想念起戴安道。當時戴安道在剡（shàn）縣，王子猷當即連夜乘小船去拜訪他，經過了一夜才到，可他到了戴安道的家門口，卻又轉身返回了。　戴安道：即戴逵，字安道，是當時著名的隱士。　造：到達。

忿狷^①2

王藍田性急^②。嘗食雞子^③，以箸刺之，不得，便大怒，舉以擲地^④。雞子於地圓轉未止，仍下地以屐齒蹍之^⑤，又不得，瞋甚，復於地取內口中，齧破即吐之^⑥。王右軍聞而大笑曰^⑦：「使安期有此性，猶當無一豪可論，況藍田邪^⑧？」

---

① 忿狷（fènjuàn）：易怒，躁急。

② 王藍田：即王述，字懷祖，東晉人。

③ 雞子：雞蛋。

④ 箸（zhù）：筷子。用筷子扎雞蛋，沒扎到，於是大怒，抓起雞蛋扔到地上。

⑤ 仍：即「乃」，於是。 屐（jī）：木製的鞋子，鞋底裝有二齒，以便於在泥地上行走。 蹍（niǎn）：踩踏。

⑥ 〔瞋（chēn）甚〕三句：王藍田氣得不行，又從地上撿起雞蛋放入口中，咬破了就吐掉。 內：此處用作動詞，同「納」。 齧（niè）：用牙咬。

⑦ 王右軍：即王羲之，「右軍」為古官名。

⑧ 〔使安期〕三句：假如王承有這種狷急的性格，都不值得一提了，更何況他的兒子王藍田呢？ 安期：王藍田的父親王承，字安期。

陶弘景

答謝中書書

陶弘景（456–536），字通明，自號華陽隱居。他是南朝時期著名文學家，也是道教史和中國科技史上的重要人物。

〈答謝中書書〉是陶弘景寫給朋友謝徵（字元度，曾任中書舍人，故稱謝中書）的一封信，一共只有六十八個字，但江南的山水之美，已盡現於筆端了。據說陶弘景在山中隱逸之時，梁武帝曾致信請他出山，他作了〈詔問山中何所有，賦詩以答〉一首，表示謝絕：「山中何所有？嶺上多白雲。只可自怡悦，不堪持贈君。」原來，山中的風景只能在此賞玩，不足為外人道矣。有趣的是，這封信的最後一句寫到江南山水時說：自南朝劉宋的謝靈運（385–433）以下，就再也沒有誰能像他那樣「與其奇者」。作者在這裏用的是「與」字，有「參與」的意思。也就是說，謝靈運並沒有將山水視為外在的對象，而是置身於其間，以這種方式來體驗它的奇妙之處。此外，「與」字用在謝靈運這位著名的山水詩的作者身上，還有通過詩文的寫作來參與、介入和分享的含義。這也正是「只可自怡悦，不堪持贈君」的另

外一個說法了，因為嶺上的白雲，如同山水的所有其他妙處，都已經屬於作者所有了，是自我「怡悅」的一部分。

　　南北分裂、晉室南渡之後，江南地區得到了開發。而對江南的開發，也正是對自然山水的一次發現。自此之後，山水之美不僅體現在了山水詩中，而且滋養了南朝文人的氣質風神。物色感召，心為之動，江南的秀美風景為他們的寫作提供了取之不盡、用之不竭的天然寶藏。一個美文的時代，翩然而至。

山川之美，古來共談。高峰入雲，清流見底。兩岸石壁，五色交暉；青林翠竹，四時俱備①。曉霧將歇，猿鳥亂鳴；夕日欲頹，沉鱗競躍②。實是欲界之仙都。自康樂以來，未復有能與其奇者③。

① 〔兩岸〕四句：兩岸的石壁色彩斑斕，交相輝映。青蔥的林木，翠綠的竹叢，四季常在。

② 頹：落。　沉鱗：潛游在水中的魚。　鱗：代指魚。

③ 〔實是〕三句：這裏實在是人間的仙境啊。自從南朝的謝靈運以來，就再也沒有人能夠置身其間來感受山水的奇麗之美了。　欲界：佛教語，這裏指人間。　康樂：即謝靈運，他是南朝山水詩的開創者。

吳均

與宋元思書[*]（節錄）

　　吳均（469–約520），字叔庠，南朝梁代文學家，工於寫景，自成一家。

　　由於出自唐代的類書《藝文類聚》，本文只是原信的節錄部分。它從「奇山」和「異水」兩方面入手，描繪了富春江自富陽到桐廬一段沿途百里的秀麗風光。山水之美，於此盡矣。而山與水相對而出，又恰好成全了駢文的駢偶結構。〈與宋元思書〉歷來被視為南朝駢文的代表作之一。所謂駢文，又稱駢體文，或四六文。它的一大特色，在於將四字句與六字句搭配起來，形成四四六六和四六四六的句式組合與駢偶關係，並且通篇用韻，是介於詩與文之間的一種文體形式。嚴格說來，駢文不能列入「古文」。我們接下來還會看到，在韓愈這位古文的倡導者看來，古文與駢文是對立的。古文的黃金時代是先秦兩漢，而駢文興盛於南北朝時期，在形式和風格上都偏離了古文的傳統。不過，我們今天往往在一個更為寬泛的意義上使用「古文」這一概念，將駢文和駢散相間的文章，也一併納入古文來看了。

---

* 　宋元思：字玉山。一作朱元思，恐誤。

南朝的駢文得江南秀麗山水之助，因而以清詞麗句而一新讀者的耳目。〈與宋元思書〉寫富春山水路一行的所見所聞，真是山水相映，美不勝收，讓我們想到前面讀過的《世說新語》：王子敬行走在山陰道上時感嘆道：「從山陰道上行，山川自相映發，使人應接不暇。」山陰道上行，走的是陸路；富春江行，走的是水路。但山與水一路伴行，並不曾一刻分離。其上草木繁茂，枝條掩映，遮天蔽日，遊人望峰窺谷，一時不知身在何處，卻又樂而忘返。山之奇妙，自不待言，水之清絕，尤其讓人難以忘懷：「水皆縹碧，千丈見底。游魚細石，直視無礙。」江水淵深而又清澈，足以洗去世俗的塵垢，淨化遊人的心靈，令人如入仙境，物我兩忘。

吳均不僅寫了從富陽至桐廬逆流而上的沿途所見，耳之所聞也同樣訴諸筆端：除了泉水激石，泠泠作響，還有鳥聲再加上蟬鳴和猿嘯，共同為他演奏了一支大自然的協奏曲——那大概就是莊子所說的「天籟」吧。

大自然的賜予，如此豐厚慷慨，又如此震懾心魄，令人遊於其間，物我兩忘，流連忘返。

1350年，元代著名畫家黃公望終於在他八十二歲這一年，大致完成了巨幅長卷《富春山居圖》。這幅曠世傑作，氣勢渾成，意境深遠，堪稱山水畫中的交

響詩。而它所描繪的正是桐廬至富陽這一帶的富春江景。隨著畫卷自右向左漸次展開，我們臨水看山，或順江而行，目睹了兩岸物換景移的風光變幻：從鬱勃豐茂，氣象萬千，一直到秋風蕭瑟，繁華落盡。極目望去，但見江流漸行漸遠，融入了天際的一片蒼茫。

以富春山水為題的詩文繪畫，歷代層出不窮。後世文人在遍覽山光水色之餘，往往在自己的作品中回顧吳均，並向他致敬。黃公望也不例外：在他的《富春山居圖》中，山重水複，層巒疊嶂，其間點綴著隱士、遊人和漁夫、樵子；他們或隱或現，若有若無，彷彿出自〈與宋元思書〉所描繪的風景。但《富春山居圖》的構思和規模都更為宏大。與吳均的「從流飄蕩，任意東西」不同，黃公望一路沿江而下，畫面逐漸變得疏朗空闊。而長卷盡頭那浩渺無際的留白，天水悠悠，意蘊深永，又不僅限於此時此地的富春山水了

黃公望筆下的富春江之行，因此不只是一次普通的遊歷：它經歷了茂盛，見證過繁華，走出跌宕起伏的山嶺，是那水天一色的無邊寥廓，從當下直至永遠。

·

風煙俱淨，天山共色。從流飄蕩，任意東西①。

自富陽至桐廬，一百許里，奇山異水，天下獨絕。水皆縹碧，千丈見底，游魚細石，直視無礙②。急湍甚箭③，猛浪若奔，夾岸高山，皆生寒樹。負勢競上，互相軒邈，爭高直指，千百成峰④。

① 〔風煙〕四句：風消煙淨，天與山變成了同樣的顏色。我乘著船隨著江流，隨意漂蕩。 東西：或東或西，沒有固定的方向。
② 〔水皆縹碧〕四句：水是淡青色的，清澈的江水，深可見底。游動的魚兒和細小的石頭，都可以看得一清二楚，不受絲毫阻礙。 縹(piǎo)：淡青色。 碧：原意是碧綠色的玉石，後泛指碧綠色，或形容顏色的純度。
③ 甚箭：即「甚於箭」，意思是比箭還快。為了保持四字句的整齊，作者省略了中間的「於」字。
④ 〔夾岸〕六句：沿江兩岸的高山上，長滿了耐寒之樹。它們借著山勢競相而上，彷彿在彼此競賽，看誰更高。它們爭相向上直指，成百上千，形成一座峰巔。 夾岸：原作「夾峰」，據《六朝文絜箋注》改。軒：高仰、飛舉。 邈(miǎo)：高遠。

泉水激石，泠泠作響⑤。好鳥相鳴，嚶嚶成韻。蟬則千轉不窮⑥，猿則百叫無絕。鳶飛戾天者，望峰息心；經綸世務者，窺谷忘反⑦。橫柯上蔽，在晝猶昏；疏條交映，有時見日⑧。

<hr />

⑤ 泠泠（línglíng）：水流發出的聲音。
⑥ 轉：同「囀」（zhuàn），此指蟬聲。
⑦ 〔鳶飛〕四句：希望像鳶那樣一飛沖天的人，在仰望這些高峰時，不禁打消了攀越的念頭。有志於經營世俗事務者，窺見這些山谷時，竟然為之流連忘返。 鳶（yuān）：鷂鷹。 戾（lì）：到達。 經綸：從絲縷中理出頭緒來，引申為籌劃、治理的意思。 反：同「返」。
⑧ 〔橫柯〕四句：茂密的枝條遮住了上空，即便是在白晝，光線也是昏暗的，只有枝條稀疏的地方，偶爾才能見到日光。 柯：樹幹。 條：樹枝。

房玄齡 等

陶侃母

本文選自《晉書・列女傳》。

《晉書》，二十四史之一，唐代房玄齡等撰。該書記載了從三國時期晉室的興起，一直到劉裕取代東晉，建立劉宋王朝的歷史，也兼敘了北方十六國的分合興衰。

本文選擇了兩件小事來寫陶侃的母親。第一件讓我們看到，湛氏從不放鬆對兒子的要求。她生怕陶侃因為愛母心切，一時不慎而有虧於做人為官的大節。第二件是她接待孝子范逵時，不惜撤下床上的草墊子替他餵馬，又截下自己的頭髮賣給鄰人，用換來的錢為他提供飯菜。常言道，有其母必有其子。陶侃日後成就了一番事業，不是沒有原因的。

我們從前面選的《世說新語》的一則故事中，已經熟知了陶侃勤勉節儉的美德，我們也讀到了陶侃的曾孫陶淵明寫的〈五柳先生傳〉。他們的節操品行，世代相傳，令人肅然起敬。

陶侃母湛氏，豫章新淦人也[1]。

初，侃父丹娉為妾[2]，生侃，而陶氏貧賤，湛氏每紡績資給之，使交結勝己[3]。侃少為尋陽縣吏，嘗監魚梁[4]，以一坩鮓遺母。湛氏封鮓及書，責侃曰[5]：「爾為吏，以官物遺我，非惟不能益吾，乃以增吾憂矣[6]。」

① 豫章新淦 (gàn)：今江西省新幹縣。
② 娉 (pīng)：聘娶。
③ 〔湛 (zhàn) 氏〕二句：湛氏每日辛勤紡織，供給陶侃，要他結交人品才識高過自己的朋友。
④ 監：監察、管理，此處指陶侃為官的職責。 魚梁：一種捕魚的設置。以土石截斷水流，在缺口處，置一竹籃。魚順流而下，進入竹籃，就出不去了。
⑤ 〔以一坩鮓〕三句：曾把一罐子醃魚送給母親。母親封好那罐魚，(交還給送來的人，) 又寫了回信責備陶侃。 坩 (gān)：陶土製成的盛物器皿。 鮓 (zhā)：醃製的魚。 遺 (wèi)：送，給。
⑥ 〔爾為吏〕四句：你身為官吏，拿官府的東西送給我，不但不能為我帶來益處，反而增添了我的擔憂。 遺 (wèi)：贈送。

鄱陽孝廉范逵寓宿於侃⑦，時大雪，湛氏乃徹所臥新薦，自剉給其馬，又密截髮賣與鄰人，供肴饌⑧。

　　逵聞之，嘆息曰：「非此母不生此子！」侃竟以功名顯。

⑦　孝廉：漢代薦舉人才的科目之一，即「孝順親長，廉能正直」的意思。　寓宿於侃：寄宿在陶侃家。
⑧　〔湛氏〕四句：湛氏就把睡覺用的新草墊子撤下來，親自剉碎餵范逵的馬，又暗中把頭髮剪下來賣給鄰居，用來供給飯菜。　徹：通「撤」。薦：草席。　剉 (cuò)：同「銼」，切、斬。　給 (jǐ)：供給，此指餵養。　肴饌 (yáozhuàn)：飯菜。　肴：通常指魚、肉一類的葷菜。

謝赫

《古畫品錄》序

謝赫，南朝齊、梁間畫家、繪畫理論家。他的《古畫品錄》大致成書於532年以後，品評了自三國至南梁的畫家二十七人，為我國現存最古的論畫著作。他在《古畫品錄》的序文中提出了繪畫「六法」的理論，對後世影響深遠。

我們在前面讀到了《世說新語》中有關人物品評的記載。而《古畫品錄》序又讓我們看到，魏晉時期品評人物的語言如何延伸進了文學藝術的領域，賦予了文學、書法和繪畫作品以人體生命的特質。在謝赫看來，品鑒這些作品，就像是面對活生生的個體生命。他所用的術語，也基本上來自對人物的體貌骨相和風姿氣度的觀察、描述和評價。這也正是為什麼謝赫可以從一幅畫中讀出「骨法」和「氣韻」來。這是中國古典文學藝術批評的一大特色，昭示了傳統文學藝術生生不息的生命之源。

夫畫品者，蓋眾畫之優劣也①。圖繪者，莫不明勸戒，著升沉；千載寂寥，披圖可鑒②。雖畫有六法，罕能盡該，而自古及今，各善一節③。

　　六法者何？一氣韻生動是也；　二骨法用筆是也；三應物象形是也；四隨類賦彩是也；五經營位置是也；六傳移模寫是也④。唯陸探微、衛協備該之

①〔夫畫品者〕二句：所謂畫品，即區分繪畫作品的優劣。　夫：句首助詞。　品：依高下優劣而分出不同品類。
②〔圖繪者〕五句：繪畫都是用來闡明道德勸誡，彰顯歷史沉浮興衰的。千年間湮沒無存的事跡，打開畫卷即可查看和鏡鑒了。　明：明示。　著：顯明。　披：展開。
③〔雖畫有六法〕四句：儘管繪畫有六法，但很少有人能夠六法齊備。從古至今，每位畫家都各自擅長一法而已。　該：齊全、完備。
④〔氣韻生動是也〕六句：此句的意思是，其一指的是氣韻生動。「氣韻生動」是繪畫六法中最重要的一條，也是歷代繪畫批評的重要準則。漢魏時期的論者認為「氣生萬物」，「人稟氣而生」，又主張「文以氣為主」。生生不息的元氣充注於宇宙之中，也是個人生命的源泉；韻的含義比較複雜，與音樂的節奏、旋律有關，也指一個人內在的氣質神韻。「骨法用筆」說的是用筆用墨的問題；骨法源於古人的面相術，也就是如何通過觀察一個人的骨體相貌來對他做出判斷和評價。謝赫把品鑒人物骨相的方法與繪畫的用筆聯繫起來，強調筆法須略去皮相，而得其內在的本質，又指書法繪畫的線條剛勁有力。」「應物象形」指形象的描繪，應以描繪的對象為依據。「隨類賦彩」說的是設色用彩，也務必隨對象的類型而變化；經營位置指布局構圖；傳移模寫即臨摹的技巧。

矣⑤。然跡有巧拙，藝無古今⑥，謹依遠近，隨其品第，裁成序引⑦。故此所述，不廣其源，但傳出自神仙，莫之聞見也⑧。

⑤〔唯陸探微〕句：只有陸探微、衛協把這六法都全面掌握了。 陸探微，六朝畫家，當時聲譽極高。 衛協，西晉人，為顧愷之等人所推崇。

⑥〔然跡有巧拙〕二句：畫作的技巧有工有拙，但藝術本身卻不分古今。 跡：指畫家留下的筆跡，此指繪畫作品。

⑦〔謹依〕三句：謹依從時代遠近和作品高下為順序，並撰成序文和引言。 裁：裁剪，此指寫作。 引：引言。

⑧〔故此〕四句：因此，本書的記載沒有擴展到繪畫史的起源階段。那時的作品，據傳說出自神仙，誰也不曾耳聞目睹。廣其源：推廣其源、追本溯源。謝赫在此解釋為什麼他沒有在《古畫品錄》中著錄和品評三國時期以前的繪畫作品。

王維

山中與裴秀才迪書

　　王維（701–761），字摩詰，號摩詰居士，曾任尚書右丞，故世稱「王右丞」。他精通音樂，擅長繪畫，在他的山水詩中，創造出了「詩中有畫，畫中有詩」的意境。王維多才多藝，年少成名，尤以典雅精美的詩歌風格和藝術趣味為人所稱道，並因此在盛唐的詩壇上擁有了至高無上的地位。

　　王維在山中給他的朋友裴迪寫信，邀請他來輞川小住。時值隆冬臘月，王維寫到了冬季山中的靜美風光和恬淡心境：深夜靜坐冥思，偶爾聽見遠處傳來的舂米聲和稀疏的鐘聲，回想起與友人攜手同遊的舊日時光，清冷寂寞之中也自有一番況味。不過，他在信末重申對裴迪的邀請時，已經在遐想即將來臨的春天了。到那時，「草木蔓發，春山可望」，該是何等迷人的景色！王維接著問道：可得其中「深趣」的人，除了你裴迪這樣的「天機清妙者」，還能有誰呢？對春天的期待於是變成了對朋友的召喚，正合了王維〈山中送別〉的兩句詩意：「春草明年綠，王孫歸不歸？」春天是入山的季節，而對王孫公子來說，這又是一次歸來。

他們的家在山裏，山就是他們的人生歸宿和心靈寄託，所以王維在邀請裴迪時説：「故山殊可過」——你的故居藍田山還是很值得一遊的。言下之意，別忘了時常回來看看。

本書還收錄了晚明袁中道的〈寄四五弟〉和〈寄八舅〉，也同樣是邀請親友開春入山同遊。可以跟王維的這封信對照來讀，看一看它們之間有什麼異同。

在王維生活的時代，士大夫往往在郊外或山裏另置一處宅第，稱之為「別業」。而別業除了宅第之外，有時也連帶著莊園或園林。輞川別業，坐落在今天陝西藍田西南二十餘里處，靠近終南山，是王維為自己精心安排設計的隱居之地，其中包括人工的園林，但也不乏自然的野趣。輞川別業的絕妙勝境固然令人嘆為觀止，但王維更感興趣的，恐怕還是通過文字把它重新創造出來。他寫給裴迪的這封信，因此成了後人想像輞川別業的一個重要依據。此外，王維還有《輞川集》並序，包括與裴迪唱和的五言絕句二十首，分別描寫了那裏的二十個景點。讀《輞川集》就如同是展玩冊頁上的圖畫，每一幅都自成一體，卻又彼此相連；又像是一幅繪畫長卷，美景綿延，層出不窮。毫不奇怪，此後的文人不斷地通過詩文和繪畫的各種形式，來重構輞川的風景，從而形成了中國文學史和美術史上的一大奇觀。輞川別業也因此變成了一個說不完、道不盡的話題。

王維的舊居早已蕩然無存了，輞川的地貌也多有變化，今非昔比，但王維用文字構築的輞川別業卻與我們同在，有著永久的生命力。它像從前那樣引人入勝，並且百讀不厭，常看常新。

近臘月下，景氣和暢，故山殊可過①。足下方溫經，猥不敢相煩，輒便往山中，憩感配寺，與山僧飯訖而去②。

北涉玄灞③，清月映郭，夜登華子岡，輞水淪漣，與月上下④。寒山遠火，明滅林外。深巷寒犬，吠聲如豹。村墟夜舂，復與疏鐘相間⑤。此時獨坐，僮僕靜默，多思曩昔，攜手賦詩，步仄逕，臨清流也⑥。

① 〔近臘月下〕三句：接近隆冬季節的十二月底，日光和氣候卻和美舒暢，舊居藍田山很值得一遊。 臘月：陰曆十二月。 故山：舊居之山，此指王維「輞（wǎng）川別業」所在的藍田山。 殊：很。 過：過訪。

② 〔足下方溫經〕五句：您正在溫習經書，我不敢貿然打擾，就獨自前往山中，在感配寺歇息，與寺中的僧人一起就餐，然後便離開了。足下：對人的尊稱。 猥：自謙之詞。 憩（qì）：歇息。 訖（qì）：完。

③ 北涉玄灞：從北邊過灞水。 北：一作「比」，意思是等到。 玄灞：指灞水，河深且廣，水色渾厚。

④ 〔輞水淪漣〕二句：輞水泛起微波，水中的月影也隨著上下浮動。

⑤ 〔村墟夜舂〕二句：村子裏傳來了夜間舂米之聲，與稀疏的鐘聲相互交錯。 墟：墟落，村莊。 舂（chōng）：搗米。

⑥ 〔多思曩昔〕四句：想到從前你與我攜手吟詩，在小徑上漫步，俯觀清澈的溪流。 曩（nǎng）昔：從前。 仄逕：狹窄的路徑。

當待春中，草木蔓發，春山可望，輕鰷出水，白鷗矯翼，露濕青皋，麥隴朝雊⑦，斯之不遠，倘能從我遊乎⑧？非子天機清妙者，豈能以此不急之務相邀⑨？然是中有深趣矣，無忽⑩。因馱黃檗人往，不一。山中人王維白⑪。

⑦〔輕鰷出水〕四句：輕捷的白鰷躍出水面，白鷗振翅飛翔。露水打濕了水邊的青草地，清晨麥田裏的雉雞在鳴叫。 鰷（tiáo）：即白鰷，身體扁狹，游動迅捷。 矯翼：向上張開翅膀。 青皋（gāo）：水邊長滿青草的高地。 麥隴：麥田。 雊（gòu）：野雞鳴叫。

⑧〔斯之不遠〕二句：這一切離我們已經不遠了，您能否與我同遊？ 斯：這，代詞，指前幾句描寫的春景。 倘：倘若。

⑨〔非子〕二句：若不是足下天性清雋高妙，我又怎麼能以這樣一件無關緊要的事情來邀請足下呢？

⑩〔然是中有深趣矣〕二句：可是這其中有很深的趣旨，不可輕易疏忽錯過。 無忽：不可疏忽。

⑪〔因馱黃檗人往〕三句：借運黃檗（bò）的人出山之便，託他帶給你這封信，就不一一詳述了。 因：憑借。 黃檗：一種落葉喬木，可入藥。 不一：古人寫信結尾常用語，不再一一詳述之意。 山中人：隱者，此處為王維的自稱。

李白

春夜宴從弟桃花園序[*]

李白（701–762），字太白。他年輕時辭家遠遊，曾應詔入長安為官，但不久便辭官離京，繼續四處漫遊。李白的詩風豪放爽朗，被後人視為盛唐詩壇的代表人物之一。他現存的散文作品不多，但隨手成章，皆為一時之佳作。

這篇文章寫的是李白與堂弟們春夜宴飲賦詩的場景。它從「天地」和「光陰」這兩個話題起頭，表達的正是宇宙時空之中個人生命的喟嘆。這聽上去並不陌生，讓我們想到了剛剛讀過的王羲之的〈蘭亭集序〉。同樣是寫宇宙人生的感悟，李白的文字別開生面：儘管仍不免有人生過客、百年如夢的感慨，它通篇的基調卻是豪爽、放達的，歡快而樂觀。當此宴飲歡會之際，李白感受最深的不是春天的傷感，不是花開花落的無常，而是生命在春天蘇醒的喜悅，是萬物皆備於我的賞嘆和感激。

---

* 從弟：指堂弟。從（cóng，舊讀 zòng），堂房親屬。

文章結束處，李白勸詩助酒，就像是在宴席上對著親友說話，暫時把他的讀者忘在一邊了。讀罷全文，我們腦海裏的李白，就定格在這酒酣落筆的興頭上，真是欲罷而不能了。

夫天地者，萬物之逆旅也；光陰者，百代之過客也①。而浮生若夢，為歡幾何？古人秉燭夜遊，良有以也。

　　況陽春召我以煙景，大塊假我以文章②。會桃花之芳園，序天倫之樂事③。群季俊秀，皆為惠連；吾人詠歌，獨慚康樂④。幽賞未已，高談轉清⑤。開瓊筵以坐

①〔夫天地者〕四句：天地是世間萬物的客舍，光陰為古往今來的過客。　逆旅：旅館客舍。　逆：迎接。

②〔況陽春〕二句：況且溫暖的初春季節以煙花春色向我發出了邀請，大地賜予我各種美妙的圖景。　召：同「招」，邀請。　煙景：李白有「煙花三月下揚州」的詩句，寫春天煙花迷濛的景色和氛圍。　大塊：大地。　假：借、給予。　文章：雜錯的色彩與花紋，泛指大自然的錦繡風景。

③〔會桃花之芳園〕二句：我們在這個美好的桃花芳園聚會，依照族親的長幼秩序而共敘天倫之樂。

④〔群季〕四句：諸弟英俊穎秀，個個都有謝惠連那樣的才情，而我作詩吟詠，卻自愧不如謝靈運。　季：兄弟中的年少者。　惠連：即謝惠連，南朝人，謝靈運的族弟。　吾人：作者自稱。　康樂：指謝靈運，南朝山水詩人。

⑤〔幽賞〕二句：對幽靜美景的品賞還沒結束，談話已轉入了清雅的話題。

花，飛羽觴而醉月。不有佳詠，何伸雅懷⑥？如詩不成，罰依金谷酒數⑦。

⑥〔開瓊筵〕四句：擺好筵席賞花，大家相互敬酒，醉倒於月下，此刻如果沒有好詩，怎能抒發高雅的情懷？　瓊筵：華美的宴席。　坐花：指圍花而坐。　羽觴(shāng)：古人使用的一種酒杯。
⑦〔如詩不成〕二句：倘若有人作詩不成，就按照當年石崇在金谷園宴客賦詩的先例，罰酒三斗。　金谷酒數：泛指宴會上罰酒的杯數。晉朝富豪石崇家有金谷園，他常在園中同賓客飲宴，即席賦詩。

韓愈

師說

　　韓愈（768–824），字退之，自稱郡望昌黎，故後人多稱韓昌黎。自唐初以下，反感六朝以來的駢文而主張復古者，已大有人在，然而直到韓愈振臂一呼，群起響應，局面才得到了明顯改觀。韓愈主張「文以載道」，希望通過古文的寫作來表述儒家的思想，恢復儒家的正統地位。但僅僅依照儒家的觀念來理解韓愈的古文，還遠遠不夠。他的古文取法於先秦時期的孟子和莊子，而又博取眾家之長，往往以氣勢取勝，汪洋恣肆，摧枯拉朽。他在行文之中，喜歡打破駢偶的對稱句式，尤其好用長句，有時一句竟長達五十餘字。可想而知，對於當時習慣了駢文精緻風格的讀者來說，韓愈的古文帶來了怎樣的震撼！

　　「說」是一種文體，多用於議論，〈師說〉的主旨就是論述從師求學的重要性，及其原則、態度和方法。這篇文章是韓愈寫給自己的學生李蟠的，一開篇就說古代的學者都有所師從，但他心目中的老師並不只是教人識文斷句而已，而是承擔了「傳道」、「受業」和「解惑」的使命。這是韓愈的主要觀點，不過他又說，從

前的聖人未必只有一個固定的老師，而且老師也未必就比學生強，只不過每個人悟道的先後有所不同，而且學業和技藝各有專長罷了。他宣稱，哪兒有「道」，哪兒就有我的老師，因為求師是為了學「道」。他甚至說：「吾師道也」——我的老師就是道。讀罷全文，我們就會發現韓愈的說法並不簡單，應該細心體會才好。

古之學者必有師。師者，所以傳道受業解惑也①。人非生而知之者，孰能無惑？惑而不從師，其為惑也終不解矣②。生乎吾前③，其聞道也固先乎吾，吾從而師之；生乎吾後，其聞道也亦先乎吾，吾從而師之。吾師道也，夫庸知其年之先後生於吾乎？是故無貴無賤，無長無少，道之所存，師之所存也④。

　　嗟乎！師道之不傳也久矣，欲人之無惑也難矣⑤！古

① 〔古之學者〕三句：古時求學的人務必要有老師。老師就是用來傳承對「道」的理解、講授學業、解答疑難問題的人。　所以：用來……。道：天地萬物生成運行的道理，此處指儒家的根本看法。　受業：即授業。又據吳小如先生的解釋，「師者，所以傳道受業解惑也」二句，「蓋承首句『古之學者必有師』言之，蓋學者求師，所以承先哲之道，受古人之業，而解己之惑也。非謂傳道與人，授業與人，解人之惑也。」此說可供參考。

② 〔惑而不從師〕二句：如果產生了困惑還不向老師求教，那就會一直處在困惑的狀態，而最終得不到解決。

③ 乎：同「於」。

④ 〔吾師道也〕六句：我的老師就是「道」，為什麼要知道老師的出生比我早還是晚呢？因此，無論地位高低，也無論年紀大小，凡是有「道」的地方，就有我的老師。也有人把「師」理解為意動用法，即「我以道為師」。

⑤ 〔師道〕二句：隨師求學的做法失傳已久，想要人不產生困惑，真是太難了。　師道：求師問學之道。　道：這裏指做法或方法。

之聖人，其出人也遠矣，猶且從師而問焉；今之眾人，其
下聖人也亦遠矣，而恥學於師⑥。是故聖益聖，愚益愚。
聖人之所以為聖，愚人之所以為愚，其皆出於此乎？

　　愛其子，擇師而教之；於其身也，則恥師焉；惑矣⑦！
彼童子之師，授之書而習其句讀者，非吾所謂傳其道解其
惑者也。句讀之不知，惑之不解，或師焉，或不焉，小
學而大遺，吾未見其明也⑧。

---

⑥〔古之聖人〕六句：古代的聖人遠超出常人，還要從師求教，而現在
　的人，水平遠低於聖人，卻恥於向老師學習。這裏的「出」與「下」互
　為反義詞，即「超過」和「低於」的意思。

⑦〔愛其子〕五句：愛自己的孩子，就挑選老師來教他，但是對於他自
　己呢，卻以求師為恥，真是糊塗啊！　身：自身。　恥師：即上一段
　中的「恥學於師」，也就是以求師為恥。

⑧〔句讀〕六句：一方面不通曉句讀而向老師學習，另一方面有了不
　能解決的疑惑卻不向老師請教，小的方面求師問學，大的方面反而
　忽略了，我看不出他哪兒是明智的。　句讀（dòu）：為文章斷句。古
　人讀書作文，凡表達一個完整意思的單元曰「句」，句中的停頓為
　「讀」。古書沒有標點，老師教學童讀書時，從句讀開始。　不：同
　「否」。　遺：忽視、忽略。

巫醫樂師百工之人⑨，不恥相師。士大夫之族，曰師、曰弟子云者，則群聚而笑之。問之，則曰：「彼與彼年相若也，道相似也。位卑則足羞，官盛則近諛⑩。」嗚呼，師道之不復可知矣⑪！巫醫樂師百工之人，君子不齒，今其智乃反不能及，其可怪也歟⑫！

聖人無常師。孔子師郯子、萇弘、師襄、老聃⑬。郯

---

⑨ 百工：各行各業的手工藝人。

⑩〔位卑〕二句：以地位低的人為師，便足以為羞恥，以官職高的人為師，又近乎諂媚了。

⑪〔師道〕句：從師求學之道已經不復可知了。

⑫ 百工：各行各業的手工藝人。　不齒：不屑於與他們序齒，也就是以與他們同列為恥。　齒，指依照年齡大小排序。　其可怪也歟：這難道還有什麼可奇怪的呢？　歟：疑問詞。

⑬〔聖人〕二句：聖人沒有固定的老師，孔子就曾以郯(tán)子、萇(cháng)弘、師襄、老聃為師。老聃即老子。據說孔子曾問禮於老子，問樂於萇弘，問官名於郯子，並且隨師襄學琴。

子之徒⑭，其賢不及孔子。孔子曰：「三人行，則必有我師。」是故弟子不必不如師，師不必賢於弟子，聞道有先後，術業有專攻，如是而已⑮。

李氏子蟠，年十七，好古文，六藝經傳皆通習之，不拘於時，學於余⑯。余嘉其能行古道，作〈師說〉以貽之⑰。

⑭ 郯子之徒：像郯子這一類人。

⑮〔是故〕五句：因此學生不一定不如老師，老師也不一定比學生賢能，領悟「道」的時間有早有晚，學業和技藝各有專長，如此而已。

⑯〔李氏子蟠〕七句：李蟠（pán），十七歲，喜好古文，六經的經文和傳文都已通習，不拘於時俗，向我請教。 不拘於時：指不受當時以求師為恥的風氣的約束。 六藝：這裏指六經，即《詩》、《書》、《禮》、《樂》、《易》、《春秋》六部儒家經典。

⑰ 嘉：嘉許、讚揚。 貽：贈、給。

韓愈

送董邵南序

贈序或贈別序是唐代興起的一種新文體，雖然也稱「序」，但與以往的書序和詩賦序有很大的不同，例如這篇〈送董邵南序〉就是韓愈為送別董邵南而作的，又稱〈送董邵南遊河北序〉。董生因舉進士屢屢受挫，只好到河北──也就是古時的燕、趙之地──去碰碰運氣。可是自安史之亂後，那一帶已逐漸成了藩鎮割據的所在，獨立於朝廷之外，而韓愈心裏並不贊成董生去投奔藩鎮。於是，他就寫下了這篇文字，說是相送卻意在挽留，祝福之餘又不乏規勸。這篇文章的難處在此，它的好處也在此。

韓愈在文章的一開頭就對董生的懷才不遇表示了同情，同時也極力讚賞燕、趙的古風，說他到了那裏，一定會遇到賞識他的人，並勉勵他好好努力。不過，如果只讀這一段，就以為明白了韓愈的意思，那可就大錯特錯了。接下來，韓愈話題一轉，說他儘管仰慕燕、趙古風，卻不免懷疑當下的情形究竟如何，是否早已移風易俗，今非昔比了呢？韓愈沒有給出答案，那就等董生自己去測驗一番好了。寫到這裏，韓愈重複了一遍「董生，你好好勉勵啊！」同樣一句話，又說了一遍，可

是上下文變了，意思也有所不同。這一回彷彿是說：好了，這我就不多說了，你還是好自為之罷！

再往下寫，韓愈似乎又一次另起話題：他託董生代他去憑弔樂毅之墓，儼然是有感於董生之行，而大發思古之幽情了。可實際上呢？他只是為了再一次提醒董生，像樂毅那樣在燕國和趙國得到過賞識和禮遇的人，都早已作古了。而即便是在古時的燕、趙之地，樂毅的遭遇也充滿了挫折與失望。儘管他一度承蒙燕昭王的器重，為燕國立下過汗馬功勞，但後來卻受到了燕惠王的猜忌排擠，不得不離開燕國。因此，在〈報燕惠王書〉中，樂毅不僅為自己棄燕奔趙的行為辯護，也感嘆君臣遇合之難，而他是絕不肯為燕惠王這樣的昏君效力的。發生在樂毅身上的燕、趙故事，令人感慨唏噓，董生豈不該三思而後行嗎？即便董生運氣不錯，在燕、趙的集市上遇見了幾位高漸離那樣的市井間的豪俠之士，那又能怎樣呢？韓愈囑咐董生，請他代自己轉告他們：當今天子聖明，正是他們出來做官的好時候！

文章就此打住，但又意在言外：既然如此，董生又何必要離開長安，跑到燕、趙一帶去尋找什麼機會呢？這一層意思，韓愈並沒有說出來。因為是為董生送行，也不便直說。但韓愈的用心與好意，我們都懂，董生也不會不懂的。

一篇短文，寫得如此迂迴曲折，欲言又止，已極盡文字變化之妙了，而韓愈對董生的體貼關切，也溢於言表，足以令人感動。這既是作文的藝術，也正是做人的藝術了。

燕趙古稱多感慨悲歌之士^①。董生舉進士，連不得志於有司，懷抱利器，鬱鬱適茲土，吾知其必有合也^②。董生勉乎哉！

　　夫以子之不遇時，苟慕義強仁者皆愛惜焉，矧燕趙之士出乎其性者哉^③！然吾嘗聞風俗與化移易，吾惡知其今不異於古所云邪？聊以吾子之行卜之也^④。董生勉乎哉！

---

① 〔燕趙古稱多感慨悲歌之士〕句：燕、趙之地自古以來就號稱有很多豪俠之士。 感慨悲歌：指他們通過悲歌來表達內心的感慨，因此往往形成歌詩而流傳於人口。

② 〔董生舉進士〕五句：董生參加進士考試，屢次落榜，懷抱傑出的才能，抑鬱地去往燕、趙舊地，我知道他一定會遇到賞識他的人。 生：讀書人的通稱。 得志：實現志向。 有司：這裏指禮部主管考試的官員。 利器：比喻傑出的才能。 茲土：這裏，指燕、趙之地。 合：遇合，指遇到賞識和重用。

③ 〔夫以子之不遇時〕三句：像你這樣富有才幹，卻生不逢時，只要是仰慕仁義並且身體力行的人，都會倍加愛護珍惜的，更何況燕、趙之士這樣做，原本發自他們的天性呢？ 矧（shěn）：何況。

④ 〔吾惡知〕二句：我怎麼會知道那裏當下的風氣與從前所說的沒有差異呢？情況是否如此，姑且就以你此行的經歷來測驗一番吧。 惡（wū）：怎麼。 聊：姑且。 卜：這裏指證實的意思。

吾因子有所感矣。為我弔望諸君之墓，而觀於其市復有昔時屠狗者乎⑤？為我謝曰⑥：明天子在上，可以出而仕矣⑦。

---

⑤〔為我弔望諸君之墓〕二句：請代我憑弔樂毅的墓，並且看一下那裏的集市上，是否還有像當年高漸離這一類的屠狗者嗎？　望諸君：即戰國後期的名將樂毅，本為魏將樂羊的後人，曾受燕昭王的器重，為燕國攻城拔地，立下了汗馬功勞。但燕昭王去世後，即位的燕惠王中了齊國的離間計，對他百般猜忌，樂毅不得已投奔趙國。燕惠王在戰場上吃了齊國的敗仗，後悔起來，便派人去趙國請樂毅回來。樂毅於是寫下了著名的〈報燕惠王書〉，駁斥了燕惠王的指責，也闡明了自己與燕昭王的君臣之誼。樂毅在趙國時，被封於觀津，號望諸君。　屠狗者：指高漸離這樣埋沒於草野的豪俠之士。高漸離原本是集市上的屠狗之徒，與荊軻結為好友，終日痛飲狂歌。荊軻死後，高漸離圖謀完成他刺殺秦始皇的使命，惜未遂身亡。

⑥ 謝：告訴、致意。

⑦ 仕：做官，為國效力。

韓愈

祭十二郎文

　　這是韓愈為紀念他侄子韓老成而寫的一篇祭文。韓愈年幼喪父，由其兄韓會夫婦撫養成人。因此，他自幼就與韓老成生活在一起，兩人休戚與共，情同手足。這篇祭文在敘寫悼念亡侄的悲痛時，感情誠摯，蕩氣回腸。而在對往事的回憶中，韓愈又融入了他們多年來聚少離多的遺憾，以及對宦海沉浮、天道不公的感慨，為這篇祭文增添了人生閱歷的深度。

　　與別的文體相比較，祭文有一個很大的不同，那就是它通篇使用第二人稱，如同面對逝者的亡靈直接傾訴。然而生死隔絕，這又是一場不可能的告白。關於韓老成的死訊，韓愈沒能及時得知，連時間也無法確定，令他難以釋懷。儘管這是一篇悼念亡侄的祭文，韓愈卻沒有拘泥於長幼輩分的規矩，而是一任情感的波瀾貫穿文章的終始。它因此而成為祭文中的名篇，千載之下仍廣為傳誦。

年月日，季父愈聞汝喪之七日，乃能銜哀致誠，使建中遠具時羞之奠，告汝十二郎之靈①：

嗚呼！吾少孤，及長不省所怙，惟兄嫂是依②。中年，兄歿南方③，吾與汝俱幼，從嫂歸葬河陽。既又與汝就食江南④，零丁孤苦，未嘗一日相離也。吾上有三兄，皆不幸早世，承先人後者，在孫惟汝，在子惟吾。兩世一身⑤，形單影隻。嫂常撫汝指吾而言曰：「韓氏兩世，惟

①〔年月日〕五句：某年、某月、某日，叔父韓愈在聽說你去世後的第七天，才得以含著哀痛向你表達誠摯的心意，並且讓建中在遠方備辦了時鮮美味作為祭品，告慰你的在天之靈。 季父：父輩中排行最小的叔父。 建中：大概是韓愈家中的一位僕人。 時羞：應時的美味，「羞」即「饈」。 奠：祭品。 十二郎：即韓老成，十二是他在同輩中的排行。 靈：指韓老成的靈位。

②〔吾少孤〕三句：我自幼喪父，長大了都不記得父親的模樣，只能依靠兄嫂撫養。 省(xǐng)：識、記。 怙(hù)：古代用「怙」指代父親，失怙即失去父親。

③ 歿(mò)：過世。韓會於777年死於韶州(今廣東韶關)，年四十三。

④ 就食：指移家。

⑤ 兩世一身：子孫兩代都只剩一個男丁。

此而已！」汝時尤小，當不復記憶；吾時雖能記憶，亦未知其言之悲也！

　　吾年十九，始來京城；其後四年，而歸視汝。又四年，吾往河陽省墳墓，遇汝從嫂喪來葬⑥。又二年，吾佐董丞相於汴州，汝來省吾，止一歲⑦，請歸取其孥⑧；明年，丞相薨，吾去汴州，汝不果來⑨。是年，吾佐戎徐州⑩，使取汝者始行，吾又罷去，汝又不果來⑪。吾念汝

---

⑥〔又四年〕三句：又過了四年，我前往河陽祭拜祖墓，正遇上你護送母親的靈柩來河陽安葬。　河陽：今河南孟州市，也是韓愈祖宗墳墓的所在地。　省（xīng）：原意為探望，此處指祭拜、憑弔。

⑦　佐：輔佐。　一歲：即一年。

⑧〔請歸取其孥〕句：你想回去接妻子兒女同來。取其孥（nú）：把家眷接來。　孥：妻和子的統稱。此處董丞相即董晉，卒於799年。

⑨　薨（hōng）：唐制二品以上官員過世曰薨。　去：離開。　果：果然。不果來：沒有像預期的那樣成行。

⑩　佐戎：輔佐軍務。此時韓愈在徐州任張建封的幕僚。

⑪〔使取汝者始行〕三句：派去接你的人剛剛上路，我就罷官而去，你又沒來成。

從於東，東亦客也，不可以久；圖久遠者，莫如西歸，將成家而致汝⑫。嗚呼，孰謂汝遽去吾而歿乎！吾與汝俱少年，以為雖暫相別，終當久相與處。故捨汝而旅食京師，以求斗斛之祿⑬。誠知其如此，雖萬乘之公相，吾不以一日輟汝而就也⑭！

去年孟東野往⑮。吾書與汝曰：「吾年未四十，而視茫茫，而髮蒼蒼，而齒牙動搖。念諸父與諸兄，皆康強

⑫〔吾念汝從於東〕六句：我想你如果跟隨我去東邊的徐州，也不過是客居，不可能久住。若想從長計議，還不如西歸故鄉，在那裏安家之後再接你過來。 致：接來。

⑬〔孰謂〕六句：誰能料到你竟突然去世呢？當初，我和你都年輕，總以為雖然暫時分別，以後終會長久相處。因此我離開你而旅居長安，以求得微薄的俸祿。 遽(jù)：驟然、突然。 斗斛(hú)之祿：指微薄的俸祿。 斛：唐時計量單位，十斗為一斛。

⑭〔誠知其如此〕三句：如果當初知道情況如此，即使讓我做公卿宰相，我也不願因此離開你一天而去赴任啊！ 乘(shèng)：四匹馬拉的車。 萬乘公相：指輔佐帝王的公卿宰相。 輟(chuò)：此處指捨棄。 就：就任。

⑮東野：即孟郊，韓愈的朋友。

而早世⑯。如吾之衰者，其能久存乎？吾不可去，汝不肯來，恐旦暮死，而汝抱無涯之戚也⑰！」孰謂少者歿而長者存，強者夭而病者全乎⑱！

嗚呼！其信然邪？其夢邪？其傳之非其真邪？信也，吾兄之盛德而夭其嗣乎？汝之純明而不克蒙其澤乎⑲？少者、強者而夭歿，長者、衰者而存全乎？未可以為信也。夢也，傳之非其真也，東野之書，耿蘭之報⑳，何為而在

---

⑯ 早世：很早就離開了人世。

⑰〔恐旦暮死〕二句：我擔心有朝一日，自己身逢不幸，你作為晚輩會為此抱憾終生。 無涯之戚：無限的悲哀。

⑱ 孰謂：誰能想到？

⑲〔信也〕三句：這是真的嗎？我的哥哥品德高尚卻無子嗣，你純正賢明卻不能承受他的福澤。 夭：夭折，過早地離開人世。 克：能。蒙：承受。

⑳ 耿蘭：當為十二郎家中的管家，主人過世後，曾寫信向韓愈報喪。

吾側也？嗚呼！其信然矣！吾兄之盛德而夭其嗣矣！汝之純明宜業其家者不克蒙其澤矣！所謂天者誠難測，而神者誠難明矣！所謂理者不可推，而壽者不可知矣！

　　雖然，吾自今年來，蒼蒼者或化而為白矣，動搖者或脫而落矣[21]。毛血日益衰，志氣日益微，幾何不從汝而死也[22]。死而有知，其幾何離[23]；其無知，悲不幾時，而不悲者無窮期矣[24]。汝之子始十歲，吾之子始五歲。少而強者

---

[21] 〔蒼蒼者〕二句：前一句寫灰白色的頭髮，幾乎完全變白。後一句寫鬆動的牙齒，有的已經脫落。

[22] 〔幾何〕句：大意是自己也將不久於人世。　幾何：多久。

[23] 〔死而有知〕二句：如果死而有知，分離又會有多久呢？

[24] 〔其無知〕三句：如果人死而無知，那麼，我為你悲傷的時間也不會太久了，而死後無悲無傷的日子卻是沒有盡期的。

不可保，如此孩提者又可冀其成立邪㉕？嗚呼哀哉！嗚呼哀哉！

　　汝去年書云：「比得軟腳病，往往而劇㉖。」吾曰：「是疾也，江南之人常常有之。」未始以為憂也。嗚呼！其竟以此而殞其生乎㉗？抑別有疾而至斯乎㉘？汝之書六月十七日也。東野云，汝歿以六月二日，耿蘭之報無月日。蓋東野之使者不知問家人以月日，如耿蘭之報不知

㉕ 冀：希望。　成立：長大成人。

㉖〔比得軟腳病〕二句：我最近得了軟腳病，情況越來越糟。　比：近來。　軟腳病：即足弱之疾，古人稱之為「腳氣」，是由濕熱之毒所導致的一種疾病。

㉗ 殞（yǔn）：亡。

㉘〔抑別有疾而至斯乎〕句：或者還有別的疾患導致了這樣不幸的結局呢？

當言月日。東野與吾書乃問使者，使者妄稱以應之耳。
其然乎？其不然乎㉙？

　　今吾使建中祭汝，弔汝之孤與汝之乳母㉚。彼有食可
守以待終喪，則待終喪而取以來㉛；如不能守以終喪，則
遂取以來。其餘奴婢，並令守汝喪。吾力能改葬，終葬
汝於先人之兆，然後惟其所願㉜。嗚呼！汝病吾不知時，
汝歿吾不知日；生不能相養以共居，歿不得撫汝以盡哀，

㉙〔東野〕四句：孟東野給我寫信時才去問使者，使者隨便說了個日期
　　（六月二日）聊以應付而已。真是如此嗎？還是並非如此呢？

㉚弔：對遭遇喪事或其他不幸的人表示哀悼和慰問。　汝之孤：此指
　　十二郎死後留下的孤兒。

㉛〔彼有食〕二句：如果他們（指十二郎的兒子和乳母）有足夠的糧食可
　　以守喪到喪期結束，那就等到喪期結束再把他們接過來。古時父母
　　過世，兒女守喪三年為期。

㉜〔吾力能改葬〕三句：如果我有能力為你遷葬，最終一定會把你葬在
　　祖墳旁，然後才了卻了我的心願。　先人之兆：指祖先墓地。　兆：
　　墓地。

斂不憑其棺，窆不臨其穴㉝；吾行負神明而使汝夭，不孝不慈，而不得與汝相養以生，相守以死；一在天之涯，一在地之角，生而影不與吾形相依，死而魂不與吾夢相接。吾實為之，其又何尤㉞！彼蒼者天，曷其有極㉟！

　　自今已往，吾其無意於人世矣！當求數頃之田於伊穎之上，以待餘年㊱，教吾子與汝子，幸其成；長吾女與汝女㊲，待其嫁；如此而已。

㉝〔生不能〕四句：活著的時候不能在一起互相照顧，死的時候不能撫屍以盡哀，入殮時沒有在棺前守靈，下棺入葬時又沒有親臨你的墓穴。　斂（liàn），同「殮」：將死人裝進棺材。　窆（biǎn）：下棺入土。

㉞〔吾實為之〕二句：是我造成了這樣的不幸，又能抱怨誰呢？

㉟〔彼蒼者天〕二句：大意是這青蒼之天啊，哪裏才是盡頭呢？　彼蒼者天：出自《詩經·黃鳥》，此處用來比喻作者自己的悲哀，如蒼天那樣無窮無盡。　曷：疑問詞。

㊱〔當求數頃之田〕二句：我會回老家置辦數頃之地，以打發餘生。　伊穎：分別指伊水和穎水，均在河南境內，代指韓愈的故鄉。

㊲長（zhǎng）：使動用法，意思是撫養她們長大成人。

嗚呼，言有窮而情不可終，汝其知也邪？其不知也邪？嗚呼哀哉！尚饗[38]！

⊛ 尚饗（xiǎng）：祭文常用的結束語，希望死者享用祭品。　尚：表示
　　願望。

韓愈

柳子厚墓誌銘

　　墓誌銘是古代悼念性的文體之一，通常分兩部分：第一部分是「誌」，記敘死者姓名、籍貫、生平事略；後一部分是「銘」，多用韻文，表示對死者的悼念和讚頌。這篇墓誌銘是韓愈為紀念好友柳宗元而寫的。

　　柳子厚，即柳宗元，與韓愈同為唐代古文運動中的領袖人物。這篇墓誌銘概括了柳宗元的家世、生平、交友和文學成就，著重講述了他治理柳州的政績，並稱頌他勇於為人的美德和刻苦自勵的精神。其中寫劉禹錫貶官，即將遠去播州（今貴州境內）時，柳宗元也同在貶遷之列，但他不忍心看到劉禹錫與母親一起顛沛流離，遠赴西南邊隅，就主動向朝廷請求與劉禹錫對換，寧肯自己去播州也不能讓朋友母子受難，哪怕因此冒犯了朝廷並罪加一等，他也在所不辭。在此，韓愈對人情冷暖和世態炎涼做了一番生動的描述，也寄寓了深刻的人生感慨：「士窮乃見節義。」平日身處順境，大家都是朋友，還指天發誓，恨不能掏心掏肺，把自己感動得落淚，好不煞有介事！可一旦碰上利害之爭，哪怕只是蠅頭小利，立刻就翻臉不認人了，甚至還落井下石，不遺餘力。相比之下，柳

宗元的舉動何等令人欽佩！這一件小事，讓我們明白了什麼是友情、信任與擔當。

　　柳宗元好佛，韓愈排佛，兩人意見不合處甚多，性格和文風也大相徑庭，但他們卻是終生的至交好友。這究竟是為什麼呢？讀了韓愈為柳宗元寫的這篇墓誌銘，我們或許就能明白了。

子厚，諱宗元。七世祖慶，為拓跋魏侍中，封濟陰公①。曾伯祖奭②，為唐宰相，與褚遂良、韓瑗俱得罪武后，死高宗朝②。皇考諱鎮③，以事母棄太常博士，求為縣令江南④。其後以不能媚權貴，失御史⑤。權貴人死，乃復拜侍御史，號為剛直⑥。所與遊皆當世名人。

　　子厚少精敏，無不通達。逮其父時，雖少年已自成人，能取進士第，嶄然見頭角⑦；眾謂柳氏有子矣。其

---

① 〔子厚〕五句：柳子厚，名宗元。七世祖柳慶，做過北魏的侍中，被封為濟陰公。 諱：古時對尊者、長者和死者，忌諱直呼其名，因稱被避諱的名字為諱。 拓跋魏：北魏國君姓拓跋，故北魏也叫拓跋魏。 侍中：古代官職，掌管傳達皇帝的命令。

② 奭（shì）：即柳奭，字子燕，柳宗元的高伯祖，此處誤作「曾伯祖」。褚遂良和韓瑗（yuàn）都是武則天時期的朝臣，因為得罪了武則天而遭貶，柳奭於659年被處死。 死高宗朝：即死於高宗在位期間。

③ 皇考：古人對亡父的尊稱，「生曰父，死曰考」。

④ 〔以事母〕二句：因為侍奉母親而放棄了太常博士的官位，請求去江南做縣令。

⑤ 失御史：失掉了御史的官職。 御史：即侍御史，行使監察、糾劾等功能。

⑥ 號為剛直：此指柳宗元以剛直著稱。

⑦ 〔逮其父時〕四句：他父親仍然在世時，柳宗元儘管年少，卻已立身揚名，能夠考取進士了。 逮：及、等到。 嶄然見頭角：嶄露出超群的才華。嶄：突出，原指山崖險峻高出；見：即「現」；頭角：頭頂左右的突出處，此處用來比喻少年的不凡才華。

後以博學宏詞，授集賢殿正字⑧。俊傑廉悍，議論證據今古，出入經史百子⑨。踔厲風發，率常屈其座人⑩，名聲大振，一時皆慕與之交。諸公要人，爭欲令出我門下，交口薦譽之⑪。

貞元十九年，由藍田尉拜監察御史。順宗即位，拜禮部員外郎。遇用事者得罪，例出為刺史⑫。未至，又例貶州司馬。居閒益自刻苦，務記覽，為詞章泛濫停蓄，

⑧ 博學宏詞：唐代科舉的名目之一。　集賢殿正字：官名，主掌刊輯經籍和搜求佚書。

⑨〔俊傑〕三句：柳子厚才華出眾，方正廉潔而又性格強悍，發表議論時能廣泛引證今古事例，遍及經史諸子等典籍。　出入：進出，形容他引經據典，十分自如。

⑩〔踔厲風發〕二句：他議論高邁凌厲，意氣風發，常常令在座的人為之折服。　踔（chuō）：騰躍，超邁。　厲：猛烈。　屈：使動用法，即「使人為之屈服」。

⑪〔諸公要人〕三句：那些公卿貴人爭著想讓子厚成為自己的門生，眾口一詞地推薦讚譽他。

⑫〔遇用事者〕二句：恰巧當權者獲罪於皇上，柳宗元也因此按例被貶為州刺史。　用事者：此處指王叔文等人，當時因變法失敗而遭貶。柳宗元等參與變法的「八司馬」也都被貶離京。　例：按照慣例。出：這裏指離開京城。

為深博無涯涘，而自肆於山水間⑬。

　　元和中，嘗例召至京師，又偕出為刺史⑭，而子厚得柳州。既至，嘆曰：「是豈不足為政邪⑮？」因其土俗，為設教禁，州人順賴⑯。其俗以男女質錢，約不時贖，子本相侔，則沒為奴婢⑰。子厚與設方計，悉令贖歸。其尤貧力不能者，令書其傭，足相當，則使歸其質⑱。觀察使下其法於他州，比一歲，免而歸者且千人⑲。衡湘以南為進

---

⑬〔居閒益自刻苦〕五句：貶官後閒暇無事，更加刻苦為學，致力於博覽典籍，專心記誦。吟詩作文，汪洋恣肆而又凝重含蓄，深厚宏富而又浩瀚無際。而他自己則縱情於山水之間。　涘（sì）：水邊。　無涯涘：無邊際。　肆：放縱、不加約束。

⑭　偕：一同。此指「八司馬」同被召回又同被貶遷。

⑮〔是豈不足為政邪〕句：這樣的地方難道就不值得做出一番政績來嗎？

⑯〔因其土俗〕三句：柳宗元順應當地的習俗，為他們制訂了教諭與禁令，柳州之民對他表示順從和信賴。

⑰〔其俗以男女質錢〕四句：當地的習俗是用兒女做抵押向人借錢，約定如果無法按時贖回，等到利息達到了本金的數額時，債主就把人質沒收做奴婢。　質：典當、抵押。　時：按時。　子：子錢，即利息。　相侔（móu）：相等。

⑱〔其尤貧力不能者〕四句：其中特別貧困而無力贖回子女者，就令債主記下他們子女當傭工所掙的工錢，等到工錢足以抵銷債金時，就要求債主歸還被抵押的人質。　傭：傭金。

⑲　下其法：推行這一法令。　比：及、等到。　且：將近。

士者，皆以子厚為師，其經承子厚口講指畫為文詞者，悉有法度可觀[20]。

其召至京師而復為刺史也，中山劉夢得禹錫亦在遣中，當詣播州[21]。子厚泣曰：「播州非人所居，而夢得親在堂，吾不忍夢得之窮，無辭以白其大人；且萬無母子俱往理[22]。」請於朝，將拜疏，願以柳易播，雖重得罪，死不恨[23]。遇有以夢得事白上者，夢得於是改刺連州[24]。嗚呼！

[20]〔衡湘以南〕四句：衡山、湘水以南準備考進士的人，皆以子厚為師，那些經過子厚親自講授和指點的人所寫的文章，看得出都是合乎規範的。 悉：全、都。

[21] 遣：發遣，此處指外貶為州刺史。 詣：到。

[22]〔播州非人所居〕五句：播州不是一般人能住的地方，況且夢得有老母在堂，我不忍心看到夢得如此困窘。他無法把這個壞消息告訴自己的母親，更何況萬萬沒有母子同往播州的道理。 夢得：劉禹錫的字。 白：告。 大人：父母，此指劉禹錫的母親。

[23] 拜疏：上疏，向皇帝進呈自己的書面意見。 恨：遺憾。

[24]〔遇有〕二句：正巧有人把劉禹錫貶謫播州一事報告給了皇上，劉禹錫於是才改任連州刺史。

士窮乃見節義㉕。今夫平居里巷相慕悦，酒食遊戲相徵逐，詡詡強笑語以相取下，握手出肺肝相示，指天日涕泣，誓生死不相背負，真若可信㉖；一旦臨小利害，僅如毛髮比，反眼若不相識；落陷阱，不一引手救，反擠之又下石焉者，皆是也㉗。此宜禽獸夷狄所不忍為，而其人自視以為得計。聞子厚之風，亦可以少愧矣㉘！

子厚前時少年，勇於為人，不自貴重顧藉，謂功業可

㉕ 窮：困頓失意。

㉖ 〔今夫平居里巷相慕悦〕七句：如今一些人平日街坊相處，彼此仰慕，取悦示好，在一起餐飲聚樂，往來不絕。又做出誇張的笑臉，表示願居對方之下，握手示好，彷彿可以掏肝挖肺給對方看，指天日流著淚發誓説，至死也絕不背棄朋友，真像是可以信賴一樣。 詡詡（xǔ）：誇張的樣子。 強：勉強、做作。

㉗ 〔落陷阱〕三句：即「落井下石」之意。 皆是也：都屬於這一類。

㉘ 少：稍。

立就，故坐廢退。既退，又無相知有氣力得位者推挽，故卒死於窮裔㉙。材不為世用，道不行於時也。使子厚在台省時，自持其身已能如司馬刺史時，亦自不斥㉚；斥時有人力能舉之，且必復用不窮。然子厚斥不久，窮不極，雖有出於人，其文學辭章，必不能自力以致必傳於後如今，無疑也㉛。雖使子厚得所願，為將相於一時，以彼易此㉜，孰得孰失，必有能辨之者。

㉙〔不自貴重顧藉〕六句：柳宗元並不自以為貴重而有所顧惜依託，認為功名事業可以一蹴而就，以致受到了牽連而被貶斥。貶謫後，又沒有賞識自己並且身居高位的人加以推薦引進，最終死於荒僻的邊遠之地。 顧藉：顧惜藉賴。一說作「顧忌」解。 謂：說，此指心想、認為。 坐：因他人獲罪而受牽連。 裔：邊遠的地域。

㉚〔使子厚在台省時〕三句：假如柳宗元在御史台和尚書省為官時，已經能像他出任刺史和司馬那樣持身謹重，也自然不會受到貶斥。使：假使。

㉛〔然子厚斥不久〕六句：然而如果子厚被貶斥的時間不久，困頓未達到這樣的極致，儘管也可以在官場中出人頭地，卻絕不可能在文學辭章上自我奮發努力，以至於像今天這樣流傳後世。這是無可懷疑的。

㉜易：交換。

子厚以元和十四年十一月八日卒，年四十七。以十五年七月十日歸葬萬年先人墓側[33]。子厚有子男二人：長曰周六，始四歲；季曰周七，子厚卒乃生。女子二人，皆幼。其得歸葬也，費皆出觀察使河東裴君行立[34]。行立有節概，重然諾；與子厚結交，子厚亦為之盡，竟賴其力[35]。葬子厚於萬年之墓者，舅弟盧遵[36]。遵，涿人，性謹慎，學問不厭。自子厚之斥，遵從而家焉，逮其死不

㉝ 萬年：即萬年縣，在今陝西省臨潼區東北。

㉞〔其得歸葬也〕二句：柳宗元的靈柩能夠回到故鄉安葬，費用都出自觀察使河東人裴行立。

㉟〔行立有節概〕五句：裴行立為人有節操，重信用。與柳宗元為至交好友，柳宗元對他也盡心盡力，而最終仰仗他來料理後事。 重然諾：看重許下的諾言，說到做到。

㊱ 舅弟：舅父之子年幼於己者。

去㊲；既往葬子厚，又將經紀其家，庶幾有始終者㊳。

銘曰：是惟子厚之室，既固既安，以利其嗣人㊴。

.

㊲〔自子厚之斥〕三句：自從柳宗元被貶之後，盧遵就跟隨著他，並住在他家裏，直到柳宗元去世也沒有離開。 逮：直到。

㊳〔庶幾〕句：他可以稱得上是善始善終的人了。 庶幾：差不多。

㊴〔是惟子厚之室〕三句的大意是，願柳宗元的墓穴能永保堅固和安寧，給子子孫孫帶來益處。 室：此指幽室，即墓穴。 嗣人：子孫後代。

柳宗元

蝜蝂傳

柳宗元（773–819），字子厚，二十一歲進士及第，仕途通達。後參與政治改革，失敗後被貶斥外州，歷盡艱辛坎坷。柳宗元是唐宋八大家之一，與韓愈並稱「韓柳」。柳宗元的論説文思想犀利，説理嚴密；傳記文風格明快，細節生動；寓言小品文機敏警策，寓意深遠；山水遊記清新雋永，別有寄託，往往言有盡而意無窮。

本篇屬於諷刺小品，也是一篇人生寓言。蝜蝂這種小蟲，善負重又喜爬高，常為物所累，墜地而死。文章前半部分著力刻畫了蝜蝂這一可笑可悲的習性，後半部分將世間貪婪之徒與蝜蝂相比，並加以無情的嘲諷。我們知道，寓言往往以動物昆蟲為對象，但像柳宗元對蝜蝂所做的細緻觀察和生動描寫，在他之前似乎還並不多見。而蝜蝂最終被自己背負的重物所壓垮，更具有了深刻的反諷意味：無窮無盡地攫取和積累，直到財富最終變成了負擔，變成了壓垮駝背的最後一根稻草，更何況蝜蝂這樣的小蟲呢？

蝜蝂者，善負小蟲也。行遇物，輒持取，卬其首負之[1]。背愈重，雖困劇不止也[2]。其背甚澀，物積因不散，卒躓仆不能起[3]。人或憐之，為去其負。苟能行，又持取如故。又好上高，極其力不已，至墜地死。

今世之嗜取者，遇貨不避，以厚其室，不知為己累也，唯恐其不積[4]。及其怠而躓也，黜棄之，遷徙之，亦

---

① 〔蝜蝂〕五句：蝜蝂是一種善於負重的小蟲。它在爬行中無論遇到了什麼，都會攫持過來，仰起頭把它駝在背上。 蝜蝂（fùbǎn）：一種黑色的小蟲。 卬（áng）：同「昂」，仰頭。

② 困劇：極度困倦疲乏。 劇：非常。

③ 〔卒躓仆〕句：最終被壓倒了爬不起來。 躓（zhì）仆：跌倒，這裏指被東西壓倒。

④ 〔今世〕五句：如今那些嗜好攫取的人，見到錢財就不放過，用來擴充他們的家產，不知道財貨會成為自己的累贅，而只是擔心財富積聚得不夠多。 厚：增加。

以病矣⑤。苟能起，又不艾⑥。日思高其位、大其祿，而貪取滋甚⑦，以近於危墜⑧，觀前之死亡不知戒。雖其形魁然大者也，其名人也，而智則小蟲也。亦足哀夫！

⑤〔及其怠〕四句：等到他們一時倦怠而栽了跟頭，被貶斥罷官，或流放異地，那時的確已經受盡了羞辱。 怠(dài)：怠懈。 黜(chù)：貶斥、罷免、拋棄。 病：羞辱；也可以作「困苦至極」「吃盡了苦頭」解。
⑥ 艾(yì)：悔改。
⑦ 滋：愈加。
⑧ 危墜：從高處墜落。

柳宗元

遊黃溪記

記之為體，屬「遊記」類，與遊覽、訪古、題寫名勝等場合密切相關。永州是柳宗元的貶謫之地，在今天湖南省西南部，原本名不見經傳。但這篇文章起筆不凡，把永州放在晉（今山西西南部）、鄜（今陝西、甘肅一帶）、吳（今江蘇境內）和楚、越（湖南、湖北和浙江地區）交界地區的宏大視野中，分別從東南西北四個方向來界定它的位置，然後得出結論說，同別的州相比，它的山水最佳。這樣一來，地處偏遠的永州不僅變成了中心，而且還是一塊有待發現的瑰寶。

接下來，作者把視線投向了永州的山水，但採用了同樣的修辭手法，從永州境內東南西北的溪水寫起，最後才落在了黃溪上。如果用攝影來打比方，就好像一開始採用一個廣角鏡頭，然後逐漸收縮，聚焦在了標題上的黃溪。在柳宗元描繪的風景版圖上，永州的山水最佳，而永州的山水，又數黃溪最美。

第二部分從黃神祠起步，沿著黃溪遊覽，寫了一路所見的神奇山水，而且文字風格也奇崛異常，尤以罕見的譬喻取勝，凸顯了這一帶瑰麗的異域色彩。讀

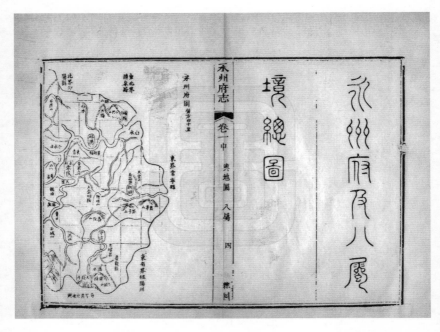

《〔道光〕永州府志》(【清】呂湛恩、宗績辰纂修,同治六年刻本,中國國家圖書館藏)

罷令人震驚錯愕,而又心嚮往之。篇末由寫景進入傳
說,記述了有關黃神的杳渺來歷和源遠流長的地方風
俗,更為不同尋常的黃溪風景增添了神秘感和傳奇性。

北之晉，西適豳，東極吳，南至楚、越之交，其間名山水而州者以百數，永最善^①。環永之治百里^②，北至於浯溪，西至於湘之源，南至於瀧泉，東至於黃溪東屯^③，其間名山水而村者以百數，黃溪最善。

黃溪距州治七十里。由東屯南行六百步，至黃神祠。祠之上，兩山牆立，如丹碧之華葉駢植，與山升降，其缺者為崖峭岩窟^④。水之中，皆小石平布。黃神之

① 〔北之晉〕六句：北至晉地，西到豳（bīn）州，東抵吳地，南至楚、越交界，這一帶以山水著名的州數以百計，其中永州風景最美。 適：到。 極：到達，遠至。 州：唐代行政區劃採用道州縣三級制，州在道與縣之間，大致相當於今天的「地區」一級。

② 〔環永之治百里〕句：環繞著永州治所一百里。 治：指永州政府的所在地。

③ 浯（wú）溪：源出祁陽，流入湘江。 瀧（lóng）泉：永州境內的一條溪水。 屯：村落。

④ 〔祠之上〕五句：黃神祠上兩座高山像牆一樣相對而立，山上的花草樹木也兩相映襯，花草長滿了山壁，隨山勢起伏。沒有長花草的地方就是陡崖和洞窟。 牆立：像牆一樣矗立。 華：同「花」。 駢植：平行植種。

上，揭水八十步⑤，至初潭，最奇麗，殆不可狀⑥。其略若剖大甕，側立千尺，溪水積焉⑦。黛蓄膏渟，采若白虹，沉沉無聲，有魚數百尾，方來會石下⑧。南去又行百步，至第二潭。石皆巍然，臨峻流，若頰頷齗齶⑨。其下大石雜列，可坐飲食。有鳥赤首烏翼，大如鵠⑩，方東向立。自是又南數里，地皆一狀，樹益壯，石益瘦，水鳴皆鏘然⑪。又南一里，至大冥之川⑫，山舒水緩，有土田。始黃神為人時，居其地⑬。

⑤ 揭水：揭起衣服，涉水而行。

⑥ 殆不可狀：幾乎無法形容。

⑦ 〔其略若剖大甕〕三句：初潭的大體模樣有些像一個剖開的大陶罐，側面而立，高達千尺，溪水匯聚其中。

⑧ 〔黛蓄膏渟〕五句：青黑色的潭水像膏狀物一樣蓄聚，陽光下水流灌注像一條白虹那樣閃爍光彩，流動時默然無聲，有幾百尾魚兒正游過來，會聚在石下的溪水中。 黛：女子畫眉用的顏料。 膏：油脂。 渟（tíng）：水聚而不流。

⑨ 〔石皆巍然〕三句：岩石都高高聳立，前臨峻急的水流，山石的形狀有如臉的下巴和牙床。 頰（kē）：兩腮和嘴的下部。 頷（hàn）：嘴唇以下的部位。 齗（yín）：牙根。 齶（è）：牙床。

⑩ 鵠（hú）：天鵝。

⑪ 鏘（qiāng）然：象聲詞，形容鳳鳴聲或樂聲。

⑫ 大冥之川：像海一樣浩瀚的河流。

⑬ 〔始黃神為人時〕二句：當初黃神還是人的時候，曾在此居住。作者寫到黃神的身世時，多有調侃之意。

傳者曰：「黃神王姓，莽之世也⑭。莽既死，神更號黃氏，逃來，擇其深峭者潛焉⑮。」始莽嘗曰，「余黃虞之後也」，故號其女曰「黃皇室主⑯」。黃與王聲相邇，而又有本，其所以傳言者益驗⑰。神既居是，民咸安焉⑱。以為有道，死乃俎豆之，為立祠⑲。後稍徙近乎民⑳。今祠在山陰溪水上㉑。

元和八年五月十六日，既歸為記，以啓後之好遊者。㉒

⑭〔傳者曰〕三句：據傳言者說，黃神本姓王，與王莽屬於同一個世系。王莽於漢平帝時篡權攝政，改國號為「新」，又稱「新莽」。 世：世系、家世。

⑮ 潛：藏身。

⑯〔始莽嘗曰〕三句：當初王莽曾說，「我是黃帝和虞舜的後裔」，因此，稱女兒為「黃皇室主」。

⑰〔黃與王聲相邇〕三句：黃與王讀音相近，又有史書上王莽自稱黃帝後裔的依據，那些關於黃神的傳言愈發得到了驗證。 相邇（ěr）：相近。 有本：有所本、有依據。

⑱〔神既居是〕二句：既然黃神曾經住過這裏，老百姓也都在此安居樂業了。 咸：都。

⑲〔以為有道〕三句：認為他有道行，死後祭祀他，為他立宗祠。 道：道行。 俎（zǔ）豆：俎和豆都是古代祭祀用的禮器，俎為几案，豆為盛乾肉一類祭品的器皿。此處引申為祭祀。

⑳〔後稍徙近乎民〕句：後來把祠廟移到了靠近民居處。

㉑ 山陰：古時山北水南曰陰。這一句的意思是說，今天的祠廟建在山北的溪岸上。

㉒ 啓：開導、告訴。

柳宗元

小石潭記

　　柳宗元於805年被貶謫到永州，在那裏度過了十年的放逐生涯。永州即今天湖南省永州一帶，唐時為蠻荒之地，風景神異。柳宗元在那裏寫下了〈永州八記〉，這是其中的第四篇。這一篇中最著名的是寫游魚的那一段文字，晶瑩透徹，彷彿憑空而來，無所依傍。然而作者久貶於此的孤寂淒涼的心情，也縈繞在字裏行間，揮之不去。

　　這篇遊記專在一個「清」字上下功夫。寫風景之清者，向來不乏其人，但寫得如此清空靈動而又淒愴神傷，則非它莫屬了。在立意謀篇上，也罕有與之媲美者。

　　文章一開頭就寫到了小石潭「水尤清冽」，但令人驚訝的是，不僅絕無「其境過清」之感，反而是兩次用了「樂」字：聽到了溪水的清音時，心為之樂，連游魚都似乎在與遊人相戲為樂了。孔子說過「智者樂水」，莊子寫過濠上游魚之樂。可知水清魚游之為樂，自在情理之中，或者本當如此吧？可是此處的樂，卻有始無終，歸趣難求。柳宗元久坐潭上，開始環顧四周，而就在這一剎那，寒意頓生！寒意當然與氣溫有關，但似乎又關係不大，而是從「寂寥無人」這一句引起

的。它瀰漫在周圍的氣氛中，也彷彿滲透了人的精神和骨髓，因此神清骨寒，幽邃無邊。這才是一篇風景的底色和基調，但直到結尾才悄然浮現。回頭看前面的遊樂，不過是一時忘憂罷了。

有誰教過我們這樣寫文章嗎？篇末翻空出奇，另起一義──能這樣做的人不多，做得好就更少。柳宗元的〈永州八記〉被後人譽為「千古絕調」，看來並非溢美之詞。

從小丘西行百二十步，隔篁竹，聞水聲，如鳴佩環①，心樂之。伐竹取道，下見小潭，水尤清冽。全石以為底，近岸卷石底以出，為坻，為嶼，為嵁，為岩②。青樹翠蔓，蒙絡搖綴，參差披拂③。

　　潭中魚可百許頭④，皆若空游無所依。日光下澈，影布石上，怡然不動，俶爾遠逝。往來翕忽，似與遊者相樂⑤。

①〔隔篁竹〕三句：隔著竹林，可以聽到流水的聲音，好像人身上佩帶的玉佩、玉環相互碰擊發出的聲音。　篁(huáng)竹：竹林。

②〔全石以為底〕六句：小石潭以一塊完整的石頭為底，靠近岸邊的地方，潭底的岩石向上翻捲，露出水面，形成水中的高地、島嶼、高低不平的山石和崖岸。　坻(chí)：水中的小塊高地。　嵁(kān)：凹凸不平的山石。

③〔青樹翠蔓〕三句：寫青樹覆蓋和翠蔓纏繞，在風中牽連搖動，參差不齊。　翠蔓：綠色的藤蔓。　蒙：覆蓋。　絡：纏繞。　綴：連綴。披：下垂。

④可百許頭：大約百十來頭。　可：約。　許：表示約數。

⑤〔日光〕六句：陽光一直穿徹到水底，魚的影子映在水底的石上。魚呆呆地一動不動，忽然又向遠處游去，來來往往，輕快敏捷，好像在與遊人相戲而樂。　怡(yí)然：發呆的樣子。　俶(chù)爾：忽然。翕(xī)忽：敏捷迅疾的樣子。

潭西南而望，斗折蛇行，明滅可見⑥。其岸勢犬牙差互，不可知其源⑦。

坐潭上，四面竹樹環合，寂寥無人，淒神寒骨，悄愴幽邃⑧。以其境過清，不可久居，乃記之而去。

同遊者：吳武陵，龔古，余弟宗玄。隸而從者⑨，崔氏二小生：曰恕己，曰奉壹。

⑥〔潭西南而望〕三句：往潭水的西南方向看去，溪水如北斗七星那樣曲折，又像蛇那樣宛轉而行，一會兒明亮閃爍，一會兒又隱滅不見了。

⑦〔其岸勢犬牙差互(cīhù)〕二句：描寫溪岸像犬牙那樣參差交錯，看不到溪水的源頭。

⑧〔淒神寒骨〕二句：(這裏的氛圍)使人感到心神淒涼，寒氣徹骨，在沉寂中陷入幽深無盡的淒愴。　悄愴(chuàng)：黯然神傷。　邃：深。

⑨隸而從者：附屬隨從的人。

王禹偁

待漏院記

王禹偁（chēng）（954–1001），字元之，出身貧寒，
入仕後多次遭貶謫。他信奉儒家的政治理念，關心國
家和百姓命運，他的古文言之有物，清通爽朗。

朝臣每日早起入朝，風雨無阻，而待漏院正是他
們上朝前休息的地方。他們在覲見皇帝、議論朝政之
前，於此歇息的短暫片刻，心裏想到了什麼？這是一
個有意味的瞬間，是行動之前的停頓，什麼都沒有發
生，卻包孕了接下來的事件。這正是小說家和戲曲家
大顯身手的時刻。王禹偁雖然不是小說家或戲曲家，
但他也從這裏下手，對掠過宰臣心上的各種念頭，做
了一番猜測。在文章結束處，作者寫道：「棘寺小吏王
某為文，請志院壁，用規於執政者。」這表明這篇文章
屬於「廳壁記」，作者希望把它寫在待漏院的牆壁上，
對入朝的宰臣起一個警戒或規勸的作用。實際上，他
描繪了宰臣三幅不同的肖像——賢相、奸相和庸相，
讓他們各自對號入座，反躬自省一番。

前人評論說，從文體和內容來看，這篇文章「非駢
非散，似箴似銘」。也就是說，它同時使用了駢偶和散

文的句式，因此既不同於駢文也不同於古文，而讀起來既像是箴言，又像是銘文。箴言即箴諫之言，目的是規諫勸誡、制止過失；銘文指鑄、刻和書寫在金石等器物上的文辭，也具有警戒的性質，但兼有褒貶，多用韻語。

天道不言，而品物亨、歲功成者，何謂也？四時之吏，五行之佐，宣其氣矣①。聖人不言②，而百姓親、萬邦寧者，何謂也？三公論道，六卿分職，張其教矣③。是知君逸於上，臣勞於下，法乎天也④。古之善相天下者，自咎、夔至房、魏，可數也⑤。是不獨有其德，亦皆務於勤耳。況夙興夜寐，以事一人⑥。卿大夫猶然，況宰相乎！

① 〔天道不言〕六句：天道沉默無言，而萬物順利生長，年年都有收成，這是為什麼呢？那是由於掌管四時、輔佐五行的天官們宣導天地之氣、確保風調雨順的結果。 品物：萬物。 亨：繁盛。 歲功：一年農作的收穫。 宣：宣導。

② 聖人：此指皇帝。

③ 三公、六卿：泛指輔佐國君掌握軍政大權的最高官員。 張其教：張大教化。 張：開展、宣傳。

④ 逸：安逸。 法乎天：即取法於天。

⑤ 〔古之善相天下者〕三句：自古以來，身居相位而善於治理天下者，不過皋、夔、房玄齡、魏徵幾位，屈指可數。 咎：通「皋」，即皋陶，相傳曾為舜掌管刑法。 夔（kuí）：堯、舜的樂官。 房、魏：房玄齡、魏徵，都是唐代名相。他們四位被後世視為大臣的典範。

⑥ 夙興夜寐：早起晚睡。 事：服務。 一人：此指皇帝。

朝廷自國初因舊制，設宰臣待漏院於丹鳳門之右，示勤政也[7]。至若北闕向曙，東方未明，相君啓行，煌煌火城。相君至止，噦噦鸞聲[8]。金門未闢，玉漏猶滴，徹蓋下車，於焉以息[9]。

待漏之際，相君其有思乎？其或兆民未安，思所泰之[10]；四夷未附，思所來之[11]；兵革未息，何以弭之[12]；田

---

[7] 待漏院：百官入朝前歇息之處。　丹鳳門：汴京宮城的北門。　示勤政也：表示勤於政事。

[8] 〔至若北闕向曙〕六句：當北邊的宮闕上映出曙光，東方的天空尚未大亮時，宰相就動身啓行了，儀仗隊的燈火照耀全城。宰相駕到，馬車鈴聲叮噹作響。　噦噦（huì）：形容有節奏的鈴聲。

[9] 〔金門未闢〕四句：金門還沒打開，玉漏聲依然可辨，撤去車上的帷蓋，宰臣下車，在此歇息。　金門：即金馬門，門旁曾有銅馬，故名。　玉漏：古代計時漏壺的美稱。宰臣在待漏院歇息之時，可以聽到漏壺滴水的聲音，故此得名。

[10] 〔其或〕二句：那或許是萬民尚未安寧，宰相正在考慮如何讓他們安居樂業。　所泰之：用來安頓他們的辦法。　泰：安定、平安，使動用法。

[11] 四夷：指周邊少數民族，即東夷、南蠻、西戎、北狄的合稱。　附：歸附。　來：使動用法，「使……前來歸附」。

[12] 兵革：兵器和甲冑，借指戰爭。　弭：消除。

疇多蕪，何以闢之⑬；賢人在野，我將進之；佞臣立朝，我將斥之⑭；六氣不和，災眚薦至，願避位以禳之；五刑未措，欺詐日生，請修德以釐之⑮。憂心忡忡，待旦而入，九門既啓，四聰甚邇。相君言焉，時君納焉⑯。皇風於是乎清夷⑰，蒼生以之而富庶。若然，則總百官，食萬錢，非幸也，宜也⑱。

⑬〔田疇〕二句：農田大多荒蕪，怎樣才能開墾出來？

⑭ 佞臣立朝：奸臣在朝，擔任要職。 佞(nìng)臣：奸佞之臣。

⑮〔六氣不和〕六句：氣候失和，災異頻繁，願意辭去自己的官職以消除災禍。各種刑罰未能廢止不用，欺詐行為每天都在發生，請施行教化來矯正世俗。 眚(shěng)：指災異。 薦：屢次。 禳：以祈禱消災。 措：廢棄。 釐：釐正、治理。

⑯〔九門〕四句：宮門開後，天子可以從百官那裏聽到四面八方的情況。宰相向皇帝上奏直言，皇帝採納了他的建議。 啓：開。 聰：古人往往以耳聰目明來比喻皇帝消息靈敏，明察事理。 邇(ěr)：近。

⑰ 清夷：清平無事。

⑱〔若然〕五句：如果是這樣，他們總領百官，享受優厚的俸祿，就不是僥倖所得，而是理所應該的了。 宜：合適、應該。

其或私仇未復，思所逐之⑲；舊恩未報，思所榮之⑳。子女玉帛，何以致之㉑；車馬器玩，何以取之。奸人附勢，我將陟之；直士抗言，我將黜之㉒；三時告災，上有憂色，構巧詞以悅之；群吏弄法，君聞怨言，進諂容以媚之㉓。私心慆慆，假寐而坐，九門既開，重瞳屢回。相君言焉，時君惑焉㉔。政柄於是乎隳哉㉕，帝位以之而危矣！

---

⑲ 逐：驅逐、貶斥。

⑳ 榮：作動詞用，獎賞、帶來榮耀。

㉑ 致：招致、得到。

㉒ 陟（zhì）：提升。 抗言：直言進諫。 黜（chù）：貶謫、廢免。

㉓〔三時告災〕六句：農事季節各地報災，皇帝面露憂慮，他們便想著如何用花言巧語去取悅皇帝；眾官操弄法律，皇帝聽到了怨言，他們便考慮怎樣奉承獻媚以求得皇上的歡心。 三時：春夏秋三個農忙季節。 諂容：阿諛奉承的樣子。 媚：討好。

㉔〔私心慆慆〕六句：私心紛擾，勉強坐著打盹，宮門大開之後，天子時時顧盼，宰相侃侃而談，皇上被他所蒙惑。 慆慆（tāo）：紛擾不息。 假寐：不脫衣而睡。 重瞳：代指皇帝。

㉕ 政柄：政權。 隳（huī）：崩毀。

若然，則下死獄，投遠方㉖，非不幸也，亦宜也。

是知一國之政，萬人之命，懸於宰相，可不慎歟！復有無毀無譽，旅進旅退，竊位而苟祿，備員而全身者，亦無所取焉㉗！

棘寺小吏王某為文，請志院壁，用規於執政者㉘。

㉖ 投遠方：指放逐到邊遠之地。

㉗〔復有〕五句：還有一種宰相——他們對任何事情，既不說好，也不說壞，隨波逐流，同進同退，不過是竊居宰相之位，而貪圖一時利祿，身在朝臣之列，卻只想著保全身家性命——也是不足取的。無毀無譽：也可以理解為，他們的名聲不好不壞。 旅：同。 苟祿：苟且於官位。 祿：即俸祿，指官員的薪水。 備員：聊備一員，充數而已。

㉘〔棘寺小吏〕三句：大理寺無名小吏王某作此一文，請把它寫在待漏院的牆壁上，用來勸誡執政的大臣們。 棘（jí）寺：大理寺的別稱，大理寺是古代管理司法的部門。 志：記。

范仲淹

岳陽樓記

范仲淹（989-1052），字希文，二十六歲中進士，
官至參知政事（副宰相），因主張變法而受到貶斥。但
他並沒有因此消沉，而是以「先天下之憂而憂，後天下
之樂而樂」的精神自勵，〈岳陽樓記〉的這兩句後來廣為
傳誦，成為士人「以天下為己任」的宣言。

本篇是范仲淹於1046年應好友滕子京的邀請而作
的。此時兩人均被貶官，處境艱難。范仲淹借著岳陽
樓的洞庭湖景，來寄託他的心境和懷抱。但他最終希
望達到的境界卻是「不以物喜，不以己悲」——既不因
為外部的情狀可喜而寵辱皆忘，也不因為自己的困頓
遭遇和黯淡心情而滿目蕭然，感極而悲。這已經是一
個相當超然的態度了，但范仲淹並沒有就此打住，而
是更進一步，提出了「先天下之憂而憂，後天下之樂而
樂」的人生觀。在他看來，這才是真正的達觀，不僅擺
脫了一時一地的喜怒哀樂，也徹底超越了個人的得失
與毀譽。

〈岳陽樓記〉早已成為經典名篇，幾乎無人不曉。
但太過熟悉了，也帶來了一些麻煩，那就是容易對它

形成一個先入為主的固定印象。例如，我們會誤以為它寫的是范仲淹登覽岳陽樓的觀感。另外也容易導致一種不假思索的態度，誤以為其中的每一句、每一字都是理所當然，天經地義的，而且從一句到另一句，也都來得水到渠成，彷彿本該如此。可實際上，從體例和內容來看，〈岳陽樓記〉都有些出格。這不是一篇循規蹈矩的作品。

應主人之邀為重修的名樓作記，通常的做法是首先回述此樓興廢沿革的歷史。范仲淹並沒有這樣做。他簡單地交代了〈岳陽樓記〉一文的緣起，便寫到了洞庭湖的景觀。這樣一來，似乎可以言歸正傳，進入「記」的主體部分了吧？但實際上，這一段文字談不上什麼描寫，不過是概述了岳陽樓的「大觀」而已。而如作者所說，前人早已對此有過完備的描述，也用不著細說了。接下來總算有了兩段景物描寫，但細讀之下，又不盡然。這兩段各以「若夫」、「至若」開頭，皆為虛設之辭。作者並沒有寫到他本人登樓時的所見所感，而是假想從前像他這樣受到貶謫的「遷客騷人」，在面對「霪雨霏霏」或「春和景明」的不同景象時，會分別做何感受。事實上，范仲淹當時被貶在鄧州（今河南省的西南部）為官，並沒有親臨洞庭湖畔，更沒有見到重修的岳陽樓。據說，滕子京請人繪製了一幅〈洞庭晚秋圖〉，供他寫作時參考。但這只是一個傳說而已，即

便有圖為證，范仲淹筆下的「巴陵勝狀」也終究不過是想像之辭罷了。在這些方面，〈岳陽樓記〉都打破了同類文章的範式。且不說篇末的議論將全文昇華到了一個新的境界，就更是前所未見了。

面對熟讀過的名篇，我們應該盡量消除習慣所造成的惰性，恢復第一次讀到它的那種新鮮感和陌生感，這樣才有可能在我們自以為熟悉的文字中，發現它們不同尋常的奧秘。

慶曆四年春，滕子京謫守巴陵郡①。越明年，政通人和，百廢具興②。乃重修岳陽樓，增其舊制，刻唐賢、今人詩賦於其上；屬予作文以記之③。

予觀夫巴陵勝狀，在洞庭一湖。銜遠山，吞長江，浩浩湯湯④，橫無際涯；朝暉夕陰，氣象萬千，此則岳陽樓之大觀也，前人之述備矣⑤。然則北通巫峽，南極瀟湘，遷客騷人，多會於此，覽物之情，得無異乎⑥？

① 〔慶曆〕二句：1044年，滕子京被降職，任岳州太守。 慶曆：宋仁宗年號。 滕宗諒，字子京，是范仲淹的朋友。 謫（zhé）：官員被降職。 巴陵郡：即岳州，今湖南岳陽。

② 越：到了。 明年：第二年。 具：同「俱」，皆、全。

③ 〔乃重修岳陽樓〕四句：於是重新修建岳陽樓，擴大了原有的格局，並且把唐人名家和今人的詩賦刻在上面。囑咐我寫一篇文章來記述這一事件。 屬（zhǔ）：通「囑」，囑咐。

④ 銜：含。 吞：吞嚥，容納。 浩浩湯湯（shāng）：水波浩蕩的樣子。

⑤ 述：記述。 備：詳備。

⑥ 〔然則〕六句：儘管如此，這裏北通巫峽，南至瀟水、湘江，被貶謫的官員和詩人，大多會於此地，觀覽這裏的自然景物而引發的情感，大概會有所不同吧？ 遷客：指降職遠遷的官員。 騷人：詩人。 得無：難道不會？此為反問用法。

若夫霪雨霏霏，連月不開，陰風怒號，濁浪排空，日星隱曜⑦，山嶽潛形；商旅不行，檣傾楫摧⑧；薄暮冥冥，虎嘯猿啼。登斯樓也，則有去國懷鄉，憂讒畏譏，滿目蕭然，感極而悲者矣⑨。

至若春和景明，波瀾不驚⑩，上下天光，一碧萬頃；沙鷗翔集，錦鱗游泳，岸芷汀蘭，郁郁青青⑪。而或長煙一空，皓月千里，浮光躍金⑫，靜影沉璧⑬，漁歌互答，此

⑦ 若夫：句首語氣詞，表示順承上文，或另起一義。 曜（yào）：太陽和星辰的光耀。

⑧ 檣傾楫摧：船上的桅杆傾倒，船槳折斷。 檣（qiáng）：桅杆。 楫（jí）：船槳。

⑨ 〔則有去國懷鄉〕四句：則有遠離京城，懷念故鄉，憂懼別人的讒言、嘲諷，滿目淒涼，感慨到了極致，不禁心中悲傷起來。 讒：即讒言，無端的惡語。

⑩ 至若：同「若夫」。 景：日光。 波瀾不驚：這裏形容湖水平靜，波瀾不起。

⑪ 岸芷汀蘭：岸上生長香草，小洲上開滿蘭花。 芷（zhǐ）：水邊生長的一種香草；汀：水中的小洲。 青青：草木茂盛的樣子。

⑫ 浮光躍金：此句描寫水波起伏蕩漾，水面上的金色月光也隨著浮動跳躍，流金溢彩。

⑬ 靜影沉璧：月亮的投影映照在平靜的湖面上，彷彿是一塊沉入水中的玉璧。

樂何極！登斯樓也，則有心曠神怡，寵辱偕忘，把酒臨風，其喜洋洋者矣。

嗟夫！予嘗求古仁人之心，或異二者之為[14]，何哉？不以物喜，不以己悲。居廟堂之高則憂其民，處江湖之遠則憂其君[15]。是進亦憂，退亦憂。然則何時而樂耶？其必曰：先天下之憂而憂，後天下之樂而樂乎[16]？噫！微斯人，吾誰與歸[17]？時六年九月十五日。

---

[14] 〔予嘗求古仁人之心〕二句：我曾探求過古時仁人之心，或許與這兩種情況還有所不同。

[15] 廟堂：朝廷。 處江湖之遠：指遠離朝廷，在野為民，也包括流放在外的官員。

[16] 先：先於。 後：後於。

[17] 〔微斯人〕二句：如果沒有這種人，我和誰同道而歸呢？ 微：沒有。 歸：歸依。

歐陽修

《新五代史·伶官傳》序*

歐陽修（1007-1072），字永叔，號醉翁、六一居士。歐陽修是宋代文壇的領袖，詩文革新運動的主將。在史學方面，他也有很高的成就，曾合修《新唐書》，並獨撰《新五代史》。他的古文簡潔流暢，對後世古文有很大的影響。

《新五代史·伶官傳》記敘後唐莊宗寵幸伶官敗政亂國的史實，本篇是它的序，旨在提綱挈領，總結後唐盛衰的經驗教訓，表明一個王朝的興亡，完全事在人為。這是一篇議論性文字，但又沒有抽象地討論歷史問題，而是把重點放在了後唐興衰成敗的兩個歷史時刻上，並加以前後對比。作者描述莊宗打天下時，如何臥薪嘗膽，意氣風發。而天下平定之後，卻驕奢淫逸，寵信伶官，終於身死國滅。這兩個場景寫得十分生動，前後的對照也異常鮮明。從中得出了上面的結論，因此就具有很強的說服力。

此外，這篇短序文字精當洗練，讀起來鏗鏘有力，是一篇朗朗上口的好文章。

---

* 伶（líng）官：指在宮廷中服務的樂官和藝人。

嗚呼！盛衰之理，雖曰天命，豈非人事哉！原莊宗之所以得天下，與其所以失之者，可以知之矣[1]。世言晉王之將終也，以三矢賜莊宗而告之曰：「梁，吾仇也；燕王，吾所立[2]；契丹，與吾約為兄弟，而皆背晉以歸梁。此三者，吾遺恨也。與爾三矢，爾其無忘乃父之志[3]！」莊宗受而藏之於廟。其後用兵，則遣從事以一少牢告

[1]〔原莊宗〕三句：探究莊宗得天下和失天下的原因，就可以知道了。原：推本求源、推究。　莊宗：指五代後唐莊宗李存勖（xù）。他早年奮發有為，實現了父親晉王李克用的遺志，於923年滅梁稱帝，史稱後唐，但後來卻貪圖享樂，寵信伶官，終致覆滅，死於亂兵之手。他在位的時間前後不過三年。

[2]〔燕王，吾所立〕句：燕王是我扶持起來的。燕王指盧龍節度使劉仁恭，其子後來被朱溫封為燕王。後人因此稱他為燕王。

[3]〔與爾三矢〕二句：給你三支箭，你千萬不要忘記了你父親的心願。三矢：三支箭。　其：務必，有強調之意。

廟，請其矢，盛以錦囊，負而前驅，及凱旋而納之④。

方其係燕父子以組，函梁君臣之首⑤，入於太廟，還矢先王，而告以成功，其意氣之盛，可謂壯哉⑥！及仇讎已滅，天下已定，一夫夜呼，亂者四應，倉皇東出，未及見賊而士卒離散，君臣相顧，不知所歸⑦。至於誓天斷髮，泣下沾襟，何其衰也！豈得之難而失之易歟？抑本其

④〔其後用兵〕六句：此後每一次打仗，就派官員以少牢之禮祭祀於宗廟之上，恭敬地取出箭來，放入錦緞織的袋子裏，然後背著它向前衝鋒。打了勝仗歸來，仍舊把箭收回宗廟。　從事：這裏指負責具體事務的官員。　少牢：古代祭祀單用羊、豬稱少牢。

⑤〔方其〕二句：當莊宗用繩子捆著燕王父子，拿木匣裝著梁國君臣的頭顱。　組：絲帶，這裏指繩索。　函：用木匣裝。

⑥〔入於太廟〕五句：進入宗廟，把箭還於先王的靈前，向先王報告成功的消息時，那種意氣風發的樣子可真是豪壯啊。

⑦〔及仇讎已滅〕八句：等到仇敵已經消滅，天下平定，一人在夜間振臂一呼，叛亂者從四面八方群起響應，於是莊宗張皇失措地向東逃竄，還沒看見叛賊，士兵就四散而去了，君臣面面相覷，不知該去向何處。　仇讎（chóuchóu）：即仇敵。

成敗之跡，而皆自於人歟⑧？

《書》曰：「滿招損，謙得益。」憂勞可以興國，逸豫可以亡身，自然之理也⑨。故方其盛也，舉天下之豪傑，莫能與之爭；及其衰也，數十伶人困之，而身死國滅，為天下笑。夫禍患常積於忽微，而智勇多困於所溺⑩，豈獨伶人也哉！作〈伶官傳〉。

⑧〔豈得之難〕三句：難道是得天下難而失天下易嗎？或者追究他成敗的軌跡，還都是出自人為的緣故呢？　抑：或。　本：追本尋源。
⑨〔憂勞〕三句：憂患與勤勞可以興國，貪圖安逸享樂則可能亡身，這是十分自然的道理。　逸：安閒，無所用心。　豫：安樂。
⑩〔夫禍患〕二句：禍患常常是由微小的事情積累而成的，而大智大勇者也往往會被他們溺愛的人或事所困，從而招致失敗。　忽：寸的十萬分之一。　微：寸的百萬分之一。　困：被困，使處於困境險地。溺：過分喜愛。

歐陽修

秋聲賦

　　寫秋而偏偏從聲音寫起，真是談何容易？剛開始不過是淅淅瀝瀝的疏雨落葉，忽然間風聲大作，如波濤澎湃，呼嘯而至；又如夜半行軍，不聞人語，但聞金戈鐵馬碰撞的鏗鏘之聲。作者聽罷，暗自心驚，而童子卻渾然不覺，出門張望，唯見皓月當空，傾耳聽之，「四無人聲，聲在樹間」。這一片秋聲來得何等神秘，又何等奇異！

　　自「悲哉，此秋聲也」以下，歐陽修才將悲秋之說和盤托出。他從秋聲生發開去，寫到了秋的氣、色、容貌和意態，更重要的是，寫到了它的情感與觀念的根源。原來，秋聲既來自外界，也深蘊在作者的內心，既與他對季節的感受有關，又植根於深厚悠久的文化傳統和博大精深的自然觀和宇宙觀。讀罷全文，關於秋的敏感和聯想，便都瞭然於心了。而末句「童子莫對，垂頭而睡」，又反過來加深了寂寞悵惘的深秋之意。

　　在中國文學史上，「悲秋」是一個不斷重奏的旋律。最初的吟唱出自《楚辭》，先有〈湘夫人〉中的「裊裊兮秋風，洞庭波兮木葉下」，後有宋玉〈九辯〉中的

「悲哉秋之為氣也」的感嘆，早已為後世詩文中的秋天定下了基調。此後又有了詩壇上的建安「風力」，出現了「高樹多悲風，大海揚其波」那樣的名句。經過了多少代文人詞客的創造與積累，悲秋的情懷久已積澱為中華文化的遺傳基因。無論我們是否相識，身在何處，都會因為〈秋聲賦〉這樣的作品而產生內心的感動和共鳴。

作為一類文體，賦有著久遠的歷史。作者在這裏以散文的筆調作賦，打破了駢賦、律賦的固定格式，而又富於鮮明的形象性和韻律美。因此，這一篇〈秋聲賦〉讀起來既有韻文的朗朗上口，也不失散文的參差變化之妙。它是賦體古文的一篇不可多得的傑作。

歐陽子方夜讀書，聞有聲自西南來者，悚然而聽之①，曰：異哉！初淅瀝以蕭颯，忽奔騰而砰湃②，如波濤夜驚，風雨驟至。其觸於物也，鏦鏦錚錚③，金鐵皆鳴。又如赴敵之兵，銜枚疾走，不聞號令，但聞人馬之行聲④。余謂童子：「此何聲也？汝出視之。」童子曰：「星月皎潔，明河在天⑤，四無人聲，聲在樹間。」

① 〔歐陽子〕三句：我夜裏正在讀書，忽然聽到有聲音從西南方向傳來，心中一驚。 歐陽子：作者自稱。 悚(sǒng)然：驚懼的樣子。

② 淅瀝：象聲詞，形容風雨和落葉的聲音。 砰湃：同「澎湃」，如波濤那樣洶湧而至。

③ 鏦鏦(cōng)錚錚：金屬相撞發出的聲音。

④ 〔又如〕四句：又像銜枚去襲擊敵人的軍隊，聽不到號令聲，只聽見人馬行進的聲音。 銜枚：古代行軍時，讓士兵口中銜枚，以防出聲。 枚：形狀類似筷子，士兵銜於口中，可以避免喧嘩。

⑤ 明河：天上的銀河。

余曰：「噫嘻，悲哉！此秋聲也，胡為而來哉？蓋夫秋之為狀也，其色慘淡，煙霏雲斂；其容清明，天高日晶；其氣慄冽，砭人肌骨；其意蕭條，山川寂寥。故其為聲也，淒淒切切，呼號憤發⑥。豐草綠縟而爭茂⑦，佳木蔥蘢而可悅，草拂之而色變，木遭之而葉脫⑧。其所以摧敗零落者，乃其一氣之餘烈⑨。夫秋，刑官也，於時為

⑥〔其色慘淡〕數句：分別從色、容、氣、意、聲等各個方面來寫秋。秋的色調暗淡，煙散雲收；秋的容貌清癯明淨，天空高遠而日光明亮；秋天的氣候凜冽寒冷，刺人肌骨；秋的意境蕭瑟冷落，山川寂靜空曠。所以它一旦發而為聲，時而淒淒切切，時而又如憤怒呼號。　霏：飛散。　斂：收起、收聚。　砭（biān）：古人用來治病刺穴的石針，這裏借指寒風刺骨。

⑦綠縟（rù）：綠草繁茂。

⑧〔草拂之〕二句：綠草因秋風拂過而變色，樹木遇到了秋風便落葉飄零。

⑨〔其所以〕二句：它用來摧殘草木，並使之凋零的，正是這蕭殺之氣的餘威。　餘烈：餘威、餘勢。

陰；又兵象也，於行用金⑩。是謂天地之義氣，常以肅殺而為心⑪。天之於物，春生秋實，故其在樂也，商聲主西方之音，夷則為七月之律⑫。商，傷也，物既老而悲傷；夷，戮也，物過盛而當殺⑬。嗟乎！草木無情，有時飄零⑭。人為動物，惟物之靈。百憂感其心，萬事勞其形；有動於中，必搖其精，而況思其力之所不及，憂其智之所

⑩〔夫秋〕五句：秋天是刑官執法的季節，從季節上說屬陰；秋天又有戰爭之象，在五行中屬金。　刑官：執掌刑獄的官員。《周禮》將官職與天、地、春、夏、秋、冬一一相配，稱六官。由於秋天是肅殺的季節，主管刑獄的刑官即為秋官。

⑪〔是謂〕二句：這就是人們所說的，天地的義氣，往往以肅殺為本。

⑫〔故其在樂也〕三句：所以體現在音樂上，商聲屬於西方之音，夷則與七月相配。古人以宮、商、角、徵、羽五音與方位、四時配合，秋為商聲，主西方。　夷則：古時以十二律對應十二月，其中「夷則」與七月相應。

⑬〔夷，戮也〕三句：夷就是殺戮的意思，凡物過於繁茂，就應該衰減。　殺：衰減、衰亡。

⑭有時：有固定的時間。

不能⑮；宜其渥然丹者為槁木，黟然黑者為星星⑯。奈何以非金石之質，欲與草木而爭榮⑰？念誰為之戕賊，亦何恨乎秋聲⑱！」

童子莫對，垂頭而睡。但聞四壁蟲聲唧唧，如助予之嘆息。

⑮〔有動於中〕四句：一旦內心為外物所觸動，就勢必搖動人的精氣，更何況思考力所不及之事，憂慮智力所無法解決的問題呢？

⑯〔宜其〕二句：紅潤的面色變得蒼老枯槁，烏黑的鬢髮變得花白，也正是理所當然的了。 宜：應該、必然的。 渥：色澤紅潤。 黟（yī）然：形容黑的顏色。 星星：鬢髮花白。

⑰〔奈何〕二句：人非金石，為什麼要以血肉之軀去與草木爭榮呢？ 金石之質：如同金石那樣可以長久不衰的形體。

⑱〔念誰為之戕賊〕二句：想一想究竟是誰帶來了這些破壞與摧殘，又何必去怨恨這秋聲呢！ 戕（qiāng）賊：摧殘。

王安石

遊褒禪山記

王安石（1021–1086），字介甫，晚號半山。宋神宗時期，王安石竭力推行新法，史稱「王安石變法」，後因保守派的反對而失敗。他的古文長於議論，論點鮮明，邏輯嚴密，有很強的説服力。

此篇是王安石的遊記名篇，不過與一般寫景的遊記不同，這是記述與議論相結合的一篇散文，通篇夾敘夾議，因事見理。嚴格説來，它的重點並不在記遊，也不在景物描寫，而在於表達從遊覽中收穫的心得體會。作者以此來組織全文，層層遞進，脈絡清晰。結尾回到開篇提到的那座倒在路旁的石碑，不僅加強了文章的完整性，也深化了它的主旨。

有人曾批評古文不長於説理，讀了這篇文章，或許就不這麼想了。

褒禪山亦謂之華山，唐浮圖慧褒始舍於其址^①，而卒葬之。以故，其後名之曰褒禪。今所謂慧空禪院者，褒之廬冢也^②。距其院東五里，所謂華山洞者，以其乃華山之陽名之也^③。距洞百餘步，有碑仆道，其文漫滅，獨其為文猶可識，曰「花山」^④。今言「華」如「華實」之「華」者，蓋音謬也^⑤。

① 〔褒禪山〕三句：褒禪山又稱華山，浮圖慧褒曾在山腳下建舍居住，死後葬於此地。　褒禪山：位於今安徽省馬鞍山市含山縣境內。　浮圖：梵語的音譯，也譯作「浮屠」，這裏指佛教徒。　舍：這裏用作動詞，修建屋舍。　址：指基址，即山腳下。

② 禪院：指佛家的寺院。　廬冢：古時為守護墳墓而建的屋舍，又稱「廬墓」。「冢」即墓。

③ 〔所謂〕二句：人們所說的華山洞，是因為它在褒禪山的南面而這樣稱呼它。　陽：山南水北曰陽。　名：命名。

④ 〔有碑仆道〕四句：有一座石碑倒在路上或路邊，上面的碑文磨損不清，只有碑文上殘留的字跡還可以辨認出「花山」二字。　仆道：即「仆於道」。　漫滅：模糊不清。

⑤ 〔今言「華」如「華實」之「華」者〕二句：如今把「華(huā)」讀成「華實」的「華(huá)」，是發音上的錯誤。漢字最初有「華(huā)」而無「花」字，所以，王安石認為「華山」的原意和發音均作「花山」。

其下平曠，有泉側出，而記遊者甚眾⑥，所謂前洞也。由山以上五六里，有穴窈然，入之甚寒，問其深，則好遊者不能窮也⑦，謂之後洞。余與四人擁火以入⑧，入之愈深，其進愈難，而其見愈奇⑨。有怠而欲出者⑩，曰：「不出，火且盡⑪。」遂與之俱出。蓋余所至，比好遊者尚不能十一⑫，然視其左右，來而記之者已少。蓋其又深，

⑥ 記遊：指在洞壁上題詞簽名。
⑦ 窈（yǎo）然：幽深。 問：探究。 窮：窮盡、走到盡頭。
⑧ 擁火：手執火把。
⑨〔而其見愈奇〕句：而所見的景觀也就愈加神奇。
⑩ 怠：怠惰。
⑪ 且：將要。
⑫〔蓋余所至〕二句：大概我所到的地方，還不及好遊者的十分之一。

則其至又加少矣⑬。方是時，予之力尚足以入，火尚足以明也。既其出，則或咎其欲出者，而予亦悔其隨之，而不得極夫遊之樂也⑭。

　　於是予有嘆焉。古人之觀於天地、山川、草木、蟲魚、鳥獸，往往有得，以其求思之深而無不在也⑮。夫夷以近⑯，則遊者眾；險以遠，則至者少。而世之奇偉、瑰

怪，非常之觀，常在於險遠，而人之所罕至焉，故非有志者不能至也[17]。有志矣，不隨以止也，然力不足者，亦不能至也[18]。有志與力，而又不隨以怠，至於幽暗昏惑而無物以相之，亦不能至也[19]。然力足以至焉，於人為可譏，而在己為有悔；盡吾志也而不能至者，可以無悔矣，其孰能譏之乎？此予之所得也[20]！

[17]〔而世之奇偉〕五句：但是世上奇偉、瑰麗、怪異，而且非同尋常的景觀，常常在奇險偏遠、人跡罕至的地方，所以，沒有意志力的人是不能抵達的。

[18]〔有志矣〕四句：有志者，不會因為放任和懈怠而止步不前，但是如果體力不足，也仍舊不能到達。　隨：放任、鬆懈。　以：相當於「而」。

[19]〔有志與力〕四句：有意志和體力，又不鬆懈和輕易放棄，但是到了幽深黑暗、令人迷惑的地方，卻沒有恰當的工具來輔佐，也同樣無法抵達。　相：輔助、支持。

[20]〔然力足以至焉〕七句：體力足以達到目的地卻沒能達到，在別人看來是可笑的，對自己來說也有所悔恨；可是自己盡了心力卻仍然沒能達到，那就可以無悔了。難道誰還能因此而譏笑我嗎？這就是我這次遊歷的收穫。　其：難道，反問句的語氣詞。

余於仆碑，又以悲夫古書之不存，後世之謬其傳而莫能名者，何可勝道也哉[21]！此所以學者不可以不深思而慎取之也。

　　四人者：盧陵蕭君圭君玉[22]，長樂王回深父[23]，余弟安國平父、安上純父。

　　至和元年七月某日，臨川王某記[24]。

---

[21]〔後世之謬其傳而莫能名者〕二句：由於後世誤傳，而說錯了地名，這樣的事情多得不計其數。

[22] 盧陵蕭君圭君玉：盧陵人蕭君圭，字君玉。盧陵為籍貫，其後為名字。

[23] 王回深父：王回，字深父，宋朝理學家。

[24] 王某：作者自指。古人作文起稿時，往往以「某」自稱，或在「某」前冠姓。

蘇軾

留侯論

　　蘇軾（1037–1101），字子瞻，號東坡居士，出身於書香世家，與父親蘇洵、弟弟蘇轍並稱「三蘇」。蘇軾學識淵博，思想通達，執著於人生而又超然物外，即使身處逆境，也依舊保持了濃厚的生活情趣和旺盛的創作活力。蘇軾是北宋時期的大文學家，在詩、詞、文和書法等不同領域中都成就卓著。他的散文揮灑自如，如入化境。

　　我們在前面讀了司馬遷《史記·留侯世家》中張良圯下受書的故事，不知道大家有什麼感想？蘇軾讀過之後，寫了這篇〈留侯論〉。他沒有全面評價張良的生平和功過是非，而是以這一情節為中心，強調了張良「能忍」的過人氣度。整篇文章由此展開論述，結構嚴謹，步步為營，而又縱橫捭闔，旁徵博引，是「論」類古文的一篇傑作。

　　張良貌若婦人女子，然而剛毅堅忍，志向高遠，又絕非常人可比。連司馬遷也不免要感嘆說，他原以為張良「魁梧奇偉」，沒想到一個人的外貌與內心會有這麼大的反差！但在蘇軾看來，這正是為什麼張良最

終成就了一番功業，而遠勝於逞強好鬥的一介匹夫。蘇軾在開篇就說到了「大勇者」如何臨之不驚，加之不怒，與匹夫之勇判然不同。不過，張良並非天生能忍。蘇軾特意指出，他早年也曾「拔劍而起，挺身而鬥」，甚至還密謀暗殺秦始皇而未成。因此，他與黃石公的相遇就變得十分重要了。正是黃石公教會了他如何隱忍克制，甘居人下。而他也因此最終成為伊尹、太公這樣長於謀略、功勳卓著的人物，而沒有廁身於荊軻、轟政等刺客之列。

在文章的結尾處，蘇軾借著談論張良的相貌，回到了「勇」這一主題上，但又不落於重複拖沓。這正是全文的畫龍點睛之筆。

古之所謂豪傑之士者，必有過人之節①。人情有所不能忍者，匹夫見辱②，拔劍而起，挺身而鬥，此不足為勇也。天下有大勇者，卒然臨之而不驚，無故加之而不怒。此其所挾持者甚大，而其志甚遠也③。

　　夫子房受書於圯上之老人也④，其事甚怪，然亦安知其非秦之世有隱君子者出而試之⑤。觀其所以微見其意

① 過人之節：不同常人的節操和品格。

② 匹夫見辱：普通人受到侮辱。見，是被動句的標誌。

③〔天下有大勇者〕五句：天下真正有豪傑氣概的人，猝不及防地面對權勢者而不驚，無緣無故地受人凌犯而不怒。這正是因為他們抱負博大，志向高遠。　卒然：同「猝然」，突然。　臨：居上視下。　加：侵凌。　所挾持者：指一個人的胸懷抱負。

④ 子房：張良，字子房。

⑤ 隱君子：隱居的高士，指圯上老人。　試：考驗。

者，皆聖賢相與警戒之義，而世不察，以為鬼物，亦已過矣⑥。且其意不在書⑦。

　　當韓之亡，秦之方盛也，以刀鋸鼎鑊待天下之士，其平居無罪夷滅者，不可勝數，雖有賁育，無所復施⑧。夫持法太急者，其鋒不可犯，而其勢未可乘⑨。子房不忍忿忿之心，以匹夫之力，而逞於一擊之間。當此之時，子

---

⑥〔觀其所以〕五句：看那老人怎樣含蓄微妙地透露出自己的用心，都是聖賢對他提醒告誡之意。一般人不明就裏，把那老人當成了鬼神，的確太荒謬了。　見：現。　過：謬誤。

⑦〔且其意不在書〕句：而且圯上老人的真正用意，並不在於授給張良那部兵書。

⑧〔以刀鋸鼎鑊〕五句：秦王嬴政用刀鋸、油鍋對付天下的志士，平白無故被他捉去殺頭滅族的人，數都數不清。即便有孟賁、夏育那樣的勇士，也不再有施展本領的機會了。　刀鋸鼎鑊：泛指刑具。　賁(bēn)育：指孟賁、夏育，相傳為戰國時的勇士。

⑨〔夫持法太急者〕三句：至於持法嚴酷的君王，他的鋒芒不可觸犯，他的勢頭強盛，無可乘之機。　而其勢未可乘：秦王來勢洶洶，與他為敵者無法加以利用。

房之不死者，其間不能容髮，蓋亦已危矣⑩。千金之子，不死於盜賊。何者⑪？其身之可愛，而盜賊之不足以死也⑫。子房以蓋世之才，不為伊尹、太公之謀，而特出於荊軻、聶政之計，以僥倖於不死，此圯上老人所為深惜者也⑬。是故倨傲鮮腆而深折之，彼其能有所忍也，然後可以就大事⑭，故曰：孺子可教也。

⑩〔子房不忍忿忿之心〕七句：張良（子房）無法克制憤怒之心，以他個人之力，在對秦王的一次狙擊中，逞一時之快。當時，張良雖然逃脫了捕殺而僥倖不死，但其間的距離已經容不下一根頭髮了，真是太危險了。 逞：逞強、得逞。

⑪〔千金之子〕三句：像張良這樣的富貴人家的子弟，即便身為盜賊，也能倖免於一死，這是為什麼呢？司馬遷在這裏稱張良為盜賊，因為此時他已淪為刺客，實與盜賊無異了。 不死於盜賊：意思是「身為盜賊而免於一死」，不能讀成「死於盜賊之手」。

⑫〔而盜賊之不足以死也〕句：成為盜賊也不足以置之於死地。

⑬ 伊尹、太公：伊尹輔佐湯建立商朝。太公即太公望呂尚，是周武王的太師。兩人都以謀略韜晦著稱。荊軻、聶政：皆為戰國時期的刺客，事見《史記·刺客列傳》。圯上老人認為張良有舉世無雙的才能，但沒有像伊尹和太公望那樣為一朝天子出謀劃策，而只能像荊軻、聶政那樣以行刺為業，不過因為僥倖而免於一死，這是讓他為之深感惋惜的地方。

⑭〔是故倨傲鮮腆〕三句：所以老人故意粗魯傲慢、厚顏無禮，以此來羞辱、挫敗他，他如果能有所隱忍，才能夠成就一番大功業。 鮮腆（tiǎn）：厚顏冒昧。 就：成就。

楚莊王伐鄭，鄭伯肉袒牽羊以逆。莊王曰：「其君能下人，必能信用其民矣。」遂舍之⑮。勾踐之困於會稽而歸，臣妾於吳者，三年而不倦⑯。且夫有報人之志，而不能下人者，是匹夫之剛也⑰。夫老人者，以為子房才有餘，而憂其度量之不足，故深折其少年剛銳之氣，使之忍小忿而就大謀。何則？非有平生之素，卒然相遇於草野

⑮〔楚莊王伐鄭〕五句：楚莊王攻伐鄭國，鄭襄公脫去上衣，牽著羊出來迎接。楚莊王說：「鄭國的君主能夠屈居人下，必定能取信於民，並讓百姓為其效力。」於是放棄了對鄭國的進攻。 肉袒：脫去上衣，表示謝罪或虔敬。 逆：迎接。
⑯〔勾踐之困於會稽而歸〕三句：越王勾踐被吳王夫差的軍隊圍困在會稽，歸降之後，在吳國做奴僕，好多年都不息懈。 臣妾於吳者：指勾踐及其下屬都屈從於吳王，甘為他的奴婢。
⑰〔且夫有報人之志〕三句：而且，有對人復仇的意向，卻不能隱忍和屈居人下，這只是普通人的剛強而已。

之間，而命以僕妾之役，油然而不怪者[18]，此固秦皇之所不能驚，而項籍之所不能怒也[19]。

　　觀夫高祖之所以勝，而項籍之所以敗者，在能忍與不能忍之間而已矣[20]。項籍唯不能忍，是以百戰百勝而輕用其鋒[21]。高祖忍之，養其全鋒而待其弊[22]。此子房教之也。當淮陰破齊而欲自王，高祖發怒，見於詞色。由此

---

[18] 〔非有平生之素〕四句：老人與張良素不相識，突然在野外相遇，卻命令他為自己做奴僕的下賤差事。而張良竟安之若素，不以為怪。　素：此指交往。　油然：安然、自在，或指自然而然。　怪：奇怪，也可以解作「責怪」。

[19] 〔此固〕二句：這正是為什麼秦始皇不能令他心驚，項籍不足以使他發怒的原因了。

[20] 〔觀夫高祖之所以勝〕三句：漢高祖之所以勝，楚霸王之所以敗，就在於能忍與不能忍之間的差別了。　高祖：即漢高祖劉邦。　項籍：即西楚霸王項羽。

[21] 輕：輕易、輕率。

[22] 〔高祖忍之〕二句：高祖能夠隱忍，保全自己的鋒芒而等待對方消耗殆盡。　弊：疲憊。

觀之，猶有剛強不忍之氣，非子房其誰全之㉓？

　　太史公疑子房以為魁梧奇偉，而其狀貌乃如婦人女子，不稱其志氣㉔。嗚呼，此其所以為子房歟㉕！

㉓〔當淮陰破齊〕六句：當韓信大敗齊王，想自立為王時，漢高祖發怒，在言語和臉色上都顯露出來了。由此看來，高祖也有剛強而不能忍的脾氣，要不是張良，還有誰能成全他的大業呢？　淮陰：即淮陰侯韓信。他戰功顯著，先封齊王，改封楚王，後降為淮陰侯。

㉔〔太史公〕三句：太史公曾猜想張良形貌魁梧奇偉，沒想到他的長相竟像婦人女子一般，與他的志氣和度量不相稱。　太史公：西漢武帝時設立的官職，負責處理朝廷的史料。司馬遷和他的父親司馬談都曾任太史公，此指司馬遷。　稱：符合。

㉕〔此其〕句：這就是張良之所以成其為張良的原因吧！

蘇軾

石鐘山記

　　山水遊記有不同的寫法，本書中前有唐代柳宗元、宋代王安石的作品，後邊還收了好幾篇明、清時期的遊記，大家可以一邊讀一邊比較。

　　蘇軾在這一篇〈石鐘山記〉中，詳細敘述了自己如何實地考察，弄清了石鐘山之名的真實由來，同時也糾正並補充了前人的記述和有關說法。夜訪石鐘山因此變成了一次歷險考察，而蘇軾的敘述也不乏懸念、緊張、驚奇和發現的快樂。從景物描寫來看，蘇軾沒有採用像〈記承天寺夜遊〉那樣極簡的寫意筆法，而是充分渲染了一路上的所見所聞。因為石鐘山獨以鐘名，他自然把注意力集中在了聽覺上。他寫水聲，也寫水聲在山谷、洞穴中產生的回聲，聽上去真幻難辨，驚心動魄，令人有親臨其境之感。

　　蘇軾在篇末感嘆說，凡事不曾目見耳聞，而輕下斷言，就難免流於臆斷。士大夫過於迷信書本知識，而「不肯以小舟夜泊絕壁之下」，所以他們對石鐘山的瞭解，反倒比不上不識字的打魚人和普通船民。尋訪山水而別有領悟，並由此而生發議論，這是遊記的一種常見的寫法。

《水經》云：彭蠡之口，有石鐘山焉。酈元以為下臨深潭，微風鼓浪，水石相搏，聲如洪鐘[1]。是説也，人常疑之[2]。今以鐘磬置水中[3]，雖大風浪，不能鳴也，而況石乎！至唐李渤始訪其遺蹤[4]，得雙石於潭上，扣而聆之[5]，南聲函胡，北音清越[6]，枹止響騰，餘韻徐歇，自以為得之矣[7]。然是説也，余尤疑之。石之鏗然有聲者，所在皆是也[8]，而此獨以鐘名，何哉？

---

① 〔《水經》云〕六句：《水經》是古代一部記載水流河源的地理著作，作者不可考。　彭蠡：即鄱陽湖。　石鐘山：在鄱陽湖東岸，關於石鐘山的得名，歷來有不同的説法。酈道元在他的《水經注》中指出，此地下臨深淵，水石相擊，因此聲如洪鐘。蘇軾經過實地考察，對此做出了新的解釋。後來，清代的學者又提出了不同的看法，他們認為石鐘山之所以得名，是因為全山皆空，如鐘覆地。也有人結合形聲二説，指出石鐘山在形狀和聲音兩個方面，都讓人聯想到鐘，故此得名。　酈元：酈道元，字善長，南北朝時北魏人，撰《水經注》，為《水經》作註解。

② 〔是説也〕二句：對這一説法，人們常常表示懷疑。

③ 磬（qìng）：一種打擊樂器，通常用玉或石製成。

④ 李渤：唐代人，曾作〈辨石鐘山記〉。

⑤ 扣：叩擊。　聆：聆聽。

⑥ 〔南聲函胡〕二句：南邊山石的聲音重濁而模糊，北邊山石的聲音清脆而激越。　函胡：即含糊。　越：響亮、高揚。

⑦ 〔枹止響騰〕三句：鼓槌停止了敲擊，但鼓聲激揚，餘音過了很久才止歇。於是，他（李渤）自以為找到了石鐘山命名的原因了。　枹：鼓槌。　徐：慢。

⑧ 〔石之鏗然〕二句：叩擊時發出鏗鏘之聲的石頭，到處都是。

元豐七年六月丁丑，余自齊安舟行適臨汝，而長子邁將赴饒之德興尉[9]，送之至湖口，因得觀所謂石鐘者。寺僧使小童持斧，於亂石間擇其一二扣之，硿硿焉[10]。余固笑而不信也。

　　至暮夜月明，獨與邁乘小舟至絕壁下。大石側立千仞，如猛獸奇鬼，森然欲搏人。而山上棲鶻，聞人聲亦驚起，磔磔雲霄間[11]。又有若老人咳且笑於山谷中者，或

⑨ 元豐：宋神宗的年號。　齊安：今湖北黃州。　臨汝：即汝州，今河南臨汝。　赴：此指赴任，蘇軾的長子蘇邁當時正前往饒州的德興縣，就任縣尉一職。

⑩ 硿硿（kōng）：象聲詞。　焉：此處與「然」同義。

⑪〔大石側立〕六句：巨大的山石聳立水旁，有千尺之高，彷彿凶猛的野獸和奇異的鬼怪，陰森森地想要對人發起攻擊；在山間棲息的猛禽，受到人聲的驚嚇，也飛了起來，在雲霄間磔磔鳴叫。　鶻（hú）：鷙鳥，一說為隼，屬鶺類，又有人稱之為雀鷹。　磔磔（zhé）：鳥鳴聲。

曰，此鸛鶴也⑫。余方心動欲還，而大聲發於水上，噌吰如鐘鼓不絕⑬。舟人大恐。徐而察之，則山下皆石穴罅⑭，不知其淺深，微波入焉，涵淡澎湃而為此也⑮。舟回至兩山間，將入港口，有大石當中流，可坐百人，空中而多竅，與風水相吞吐，有窾坎鏜鞳之聲，與向之噌吰者相應，如樂作焉⑯。

⑫ 鸛（guàn）鶴：一種水鳥，似鶴而無紅頂，嘴長而直，通常活動於水邊，夜宿高樹。

⑬〔余方心動欲還〕三句：我正心驚想要回去，忽然間，水上發出了巨響，聲音洪亮，如同有人在不停地敲鐘擊鼓。 噌吰（chēnghóng）：鐘聲洪亮。

⑭ 罅（xià）：縫隙、裂縫。

⑮〔微波入焉〕二句：微波湧入石穴和石頭之間的縫隙，水波激蕩，從而發出這種聲響。 涵淡：水波搖蕩的樣子。

⑯〔空中而多竅〕五句：（巨石）的中心是空的，而且有許多洞穴，吞吐清風和水波，發出窾坎鏜鞳的聲音，同先前噌吰之聲相互應和，好像是在演奏音樂。 窾（kuǎn）坎：擊物聲。 鏜鞳（tángtà）：鐘鼓聲。

因笑謂邁曰：「汝識之乎[17]？噌吰者，周景王之無射也。窾坎鏜鞳者，魏莊子之歌鐘也[18]。古之人不余欺也[19]！事不目見耳聞，而臆斷其有無，可乎？」酈元之所見聞，殆與余同，而言之不詳。士大夫終不肯以小舟夜泊絕壁之下，故莫能知。而漁工水師，雖知而不能言。此世所以不傳也。而陋者乃以斧斤考擊而求之[20]，自以為得其實。余是以記之，蓋嘆酈元之簡，而笑李渤之陋也[21]。

[17] 識：知道。
[18] 〔噌吰者〕四句：那噌吰的響聲，是周景王無射鐘的聲音，窾坎鏜鞳的響聲，是魏莊子歌鐘的聲音。　無射(yì)：指周景王所鑄的無射鐘。　魏莊子：即魏絳的謚號。　歌鐘：古樂器。
[19] 不余欺：即「不欺余」。
[20] 陋者：淺陋之人。　考擊：擊打、敲擊。
[21] 〔余是以記之〕三句：於是，我記下了這次遊歷，正是有感於酈道元的簡略而語焉不詳，嘲笑李渤的淺陋卻自以為是。

蘇軾

答謝民師書（節選）

　　蘇軾晚年給友人謝民師回過一封信，這裏節選的是其中探討寫作經驗的部分。蘇軾認為文章本無一成不變的法則，而應當根據內容，隨物賦形，寫起來「如行雲流水」才好。我們前面讀過了老子和莊子的文章，他們寫水寫風，都不僅限於內容而已。正像蘇軾在這裏寫到的那樣，水和風同時也是關於寫作的譬喻，所謂「常行於所當行，常止於所不可不止，文理自然，姿態橫生」。

　　前人如唐代的韓愈，早已在他的〈答李翊書〉中表達過類似的看法，但蘇軾在這裏把重點放在了「文」的概念上。什麼是「文」呢？「文」的原意指紋理圖案，從自然之文，如鳥獸身上的對稱斑紋，到人工的錦緞織品上的各色紋飾花樣，都可以稱作「文」。只不過前者為「天文」，後者為「人文」罷了，而「人文」包括了各種書寫的文體，統稱為「文章」。李白在〈春夜宴從弟桃花園序〉中曾這樣說過：「大塊假我以文章」，可知錦繡大地，未經人工雕飾，也自成文章。因此，我們不難理解，為什麼蘇軾在這裏把文章比作了自然現象，像行雲流水那樣，舒卷自如，文理天成。文之為體，如果刻意求之，就變成了雕琢篆刻。像揚雄那樣，以「艱深之辭」文飾「淺易之說」，又有什麼可取之處呢？

所示書教及詩賦雜文，觀之熟矣。大略如行雲流水，初無定質，但常行於所當行①，常止於所不可不止，文理自然，姿態橫生。孔子曰：「言之不文，行而不遠②。」又曰：「辭達而已矣③。」夫言止於達意，即疑若不文，是大不然④。求物之妙，如繫風捕影⑤，能使是物瞭然於心者，蓋千萬人而不一遇也，而況能使瞭然於口與手者乎？是之謂辭達⑥。辭至於能達，則文不可勝用矣⑦。

① 初無定質：一開始並沒有固定的實體。 但：只、不過。
② 〔言之不文〕二句：如果語言不講究文采，即便流傳也不能流傳很遠。
③ 〔辭達而已矣〕句：文辭足以達意即可。
④ 〔夫言止於達意〕三句：如果語言僅止於達意，便不免有缺乏文采之嫌，但這一看法根本就是錯的。
⑤ 〔求物之妙〕二句：尋求事物的微妙之處，就像拴住風、捉住影那樣困難。
⑥ 〔能使是物瞭然於心者〕四句：對於所寫的事物，如能做到瞭然於心，大概千萬人當中也遇不上一位，更何況通過口說和手寫把它明瞭地表達出來呢？做到了這一點才能稱之為「辭達」。
⑦ 〔辭至於能達〕二句：文辭能做到達意的程度，文采也就綽綽有餘了。 不可勝用：用也用不完。

揚雄好為艱深之辭，以文淺易之説，若正言之，則人人知之矣⑧。此正所謂雕蟲篆刻者，其《太玄》、《法言》，皆是類也。而獨悔於賦，何哉⑨？終身雕蟲，而獨變其音節，便謂之經，可乎⑩？屈原作《離騷經》，蓋風雅之再變者，雖與日月爭光可也。可以其似賦而謂之雕蟲乎⑪？使賈誼見孔子，升堂有餘矣，而乃以賦鄙之，至與司馬相如

⑧〔揚雄好為艱深之辭〕四句：揚雄為文喜歡作艱深之語，以粉飾淺易的道理。如果直截了當地説出來，人人都能懂，並無高深之處。 揚雄：西漢著名的學者和辭賦家。 文：此處指文飾、掩蓋。

⑨〔此正所謂雕蟲篆刻者〕五句：這就正是他所説的雕蟲篆刻了，他的《太玄》《法言》也都屬於這一類。揚雄後來唯獨後悔作賦，這是為什麼呢？ 雕蟲篆刻：雕章琢句。揚雄早年好辭賦，晚年悔過，視賦體為「雕蟲篆刻」，「壯夫不為」。於是，他模仿《易經》作《太玄》，模仿《論語》作《法言》。 雕：一作「琱」，與「雕」同義。 類：又作「物」。

⑩〔終身雕蟲〕四句：揚雄終生致力於他所謂的雕蟲之事，而晚年所作的《太玄》和《法言》，不過在音節上做了改變，便自稱為經，這樣做行嗎？

⑪〔屈原作《離騷經》〕四句：屈原作《離騷》，屬於「變風」、「變雅」，即便説它與日月爭光，也不為過。難道因為它看上去與賦相似，就稱之為雕蟲小技嗎？漢代尊《離騷》為經，而「風」與「雅」又正是《詩經》的兩個重要部分。漢代的經學家稱其中衰世所作的篇目為「變風」、「變雅」。此處因此視《離騷》為「風雅之再變者」。 雖與日月爭光可也：出自司馬遷對《離騷》的讚美：「推此志也，雖與日月爭光可也。」

同科⑫。雄之陋，如此比者甚眾⑬。可與知者道，難與俗人言也。因論文偶及之耳⑭。

　　歐陽文忠公言：「文章如精金美玉，市有定價，非人所能以口舌定貴賤也⑮。」紛紛多言，豈能有益於左右⑯，愧悚不已⑰。

---

⑫〔使賈誼見孔子〕四句：如果賈誼能見到孔子，他的學問足以達到「升堂」的境地了，揚雄卻因賈誼作過賦便鄙視他，甚至把他與司馬相如視為同類。　賈誼：西漢著名的政論家和辭賦家。　升堂：比喻學問已經相當高深了。　司馬相如：西漢的辭賦家，作品為漢武帝所賞識。

⑬　如此比者：諸如此類。

⑭〔可與知者道〕三句：可與智者談論，不足為俗人道，這裏因論及文章而偶然說到這個問題。　知者：智者。

⑮〔歐陽文忠公言〕四句：歐陽修說：「好的文章如精金美玉，市場上自有定價，不是幾個人空口無憑就能確定它的貴賤的。」

⑯　左右：字面意思是指對方左右的侍者，為第二人稱的禮貌稱呼，即「您」，此指謝民師。

⑰　愧悚（sǒng）：慚愧和惶恐。

蘇軾

記承天寺夜遊

宋元豐六年十月十二日，也就是1083年的11月24日，在中國歷史上是無足輕重的一天。那是蘇軾謫居黃州的第四個年頭了。在他放逐的漫長歲月中，這一天似乎過得十分平靜，沒有發生什麼要緊的事件。如果不是蘇軾在這篇短文中隨手記下了這個日子，恐怕沒有誰會想得起來。那天晚上，蘇軾照常準備入寢，忽見月光灑入戶內，頓時睡意全無。多好的月色，在睡夢中虛度了，豈不可惜？而如此良辰美景，沒有朋友一同分享，也終究不夠圓滿。蘇軾想到了他的朋友張懷民，當時就住在附近的承天寺，於是便乘興去敲他的門。兩人相見，大喜過望，同遊於月下的承天寺。

這就是〈記承天寺夜遊〉的來歷，而這篇文章也讓我們從此記住了，曾經有過這樣一個美好的夜晚。

如果沒有了月光，黯然失色的是夜晚，也是文學。這篇短文不過寥寥數語，信筆寫來。但見流光似水，月色中的世界一片空明澄澈。「庭下如積水空明，水中藻荇交橫，蓋竹柏影也」這幾句，如同是月光施展的魔術，白天熟悉的庭院，剎那間化作了一個透明的夢境。

久違了，古典詩文中的月夜。當下都市的燈光太
過喧鬧了，閒人更少。還有誰記得上一回月下漫步，
那是哪一年了？

元豐六年十月十二日，夜，解衣欲睡，月色入戶，欣然起行。念無與為樂者，遂至承天寺尋張懷民①。懷民亦未寢，相與步於中庭。

庭下如積水空明，水中藻荇交橫，蓋竹柏影也②。

何夜無月？何處無竹柏？但少閒人如吾兩人者耳③。

① 〔元豐〕七句：元豐六年十月十二日夜晚，正準備脫衣睡覺，忽見月光從窗戶照了進來，便乘興起身出門。想到無人分享月下漫步的樂趣，於是又前往承天寺去找張懷民。 張懷民：名夢得，蘇軾的朋友，於1083年貶黃州，暫居承天寺。 承天寺：在今黃岡市南。

② 〔庭下〕三句：庭院中的月光宛如一泓積水般清澈透明。水藻、水草縱橫交錯，原來那是庭院裏的竹子和松柏樹枝投下的影子。 藻 (zǎo)：泛指生長在水中的植物。 荇 (xìng)：即荇菜，是一種多年生草本植物，葉略呈圓形，浮於水面，根生水底，夏、秋之季開黃花。 交橫：交錯縱橫。 蓋：承接上文，解釋原因或表示肯定，相當於「大概」、「原來是」。

③ 閒人：閒散無事之人。此處略有自嘲之意：蘇軾當時處於貶謫期間，因此看上去閒來無事。

孟元老

《東京夢華錄》序

孟元老,生平不詳,曾長期居住東京(北宋都城汴梁,今開封)。金滅北宋,孟元老南渡,常憶故都繁華,寫成《東京夢華錄》。

如果有人問起,從前的都市大概是一個什麼樣子?我們首先想到的就是北宋的都城汴梁了。它的出現標誌著商業城市的開始,它所展現的面貌,在中國的都市中一直保留到了二十世紀的上半葉。那麼如何去瞭解北宋的開封呢?大家自然都會想到著名的《清明上河圖》。可是千萬別忘了,《東京夢華錄》的文字記載一點兒也不遜色,甚至比那幅畫還要豐富。

這部書追述了北宋都城東京開封的方方面面,從都城的整體布局到皇宮的建築,從官署的處所到城內的街坊集市,從飲食起居到歲時節令,幾乎無所不包。儘管書中也寫到了皇宮的典禮,但通篇的敘述散發著濃郁的市井氣息。它描繪雜耍說唱、雜貨店鋪和茶肆酒樓,以及每日破曉時分,各類商販湧入市場擺攤的熙熙攘攘的場面,都歷歷如在目前。此外,書中還記載了一些當地的方言和行話,包括鋪子裏夥計的吆喝、飯館的菜單和點菜用餐的規矩。這一切都生動

地顯示了古文表達的靈活性與風格上的多樣性。《東京夢華錄》開創了一個新的文類,此後《都城紀勝》等多種關於南宋都城杭州的記載相繼問世,基本上都沿襲了它的體例和風格。

　　本篇是《東京夢華錄》的作者自序,先是追憶汴京的繁華熱鬧,然後筆鋒一轉,以靖康之難為界,劃出了前後兩個截然不同的時空和心境。前半豐贍富麗,聲色俱全,後半如大夢初醒,惘然若失。對北宋開封的回憶,滋生了作者無盡的鄉愁。説起鄉愁,我們不免要聯想到士大夫回歸田園山莊的嚮往,可城裏人就沒有鄉愁嗎?當然不是。城裏人的鄉愁,與一個時代的繁盛、節慶的花燈和喧天的簫鼓連在了一起。還有走到哪兒都忘不掉的那一處街角的茶坊、夜市中的人群和各色各樣的小吃風味。

　　身在南方的孟元老,對眼前的美景完全打不起興趣來。在他的心目中,汴梁成了他回不去的故園。

僕從先人宦遊南北，崇寧癸未到京師，卜居於州西金梁橋西夾道之南①。漸次長立，正當輦轂之下②。太平日久，人物繁阜③。垂髫之童，但習鼓舞，班白之老，不識干戈④。時節相次，各有觀賞⑤。燈宵月夕，雪際花時，乞巧登高⑥，教池遊苑⑦。舉目則青樓畫閣，繡戶珠簾，雕車競駐於天街，寶馬爭馳於御路，金翠耀目，羅綺飄

① 僕：我，謙詞。　先人：亡父。　宦遊：外出做官。　崇寧：宋徽宗趙佶的年號，崇寧癸未即崇寧二年（1103）。　京師：首都，此指北宋京城汴梁，即今河南開封。　卜居：古人通過占卜選擇居所，這裏泛指擇地而居。

② 漸次長立：逐漸長大成人。　輦轂（niǎngǔ）：天子出行的車輿，代指天子和皇都。

③ 繁阜（fù）：繁華富庶。

④〔垂髫之童〕四句：年幼的孩子只知道操習音樂歌舞，連頭髮斑白的老人也不曉得戰爭是怎麼一回事兒了。　垂髫（tiáo）：代指兒童。古時兒童不束髮，頭髮自然下垂。　班白：即斑白。　干戈：兵器。干指盾，戈指戟。

⑤〔時節〕二句：四季時令和節日依次而至，各有不同的觀賞遊戲。

⑥ 乞巧：農曆七月七日夜，天上牛郎織女相會，女子月下穿針引線，俗稱乞巧。　登高：指重陽節（農曆九月九日）登高的習俗。

⑦ 教池遊苑：分別指金明池禁軍操練和瓊林苑天子遊幸。

香⑧。新聲巧笑於柳陌花衢，按管調弦於茶坊酒肆。八荒爭湊，萬國咸通⑨。集四海之珍奇，皆歸市易；會寰區之異味，悉在庖廚⑩。花光滿路，何限春遊，簫鼓喧空，幾家夜宴。伎巧則驚人耳目，侈奢則長人精神⑪。瞻天表則元夕教池，拜郊孟享。頻觀公主下降，皇子納妃⑫。修造則創建明堂，冶鑄則立成鼎鼐⑬。觀妓籍則府曹衙罷，內

⑧ 天街：即御路，京城中皇帝通行的道路。　羅綺：質地輕軟的各類絲織品。

⑨〔新聲巧笑〕四句：青樓裏到處都是時興曲調的歌唱與美妙迷人的笑語，茶樓酒肆間充滿了管弦演奏的樂聲。四面八方的人們都爭相在此匯集，各國的使者也都由此往來交通。　柳陌花衢（qú）：指歌妓聚集的街巷。　按管：吹奏管樂。　調弦：彈奏弦樂。　湊：亦作「輳」，輻輳、從四周向中心匯聚。　咸：都。

⑩〔會寰區之異味〕二句：匯聚天下各地的美味，盡現於京城的餐館廚房。　寰區：寰宇之內，泛指宋朝的境內。　庖廚：廚房。

⑪〔伎巧〕二句：技藝的奇巧驚人耳目，場景的奢華令人精神亢奮。

⑫〔瞻天表〕四句：瞻仰天子的儀容，可在上元節之夜皇帝登樓觀燈或親臨金明池檢閱水軍操練之際，或在郊外祭祀天地、每年四孟（孟春、孟夏、孟秋、孟冬）的宗廟祭禮上。也不時可以看到公主下嫁、皇子納妃的熱鬧場面。

⑬〔修造則創建明堂〕二句：說到京城的宮室建築之妙，有天子創建的明堂；說到冶煉鑄造之巧，鼎鼐這樣的器物當即就可以鑄就。　明堂：古代帝王宣明政教的殿堂，通常用以舉行朝會、祭祀、慶典、教學和頒布政令等。　鼎鼐：古代烹調用器，古人也往往以鼎鼐烹調食物來比喻處置國家大事。

省宴回；看變化則舉子唱名，武人換綬^⑭。僕數十年爛賞疊遊，莫知厭足。

一旦兵火，靖康丙午之明年，出京南來，避地江左^⑮，情緒牢落，漸入桑榆^⑯。暗想當年，節物風流，人情和美，但成悵恨。近與親戚會面，談及曩昔，後生往往妄生不然^⑰。僕恐浸久^⑱，論其風俗者，失於事實，誠為可惜。謹省記編次成集，庶幾開卷得睹當時之盛^⑲。古人有

⑭〔觀妓籍〕四句：欲觀官妓，要等到衙門公務了結之後，內宮宴會歸來之際；看身分的升遷改變的場面，則文官有科舉唱榜、武人有授衙換綬之時。 內省：內宮。 舉子唱名：宣讀科舉考試中榜者的名單。 綬：絲帶，古人用不同顏色的絲帶來標識官員的身分和等級。

⑮〔一旦兵火〕四句：一旦京城陷於兵火，我於第二年（即1127年）離開東京開封南下，來到江左之地避難。頭兩句指歷史上著名的「靖康之難」。靖康丙午（1126）年農曆十一月二十五日（1127年1月9日），金軍在圍城一個月後，終於攻陷了東京開封，俘獲了宋徽宗、宋欽宗父子，以及大批皇族成員、公卿貴冑和後宮妃嬪，並於1127年4月間將他們押解北上。東京城被洗劫一空，北宋王朝也由此告終。 江左：即江東，古人以東為左，以西為右。這裏指長江下游以東地區，即今江蘇一帶。

⑯〔情緒牢落〕二句：情緒鬱悶低落，年歲又漸入垂老之年。 牢落：孤寂、荒涼。 桑榆：比喻晚年。

⑰〔近與親戚會面〕三句：近來與親戚會面，談及過去，晚輩往往不以為然。 後生：晚輩、年輕人。 妄：輕率、沒有根據。

⑱ 浸久：漸久。

⑲ 庶幾：但願。

夢遊華胥之國，其樂無涯者[20]。僕今追念，回首悵然，豈非華胥之夢覺哉[21]？目之曰《夢華錄》[22]。

然以京師之浩穰，及有未嘗經從處，得之於人，不無遺闕[23]。倘遇鄉黨宿德[24]，補綴周備，不勝幸甚。此錄語言鄙俚，不以文飾者，蓋欲上下通曉爾，觀者幸詳焉[25]。

紹興丁卯歲除日[26]，幽蘭居士孟元老序。

---

[20] 華胥之國：想像中的理想國度，據《列子》記載，黃帝夢遊至華胥國，看到華胥國的富庶豐饒，悟及治理天下的道理，由此天下大治。這裏是説古人有夢遊華胥者，覺得那裏無限快樂。

[21] 覺：醒。

[22] 目：標題，此處用作動詞，指為書命名。

[23] 〔然以京師之浩穰〕四句：然而由於京城闊大，人口眾多，凡是我未經歷過的事情或沒有到過的地方，都是從別人那裏聽來的，所以這本書難免有所遺漏和闕失。 浩穰（rǎng）：繁多、密集。

[24] 鄉黨宿德：指鄉里中年長而有德望的人。

[25] 觀者幸詳焉：希望讀者能夠瞭解這一點。 詳：知悉。

[26] 紹興：南宋高宗的年號。紹興丁卯歲除日，即一一四七年除夕，西曆1148年1月22日。

宋濂

送東陽馬生序

宋濂（1310–1381），字景濂，元末隱居著述，明朝開國後入朝做官。宋濂主張「以道為文」，強調文章的道德內容，也寫過一些具有文學色彩的出色文章。

這篇文章是宋濂為馬生（君則）送行而寫的。既然如此，開頭總得交代幾句馬生辭行的情況吧？我們在前面讀過了韓愈的〈送董邵南序〉，它開篇就說誰是董邵南，打算去哪兒，為什麼。但宋濂沒有這樣做。他在最後一段才介紹馬生，而開篇卻從自己寫起，講述了自己年輕時的求學經歷。這是一篇自述體的「勸學篇」，以自己為例子來勸勉馬生。

宋濂出身貧寒，年少時好讀書卻買不起書，只能借來抄寫。求師就更不容易了，經常不得不穿山越嶺，長途跋涉，大雪天也不例外。正因為如此，他比誰都更懂得珍惜每一次機會。更重要的是，他對讀書有一種發自內心的需求和渴望，任何外在的困難都難不倒他。

宋濂接下來感慨說，當今的太學，物質條件如此優厚，又由於印刷技術日漸發達，必備的書籍應有盡

有，學生根本不必像當年的自己那樣，為了讀書而四處去借書抄書。在這種條件下，如果仍然學無所成，就不能說是別人的過錯了。

宋濂六百多年前寫下的這些話，今天聽上去可一點兒都沒有過時。

余幼時即嗜學①。家貧，無從致書以觀，每假借於藏書之家，手自筆錄，計日以還②。天大寒，硯冰堅，手指不可屈伸，弗之怠③。錄畢，走送之④，不敢稍逾約。以是人多以書假余，余因得遍觀群書。既加冠，益慕聖賢之道，又患無碩師、名人與遊，嘗趨百里外，從鄉之先達執經叩問⑤。先達德隆望尊，門人弟子填其室，未嘗稍降

① 嗜學：好學。

② 致：得到。 假借：即「借」。 計日以還：算好了日子還書。

③ 弗之怠：不怠懈。 弗：不。

④ 走：跑。

⑤ 〔既加冠〕五句：成年之後，更加仰慕聖賢的學說，又苦於不能與學識淵博的老師和名人交往，曾走到百里之外，手拿著經書向同鄉的長輩學者叩首求教。 加冠：古代男子二十歲舉行加冠禮，表示已經成人。 碩師：學問淵博的老師。 先達：有成就的長輩學者。 叩：叩首。

辭色⑥。余立侍左右，援疑質理，俯身傾耳以請；或遇其叱咄，色愈恭，禮愈至，不敢出一言以復；俟其欣悅，則又請焉⑦。故余雖愚，卒獲有所聞。

　　當余之從師也，嘗負篋曳屣，行深山巨谷中，窮冬烈風，大雪深數尺，足膚皸裂而不知⑧。至舍，四肢僵勁不能動，媵人持湯沃灌⑨，以衾擁覆，久而乃和⑩。寓逆旅主

---

⑥〔未嘗稍降辭色〕句：從來沒有稍微緩和一下言辭和態度。

⑦〔余立侍左右〕九句：我站著陪侍在他左右，提出疑難，詢問道理，俯身側耳向他請教；有時遭到他的訓斥，但表情更恭敬，禮數更周到，不敢答覆一句話；等他高興時，就又向他請教。 侍(shì)：指陪在尊長身邊，兼有服侍、侍奉的意思。 援：執、引。 質：質詢、就正。 叱咄(chìduō)：吆喝、大聲斥責。 俟(sì)：等待。

⑧〔當余之從師也〕六句：當年我尋師請教時，背著書箱拖著鞋子，行走在深山大谷之中，嚴冬寒風凜冽，大雪深達幾尺，腳上的皮膚被凍裂了都不知道。 篋(qiè)：箱子。 曳屣(yèxǐ)：拖著鞋子。 窮冬：深冬。 皸(jūn)裂：皮膚因寒冷乾燥而開裂。

⑨ 媵人：侍婢。 沃灌：洗浴，「灌」通「盥」(guàn)。

⑩ 衾：棉被。 和：暖和。

人，日再食⑪，無鮮肥滋味之享。同舍生皆被綺繡⑫，戴朱纓寶飾之帽⑬，腰白玉之環，左佩刀，右備容臭，燁然若神人；余則縕袍敝衣處其間，略無慕艷意，以中有足樂者，不知口體之奉不若人也⑭。蓋余之勤且艱若此。今雖耄老，未有所成，猶幸預君子之列⑮，而承天子之寵光，綴公卿之後⑯，日侍坐備顧問，四海亦謬稱其氏名，況才之過於余者乎⑰？

⑪ 寓：寄居。　日再食：一天只吃兩頓飯。
⑫ 被：通「披」，指穿著。　綺（qǐ）繡：有紋飾的絲織衣服。
⑬ 朱纓：裝飾在帽頂上的紅色綴結。
⑭ 〔左佩刀〕七句：（他們）左邊佩著刀，右邊戴著香囊，光彩鮮亮，望若神人。而我卻穿著麻袍破衣，置身於他們當中，而毫無羨慕的意思，因為心中有足以讓自己快樂的事情，並不覺得自己的衣食享用不如別人。　容臭（xiù）：香囊。　燁（yè）然：明亮的樣子。　縕（yùn）袍：以亂麻襯底的袍子。　奉：供給、奉養。
⑮ 耄（mào）老：年老。　預：參與、成為其中一員。
⑯ 綴：跟隨。
⑰ 〔日侍坐〕三句是作者的自謙之辭，大意是說，以自己平平的資質，貧寒的出身，竟然能每天侍奉在皇帝身邊，隨時接受諮詢，並且在海內享有盛譽，更何況才智在我之上的人呢？　日：每日。　備：預備。　謬：不恰當。

今諸生學於太學[18]，縣官日有廩稍之供，父母歲有裘葛之遺，無凍餒之患矣；坐大廈之下而誦詩書，無奔走之勞矣[19]；有司業、博士為之師[20]，未有問而不告、求而不得者也；凡所宜有之書，皆集於此，不必若余之手錄、假諸人而後見也[21]。其業有不精，德有不成者，非天質之卑，則心不若余之專耳，豈他人之過哉！

⑱　諸生：指太學生。　太學：即國子監，是政府設置的最高學府。

⑲　〔縣官〕五句：縣官每天按時供給膳食，父母每年都送來冬夏的衣服，沒有凍餓的憂慮了；坐在寬敞的室內誦讀經書，也沒有奔走的勞苦了。　廩稍：官府定時供給的俸糧；　廩（lǐn）：糧倉。　裘葛（qiúgě）：皮衣和葛布製成的衣服。　遺：贈，這裏指接濟。

⑳　司業：官職之一，通常配置在國子監等機構。　博士：指專攻一經或精通一藝，並且從事教授生徒的官職。

㉑　假諸人：從別人那裏借書。

東陽馬生君則，在太學已二年，流輩甚稱其賢[22]。余朝京師，生以鄉人子謁余，撰長書以為贄，辭甚暢達，與之論辯，言和而色夷[23]。自謂少時用心於學甚勞，是可謂善學者矣[24]！其將歸見其親也[25]，余故道為學之難以告之。謂余勉鄉人以學者，余之志也；詆我誇際遇之盛而驕鄉人者，豈知余者哉[26]！

---

[22] 流輩：同輩。

[23] 鄉人子：同鄉的兒子。　謁：拜訪。　長書：長信。　贄（zhì）：初次見拜時所贈的禮物。　夷：平易、平和。

[24] 〔自謂〕二句：我自以為從小專心於學，十分用功，可以算是善於學習的人。

[25] 〔其將歸見其親〕句：他將要回鄉拜見父母。　親：指父母。

[26] 〔謂余勉鄉人以學者〕四句：如果說此文是我拿學習的道理來勉勵同鄉，那正是我的願望；如果有人因為此文而詆毀我，說我炫耀自己如今的際遇之好，以此傲視同鄉，那他們哪裏是瞭解我的人！

歸有光

項脊軒志[*]

歸有光（1507–1571），字熙甫，號震川。歸有光早
年即以詩文見長，後因科舉考試屢次失利，於1542年
遷居嘉定（今屬上海），講學授徒，直到1565年才進士
及第，授浙江長興縣令。當時的文壇上崇尚擬古雕飾
之風，歸有光倡導素樸的文風與之對抗。他博採唐宋
諸家之長，形成了獨具特色的風格，並且對清代的散
文產生了很大的影響。

項脊軒是歸有光青少年時代的書齋。在這篇文章
及其補記中，歸有光從項脊軒寫起，先是描寫了它的
格局、周圍的環境，以及前後的修補增益，然後記敘
了發生在這裏的家庭瑣事，分別寫了與祖母、母親和
妻子魏氏有關的一兩個細節。歸有光關注細節，這
一點我們都有目共睹，但他更善於利用細節來營造氛
圍，這才是他的過人之處。他寫自己久居此屋，無需
開窗，單憑腳步聲就知道是誰從窗前走過。這一句看
似隨意，卻是點睛之筆：我們彷彿感受到了她們的聲

---

[*] 項脊軒：為歸有光的書齋名，軒：此處指小室。歸有光遠祖曾居崑
山項脊涇，因此他自稱項脊生，並以此命名自己的書齋。

音和氣息，在靜美的時光中緩緩擴散，瀰漫了記憶的每一個角落。

〈項脊軒志〉是一篇憶舊的佳作，樸素平淡，而又深情雋永。憶舊的傷感像溪水般在字句間汨汨流淌，波瀾不驚，卻沁人心脾。

這篇志文，到「項脊生曰」那一段就結束了。自「余既為此志」以下，是後來的補記，而寫補記的時候，作者的妻子已過世多年了。歸有光連續使用了「後五年」「其後六年」和「其後二年」等字眼，為時光的消逝留下標記，也為全文創造了一個不斷回溯的視野，從過去回到更遠的過去。寫下最後一段時，連作者本人也已常年在外，遠走他鄉了。

於是，便有了結尾的那一句：在他最後的回望中，庭院裏的那棵枇杷樹已經長大，挺拔直立，如同車蓋一般——那是亡妻在去世的那一年親手種下的。這是寫樹，更是憶人，是在睹物思人的當下，懷戀那隨之而去的歲月。

項脊軒，舊南閣子也[1]。室僅方丈[2]，可容一人居。百年老屋，塵泥滲漉[3]，雨澤下注[4]。每移案，顧視無可置者[5]。又北向，不能得日，日過午已昏。余稍為修葺，使不上漏[6]。前闢四窗，垣牆周庭，以當南日，日影反照，室始洞然[7]。又雜植蘭桂竹木於庭，舊時欄楯，亦遂增勝[8]。借書滿架，偃仰嘯歌，冥然兀坐，萬籟有聲[9]。而庭

[1] 閣子：指小屋子。

[2] 方丈：一丈見方。

[3] 滲漉（lù）：滲雨、下漏。

[4] 雨澤：雨水。 下注：往下流注。

[5] 〔每移案〕二句：每一次移動書桌，環顧四周，卻找不到可以挪放的地方。

[6] 余稍為修葺：我稍微修補了一下，使上面不再漏雨。 修葺（qì）：修補。

[7] 〔前闢四窗〕五句：前面開設四扇窗子，又繞著庭院砌起矮牆，南邊的太陽照在矮牆上，日光反照屋內，朝北的屋子一下子變得豁亮起來。 垣牆：矮牆，這裏用作動詞，指砌上圍牆。 當：面對。 洞然：通透豁亮。

[8] 〔舊時欄楯〕二句：過去的舊欄杆，也因為蘭桂竹木而增添了勝景。欄楯（shǔn）：泛指欄杆，豎者為欄，橫者為楯。

[9] 〔借書滿架〕四句：屋子裏，書籍擺滿了書架，我或者吟誦歌詠，隨著節奏俯仰起伏，或者寂然獨自端坐。當此之時，自然界的萬物都彷彿悄然有聲。 借：同「藉」，一作「積」，又作「措」，皆指書籍隨手堆放在書架上。 偃仰：俯仰。 冥然：描寫獨坐冥想的狀態。 兀坐：獨自端坐不動。 籟：從空穴中發出的聲響，也泛指聲音。

階寂寂，小鳥時來啄食，人至不去。三五之夜，明月半牆，桂影斑駁，風移影動，珊珊可愛[10]。

然余居於此，多可喜，亦多可悲。

先是，庭中通南北為一[11]。迨諸父異爨，內外多置小門牆，往往而是。東犬西吠，客逾庖而宴，雞棲於廳[12]。庭中始為籬，已為牆，凡再變矣[13]。家有老嫗，嘗居於

---

[10] 三五之夜：指農曆每月十五的月圓之夜。 珊珊：行走時衣裾玉佩發出的聲音，此處通「姍」，形容微風中樹影搖曳多姿的樣子。

[11] 〔先是〕二句：從前，庭院南北相通，是一個整體。

[12] 〔迨諸父異爨〕六句：等到父親的弟兄們分了家，在院內外設置了許多小門牆，隨處都是。分家後，連狗都認生了，吠聲此起彼伏。客人不得不穿過廚房去赴宴，而雞則到廳堂上去棲息了。 迨：等到。異爨(cuàn)：指分家後各自起火燒飯。 逾：穿過。 庖(páo)：廚房。

[13] 〔庭中〕三句：庭院中開始用籬笆來分隔，不久又改用圍牆，總共變了兩次。 已：即「已而」，指過後不久。 凡：總共。 再：兩次。

此。嫗，先大母婢也，乳二世，先妣撫之甚厚⑭。室西連於中閨⑮，先妣嘗一至，嫗每謂予曰：「某所，而母立於茲⑯。」嫗又曰：「汝姊在吾懷，呱呱而泣。娘以指扣門扉曰：『兒寒乎？欲食乎？』吾從板外相為應答。」語未畢，余泣，嫗亦泣。

余自束髮⑰，讀書軒中，一日，大母過余曰：「吾兒，

⑭〔嫗，先大母婢也〕三句：老婆婆是我過世祖母的婢女，給兩代人餵過奶，已逝的母親對她很好。　先大母：去世的祖母。　先妣 (bǐ)：去世的母親。

⑮ 中閨：閨房、內室。

⑯ 而：通「爾」，第二人稱代詞。　茲：這裏。

⑰ 束髮：古時男孩十五歲成童，束髮成髻。

久不見若影，何竟日默默在此^⑱，大類女郎也？^⑲」比去，以手闔門，自語曰：「吾家讀書久不效，兒之成，則可待乎^⑳？」頃之，持一象笏至，曰：「此吾祖太常公宣德間執此以朝；他日，汝當用之^㉑。」瞻顧遺跡，如在昨日，令人長號不自禁^㉒。

軒東故嘗為廚^㉓，人往，從軒前過。余扃牖而居^㉔，

---

⑱ 過余：此指祖母來看我。 過：即過訪。 若：你。 竟日：從早到晚。

⑲ 類：類似。

⑳ 〔比去〕五句：臨走時，用手邊關門邊自言自語：「我們家的讀書人很久都沒有成效了。這孩子的功成名就，應該為期不遠了吧？」
闔（hé）：合上。 不效：沒有取得預期的效果。

㉑ 〔頃之〕五句：過了一會兒，她拿著一個象牙笏板進來，說：「這是我的祖父太常公在宣德年間拿著上朝用的，將來你會用到它的。」 頃之：過了一會兒。 象笏（hù）：大臣上朝時所執的象牙手板，以便於記事備忘之用。 太常公：指夏昶，字仲昭，曾任太常寺卿。

㉒ 長號：痛哭失聲。

㉓ 故：過去、從前。 嘗：曾經。

㉔ 扃牖（jiōngyǒu）：關著窗子。

久之，能以足音辨人。軒凡四遭火，得不焚，殆有神護者[25]。

項脊生曰：「蜀清守丹穴，利甲天下，其後秦皇帝築女懷清臺。劉玄德與曹操爭天下，諸葛孔明起隴中[26]。方二人之昧昧於一隅也，世何足以知之？余區區處敗屋中，方揚眉瞬目，謂有奇景[27]。人知之者，其謂與埳井之蛙何異[28]！」

[25] 殆：大概。

[26] 〔蜀清守丹穴〕五句：巴蜀有一位名叫清的寡婦，坐守丹砂礦井，獲利天下第一，後來秦始皇為了表彰她而建女懷清臺。劉備與曹操爭天下，諸葛亮起於隆中的隴畝之間，協助劉備建功立業。 項脊生：為作者自指。 女懷清臺：臺名，故址在今四川省。關於蜀清的史實，見《史記·貨殖列傳》。諸葛孔明起隴中：指諸葛亮當初躬耕於壟畝之間，過著自食其力的隱士生活。

[27] 〔方二人〕五句：當蜀清和諸葛亮兩人還遠在偏僻的角落，默默無聞時，世人又怎麼能知道他們呢？我身處破屋陋室之中，卻自得其樂，以為有奇景異致。 昧昧：昏暗模糊，指不為人知。 一隅：一角。 區區：自謙之辭。 方：正、正當。 揚眉瞬目：揚起眉毛，轉動眼珠，沾沾自喜的樣子。

[28] 〔人知之者〕二句：如果有人知道這一情形，大概會認為我跟井底之蛙沒什麼兩樣吧！ 其：大概。

余既為此志^㉙，後五年，吾妻來歸，時至軒中，從余問古事，或憑几學書^㉚。吾妻歸寧，述諸小妹語曰^㉛：「聞姊家有閣子，且何謂閣子也^㉜？」其後六年，吾妻死，室壞不修。其後二年，余久臥病無聊，乃使人復葺南閣子，其制稍異於前^㉝。然自後余多在外，不常居。

庭有枇杷樹，吾妻死之年所手植也，今已亭亭如蓋矣^㉞。

㉙ 余既為此志：我已經寫好了這篇〈項脊軒志〉。

㉚ 來歸：指嫁到我家來。 几：几案、書桌。 學書：學寫字。

㉛ 歸寧：回娘家看望父母。 述：轉述。

㉜ 且：那麼，此為連詞。

㉝ 制：格式。

㉞ 亭亭：孤高獨立的樣子。 作者此處寫樹，但「亭亭」一詞也往往用來形容女子亭亭玉立的姿態，令人聯想到其妻消逝的身影。 蓋：車的頂篷，其狀如傘。

李贄

童心說

李贄（1527–1602），晚明思想家。他出生於福建的口岸城市泉州，自幼倔強獨立，勤奮好學。1551年中舉人後，曾任地方官和北京國子監博士。1580年棄官講學，八年後在湖北麻城剃髮為僧，專心著述。1602年因受官府迫害，在獄中割喉自盡。李贄的思想極具叛逆色彩和反抗精神，尤其強調個人自身的價值，對正統的程朱理學形成了挑戰。

〈童心說〉是李贄《焚書》中的名篇。寫了一本書卻題作《焚書》，可知作者的決絕與勇氣，即使書被禁毀也在所不辭。他在文中提出了一個重要的看法，那就是「童心說」。「童心」指赤子之心，也就是「最初一念之本心」。什麼是本心呢？這讓我們想到前面讀過的《孟子·公孫丑上》。孟子舉例說，我們看到一個孩子差一點落入井中，第一個念頭就是伸手去援救。這是人的本能，說明人性是善良的。可是第二念可能就不那麼純粹了，比如說我們或許會問為什麼要救這個孩子，是為了和他的父母交朋友嗎？是為了得到鄉鄰的讚譽嗎？諸如此類，就變成了李贄所說的「聞見之知」和「道

理之知」。在李贄看來，這些後天學來的知識和道理，往往與利益和聲譽有關，而偏離了最初一念之本心。

　　李贄的思想有很多離經叛道之處，但也有出自傳統的深厚淵源。他的文章帶有思想者的犀利和鬥士的鋒芒，文風痛快淋漓，旨在揭穿一切虛偽與文飾。他屬於晚明那個充滿了爭議和痛苦，卻又空前解放的時代。

龍洞山農敘《西廂》末語云①：「知者勿謂我尚有童心可也②。」夫童心者，真心也。若以童心為不可，是以真心為不可也。夫童心者，絕假純真③，最初一念之本心也。若失卻童心，便失卻真心；失卻真心，便失卻真人。人而非真，全不復有初矣。

童子者，人之初也；童心者，心之初也。夫心之初曷可失也？然童心胡然而遽失也④？蓋方其始也，有聞見

---

① 龍洞山農：即顏鈞，字子和，號山農。顏鈞從學於王陽明弟子、泰州學派的創始人王艮。一說為李贄本人的別號。《西廂》即《西廂記》，作者王實甫，是以張生和崔鶯鶯的愛情故事為主題的一部雜劇。

②〔知者〕句：知我者不要說我還有童心就可以了。這是一句反話，用意在於肯定自己尚有童心。

③ 絕假純真：沒有一絲假，純粹的真。

④〔夫心之初〕二句：最初的本心怎麼可能失去呢？可是，童心為什麼竟然很快就失去了呢？　曷：通「何」。　胡然：為什麼。　遽(jù)：迅速。

從耳目而入，而以為主於其內而童心失。其長也，有道
理從聞見而入，而以為主於其內而童心失[5]。其久也，道
理聞見日以益多，則所知所覺日以益廣。於是焉又知美
名之可好也，而務欲以揚之而童心失[6]；知不美之名之可
醜也，而務欲以掩之而童心失。夫道理聞見，皆自多讀
書識義理而來也[7]。古之聖人，曷嘗不讀書哉！然縱不讀
書，童心固自在也；縱多讀書，亦以護此童心而使之勿失

---

[5] 〔蓋方其始也〕六句：人生初始，通過耳聞目睹而獲得了一些知識，
　　而這些聞見之知一旦進入並且主導了內心，童心便失落了；長大之
　　後，又通過耳聞目睹而學到了一些道理，這些聞見之理一旦進入並
　　且主導了內心，童心便失落了。

[6] 〔於是焉又知美名之可好也〕二句：於是，又知道美名是值得讚譽
　　的，因此必欲張揚美名，而童心也就不復存在了。

[7] 義理：原指研究經義和辨名析理的學問，宋以後指道學，即程朱
　　理學。

焉耳，非若學者反以多讀書識義理而反障之也⑧。夫學者既以多讀書識義理障其童心矣，聖人又何用多著書立言以障學人為耶⑨？童心既障，於是發而為言語，則言語不由衷；見而為政事，則政事無根柢；著而為文辭，則文辭不能達。非內含於章美也，非篤實生輝光也⑩，欲求一句有德之言，卒不可得，所以者何？以童心既障，而以從外入者聞見道理為之心也。

---

⑧ 非若：不像。 障：遮蔽。
⑨〔夫學者〕二句：既然書生因為多讀書、識義理而壅蔽童心，那麼聖人又何必要熱衷於著書立說以蒙蔽書生呢？
⑩〔非內含於章美也〕二句：不是由於內含美質而文采斐然，也不是由於真誠篤實而煥發光輝。

夫既以聞見道理為心矣，則所言者皆聞見道理之言，非童心自出之言也，言雖工，於我何與⑪？豈非以假人言假言，而事假事、文假文乎⑫！蓋其人既假，則無所不假矣。由是而以假言與假人言，則假人喜；以假事與假人道，則假人喜；以假文與假人談，則假人喜。無所不假則無所不喜。滿場是假，矮人何辯也⑬？然則雖有天下之至文，其湮滅於假人而不盡見於後世者⑭，又豈少哉！

⑪〔非童心自出之言也〕三句：如果不是出自童心之言，無論如何工巧，又於我何干呢？　工：精巧。

⑫〔豈非〕三句：豈不都是假人說假話、做假事、寫假文嗎？

⑬〔滿場是假〕二句：整個戲場上的演員和觀眾都在逢場作戲，見識不廣的人又怎麼能辨出真偽呢？　矮人：指缺乏見識而一味盲從的人，出自「矮人看場」的成語，意思是說個子矮的觀眾，看不見戲台上的表演，只知道隨聲附和別的觀眾而已。

⑭　至文：最好的文章和著作。　湮（yān）滅：埋沒、消失。

何也？天下之至文，未有不出於童心焉者也。苟童心常存，則道理不行，聞見不立，無時不文，無人不文，無一樣創制體格文字而非文者⑮。詩何必古《選》，文何必先秦，降而為六朝，變而為近體，又變而為傳奇，變而為院本，為雜劇，為《西廂曲》，為《水滸傳》，為今之舉子業，皆古今至文，不可得而時勢先後論也⑯。故吾因是而有感

⑮〔苟童心常存〕六句：如果童心常在，那些所謂的道理就不會通行，聞見之知就會失去立腳點，那麼，無論什麼時代、什麼人、什麼體裁格式，都可以寫出好文來。

⑯ 這裏作者列舉了古今文體之變。《選》指梁代蕭統編纂的《文選》，「近體」指唐代的近體詩，「傳奇」指唐人的文言小說，「院本」即金代行院演出的戲曲腳本，「雜劇」為宋、元時期的北方戲曲，「舉子業」就是明代以後的科舉考試使用的八股文。在李贄看來，這些文體、作品和作品集都可以成為天下之至文，而不能根據它們的時間先後和影響大小來做出評判。

於童心者之自文也，更説什麼六經，更説什麼《語》、《孟》乎[17]？

夫六經、《語》、《孟》，非其史官過為褒崇之詞，則其臣子極為贊美之語[18]，又不然，則其迂闊門徒、懵懂弟子，記憶師説，有頭無尾，得後遺前，隨其所見，筆之於書[19]。後學不察，便謂出自聖人之口也，決定目之為經矣[20]，孰知其大半非聖人之言乎？縱出自聖人，要亦有為

[17] 〔故吾因是而有感於童心者之自文也〕三句：我因此有感於童心自然成文，又何必説什麼六經，説什麼《論語》和《孟子》呢？

[18] 〔夫六經〕三句：所謂六經、《論語》、《孟子》，如果不是史官褒揚、崇敬的誇大之詞，就是臣下讚譽、溢美的失度之言。

[19] 〔又不然〕七句：不然的話，也是那些迂腐的門徒和糊塗的弟子們，在追憶老師的言説時，或有頭無尾，或得後忘前，根據自己的一知半解，寫下來匯編成書的。 隨其所見：依據他們所見的有限知識。
　　筆：書寫。

[20] 〔決定〕句：執意將這些書籍當作經典來看。

而發，不過因病發藥，隨時處方，以救此一等懵懂弟子、迂闊門徒云耳㉑。藥醫假病，方難定執，是豈可遽以為萬世之至論乎㉒？然則六經、《語》、《孟》，乃道學之口實，假人之淵藪也㉓，斷斷乎其不可以語於童心之言明矣㉔。嗚呼！吾又安得真正大聖人童心未曾失者而與之一言文哉㉕？

㉑〔縱出自聖人〕五句：即使真出自聖人之口，其要義也是有感而發，不過是對症下藥，隨機應對，以此來拯救那些不開竅的弟子和迂腐而不切實際的門徒罷了。　要：精髓、要義。　處方：開藥方。

㉒〔藥醫假病〕三句：醫治「假」這一病症，藥方難以固定不變。六經、孔孟之類的著作又豈能匆忙斷定是萬世不變的至高無上的真理呢？　藥：此指醫治。　定執：一成不變。　遽（jù）：匆忙、倉促。

㉓口實：藉口。　淵藪（sǒu）：魚和獸類聚居的地方，這裏指儒家經典變成了培養假人的大本營。

㉔〔斷斷乎〕句：這句話的大意是，儒家的六經絕對不可能跟童心之言同日而語。

㉕〔吾又安得〕句：我又哪裏能找到一位不失童心的真正的聖人，與他談一談文章的道理呢？

文震亨

長物志・位置（節選）

文震亨（1585–1645），字啓美，家富藏書，擅長詩文書畫和園林設計。

《長物志》以「長物」為題，長物指多餘的東西，也指生活必需品之外的奢侈品。《長物志》是文震亨撰寫的一部關於生活趣味的筆記體著作，集中體現了當時士大夫的審美理念。全書分室廬、花木、水石、禽魚、書畫、几榻、器具、衣飾、舟車、位置、蔬果、香茗十二類，為我們展示了晚明文人休閒生活的方方面面。

這兩節文字選自《長物志》卷十〈位置〉。第一節講解書齋中家具擺放的標準和方式，第二節教導讀者如何在室內掛畫。晚明是一個日益奢侈的時代，文人在消費文化的領域裏，面臨來自商人的巨大挑戰。如果一味攀比財富，他們哪裏是商人的對手？但就趣味和風格而言，他們卻佔了上風，因為只有他們才是真正的鑒定者和評賞家。僅就掛畫來說吧，文震亨一口氣羅列了那麼多的規矩，而且說起來頭頭是道。其中有一條，就是一間書房只可置一畫軸，還需要根據季節

來替換調整。若是把所有的藏畫全都掛在牆上，那就是炫富，把書房客廳變成了市面上的畫鋪，墮入惡趣而不自知。

椅榻屏架

齋中僅可置四椅一榻，他如古須彌座、短榻、矮几、壁几之類，不妨多設①。忌靠壁平設數椅②。屏風僅可置一面，書架及櫥俱列以置圖史③，然不宜太雜，如書肆中④。

① 齋：書齋、書房。　須彌座：安置佛像的台座。　几：低矮的桌案。
② 〔忌靠壁平設數椅〕句：不應該靠著牆壁並排放好幾張椅子。
③ 圖史：即圖書，圖指圖卷、圖冊，史即史籍，泛指書籍。
④ 〔然不宜太雜〕二句：書架上和書櫥裏的書畫不宜於雜多，雜多就看上去像是賣書的書鋪了。　書肆：書店。

懸畫

　　懸畫宜高，齋中僅可置一軸於上，若懸兩壁及左右
對列，最俗。長畫可掛高壁，不可用挨畫竹曲掛①。畫桌
可置奇石，或時花盆景之屬，忌置朱紅漆等架。堂中宜
掛大幅橫披②，齋中宜小景花鳥；若單條、扇面、斗方、
掛屏之類③，俱不雅觀。畫不對景，其言亦謬④。

① 〔長畫〕二句：長畫可以掛在高牆上，但不可用「挨畫竹」曲掛起來。
　　挨畫竹：長幅的畫在懸掛時，用細竹橫擋。
② 橫披：長條形的橫幅書畫。
③ 單條：單幅的條幅。　扇面：存字畫的扇子，保持原樣的叫扇，為便
　　於收藏而去掉扇骨、裝裱成冊頁的，習稱扇面。　斗方：一、二尺見
　　方的正方形的畫幅和字幅。　掛屏：鑲貼在有框的木板上或鑲嵌在鏡
　　框裏的條屏，懸掛在牆上供人觀賞。
④ 〔畫不對景〕二句：畫中的季節不應時景，其上的題跋也就悖謬而不
　　合情理了。

袁宏道

滿井遊記

袁宏道（1568–1610），字中郎，號石公，是「公安派」的代表人物之一。公安派是晚明文壇上影響巨大的文學派別，主張「性靈說」，即「獨抒性靈，不拘格套」。也就是強調詩文表達作者個性化的情緒與感受，反對仿古，也不受任何條條框框的約束。他們的文章往往篇幅短小，率性而做，不拘格式，成為後人所稱譽的晚明「小品」的佳作。

滿井，在北京的東北郊，因一口古井而得名。全文寫初春時節作者與友人同遊東郊的情景。儘管入春後的北京，餘寒猶在，偶爾還飛沙走石，令人掃興，但郊野已經從嚴冬中漸漸蘇醒過來了。萬物萌動，春天的氣息撲面而來。就連游魚和飛禽走獸的鱗鬣毛羽之間，也都透著喜氣。誰說北京沒有春天？那只是城裏人的說法，他們應該走出東直門外，來滿井看看。

這篇遊記文辭清麗可喜，生機盎然，令人感受到了春風拂面的喜悅，又如同見證了生命復蘇的奇蹟。讀到「冰皮始解，波色乍明」這兩句，誰能不心生歡喜：寒冰初化，如同蛻去了嚴冬的一層冰皮；春光乍

現，就在水波閃爍的那一剎那。這兩句暗喻著生命從冬眠中醒來，目光流盼，又彷彿剛剛蛻掉一層皮繭，迎來了新生。接下來的那幾句也同樣精彩：「鱗浪層層，清澈見底，晶晶然如鏡之新開而冷光之乍出於匣。」開始化凍的春水，清澈見底，波光粼粼，就好像剛剛打開鏡匣的瞬間，瞥見匣中的明鏡發出一道犀利、晶瑩的冷光。新春仍帶著嚴冬的最後一絲料峭寒意，但也正是冰雪的洗禮，才讓春光變得那麼純淨而明快。我們終於明白了，為什麼冬春交替的北京郊野會如此迷人。

俄國作曲家斯特拉文斯基，在一次訪談中提起他兒時的初春記憶。最令他難忘的，是站在聖彼得堡的涅瓦河畔，觀看河上冰裂時發出巨大的轟鳴聲。在北京的近郊，冬天的退場可沒有那麼壯觀，但微妙之處過之，因為北京的春天正是在乍暖還寒之中，不知不覺地悄然誕生了。這讓我想起唐代詩人韓愈的兩句詩，寫的是都城長安（今天的西安）的初春，卻有一些相似：一場春雨之後，綠草萌發，而又朦朦朧朧，在若有若無之間，「草色遙看近卻無」。在韓愈看來，這恰恰是一年中最好的時節：春天還沒到來，春暉已依稀在目，遠遠勝過了綠柳含煙的飽滿春色。所以他說：「最是一年春好處，絕勝煙柳滿皇都」。北京的初春也是這樣，它的腳步輕盈而急促，彷彿專為有心人

而來，稍不留意，就消逝得無影無蹤了。而以散文的
形式來捕捉北京初春的第一個消息，當首推袁宏道的
這篇遊記了。畢竟，又有誰能比他做得更好、更出色
呢？

　　在中國風景名勝的版圖上，北京是一個遲到者。
但作為元、明、清三朝的都城，它又有著無可替代的
優勢。袁氏兄弟，與其他宦遊京城的晚明文人一起，
以外來者的目光觀察北京的山光水色，留下了令人難
忘的詩文佳作。他們是北京風光的發現者，也正是在
他們的筆下，北京被寫成了一道靚麗的風景線。

燕地寒，花朝節後^①，餘寒猶厲。凍風時作，作則飛沙走礫^②，局促一室之內，欲出不得。每冒風馳行，未百步，輒返。

　　廿二日，天稍和，偕數友出東直^③，至滿井。高柳夾堤，土膏微潤，一望空闊，若脫籠之鵠。於時冰皮始解^④，波色乍明，鱗浪層層^⑤，清澈見底，晶晶然如鏡之新

---

① 花朝 (zhāo) 節：舊時以陰曆二月十二日為花朝節，據說這一天是百
　花的生日。
② 凍風：冷風。　礫 (lì)：碎石。
③ 偕：陪伴。　東直：北京的東直門。
④ 冰皮始解：水面的薄冰開始融化。
⑤ 鱗浪層層：魚鱗狀的波紋，層層泛起。

開而冷光之乍出於匣也⑥。山巒為晴雪所洗，娟然如拭，鮮妍明媚，如倩女之靧面而髻鬟之始掠也⑦。柳條將舒未舒，柔梢披風，麥田淺鬣寸許⑧。遊人雖未盛，泉而茗者，罍而歌者，紅裝而蹇者，亦時時有⑨。風力雖尚勁，然徒步則汗出浹背。凡曝沙之鳥，呷浪之鱗，悠然自得，毛羽鱗鬣之間，皆有喜氣⑩。始知郊田之外，未始無春，而城居者未之知也。

---

⑥ 匣：此處指鏡匣。

⑦ 〔山巒〕四句：山巒被晴天的融雪洗過，美好的樣子就好像被拂拭過一樣；鮮艷美好而又明亮嫵媚，又如同是美麗的少女洗過面頰，剛剛掠起環形的髮髻。 靧（huì）：洗臉。

⑧ 鬣（liè）：獸頸上的長毛，這裏形容不到一寸高的新生麥苗。

⑨ 〔遊人〕五句：遊賞的人雖然不多，但在泉邊汲水煮茶而飲者，一邊喝酒一邊歌唱者，以及身著盛裝、騎著毛驢出來遊玩的婦女，已時常可見了。 茗（míng）：此處指煮茶。 罍（léi）：盛酒的器皿，外形像壺，此處用作動詞，指端著酒壺飲酒。 蹇（jiǎn）：騎驢。

⑩ 〔凡曝沙之鳥〕五句：沙洲上曬太陽的鳥，水中呷水的游魚，都悠然自得，所有鳥獸魚蟲的毛羽、鱗甲和鬃毛之間都透出喜悅的氣息。 曝（pù）：曬太陽。 呷（xiā）：小口地喝。

夫能不以遊墮事，而瀟然於山石草木之間者，惟此官也。而此地適與余近，余之遊將自此始，惡能無紀⑪？己亥之二月也。

⑪〔夫能不〕六句：能夠自由自在地遨遊於山石草木之間，卻又不會因為遊樂而荒廢公事，大概只有我這樣一位為官之人了。而此地恰好離我的住處不遠，我的郊遊將從此開始，又怎麼能不把這一次滿井之遊記載成文字呢？作者在寫到春遊之樂時，不無自嘲之意。言下之意，他這樣一位無足輕重的閑官，其實並沒有什麼了不得的公務在身，所以春遊也不至於耽誤正事。 墮（huī）：荒廢、耽誤。惡（wù）：怎麼，反問的意思。

袁中道

《西山十記》之記一

袁中道（1570–1624），字小修。與其兄袁宗道、袁宏道並有文名，時稱「三袁」，是公安派的代表人物。

《西山十記》記敘作者在北京西山一帶遊玩時的所見所聞。此篇寫了從西直門往西，直到功德寺，以及西湖（即後來頤和園的昆明湖）的沿途景色。從文中可見，那時的北京，可不缺水。海淀更是名副其實，溝渠交錯，湖泊縱橫，一片汪洋，而不像今天這樣，變成了高樓林立。與通常的遊記不同，作者並沒有把文章鎖定在一個預設的目的地上，而是寫他如何一路上走走停停，看水、看橋、看田園風光。因此，從寂靜的高梁橋，到喧鬧的湖區和群蛙偕鳴的田野，無不盡收筆下，而作者怡然自得的心境也躍然紙上了。文字風格以四字句為基本節奏，略有增損變異。最後一節穿插了幾個長句，讀起來疾徐參差，錯落有致。

出西直門，過高梁橋，楊柳夾道。帶以清溪[1]，流水澄澈，洞見沙石[2]。蘊藻縈蔓，鬣走帶牽[3]，小魚尾游，翕忽跳達[4]。互流背林，禪刹相接[5]。綠葉穠郁，下覆朱戶。寂靜無人，鳥鳴花落。

過響水閘，聽水聲汩汩。至龍潭堤，樹益茂，水益闊，是為西湖也[6]。每至盛夏之月，芙蓉十里如錦，香風

① 帶以清溪：以清溪為佩帶。

② 洞見沙石：沙石洞然可見。

③〔蘊藻縈蔓〕二句：水草積聚，纏繞蔓延，彷彿馬在奔跑，而繮轡縈牽。或認為「鬣走帶牽」是形容馬奔跑時鬣毛飄動的樣子。 鬣（liè）：即鬣毛，馬頸上的長毛。

④〔小魚尾游，翕忽跳達〕二句：描寫小魚游動時相互尾隨、敏捷活潑的樣子。這兩句出自柳宗元《小石潭記》中寫游魚的名句：「往來翕忽，似與遊者相樂」，形成了前呼後應的寫水寫魚的文字系列。 跳達：輕快跳躍。

⑤ 互流背林：河水綿延，背依樹林。 互（gèn）：通貫、綿延。 禪刹：佛寺。

⑥〔樹益茂〕三句：樹木越發茂密，水面越發寬闊，這就是西湖。而這裏所寫的西湖後來經過改造，變成了頤和園中的昆明湖。

芬馥，士女駢闐⑦，臨流泛觴，最為勝處矣。

憩青龍橋，橋側數武有寺⑧，依山傍岩，古柏陰森，石路千級。山腰有閣，翼以千峰⑨，縈抱屏立⑩，積嵐沉霧。前開一鏡，堤柳溪流，雜以畦畛，叢翠之中，隱見村落⑪。

⑦〔香風〕二句：風中滿是濃郁芬芳，士人與女子在此聚集。 駢闐（piántián）：聚在一起。

⑧ 數武：數步。

⑨ 翼：翅膀，引申為「輔翼」、「憑藉」、「蔽護」之意。此句描寫山腰的閣樓彷彿以其後的山峰為輔翼。

⑩ 縈抱：曲迴縈繞，如同環抱。 屏立：如屏風那樣矗立。

⑪〔前開一鏡〕五句：前方平坦開闊如鏡，溪流堤柳，有稻田小路間雜其中，一叢叢的翠綠之中村落隱隱可見。 畦畛（qízhěn）：田間的道路。

降臨水行，至功德寺，寬博有野致⑫，前繞清流，有危橋可坐⑬。寺僧多業農事⑭。日已西，見道人執畚者、鍤者⑮，帶笠者，野歌而歸。有老僧持杖散步塍間⑯，水田浩白，群蛙偕鳴。噫！此田家之樂也，予不見此者三年矣！

⑫〔降臨水行〕三句：從高處下到水邊，臨水而行，到功德寺，寺院空闊博大，而有野外的情致。

⑬ 危橋：高橋。

⑭ 業：從事。

⑮ 畚（běn）、鍤（chā）：裝土和掘土用的農具。

⑯ 塍（chéng）：田間的土埂、小堤。

袁中道

寄四五弟

　　這是作者從山中寫給弟弟的信。信中寫到北京西山的景色，目之所見，耳之所聞，已美不勝收。而末尾更進一層，做遐想語：初春三月，「花鳥更新奇」，來山中小住數月，那該多好！下一篇〈寄八舅〉更以山色泉聲相邀：「二三月內，此中山色泉聲，更當十倍。老舅如有山行之興，當掃乳竇以待」。北京近郊的西南一帶多石鐘乳洞穴，風景奇瑰，引人入勝。作者允諾說：老舅如有遊山的興致，我當清掃石窟，翹首以待，彷彿是回應了杜甫的那兩句詩：「花徑不曾緣客掃，蓬門今始為君開。」

　　接到了這樣的邀請，我想每個人都會心馳神往，誰還能說不呢？

山中已有一亭，次第作屋①。晨起閱藏經數卷，倦即坐亭上，看西山一帶，堆藍設色，天然一幅米家墨氣②。午後閒走乳竇聽泉③，精神日以爽健，百病不生。吾弟若有來遊意，極好。三月初間，花鳥更新奇，來住數月，煙雲供養，受用不盡也④。

① 次第：依次的意思。
② 〔看西山〕三句：看西山一帶景致，山青天藍，天然一幅米家山水畫。　設色：著色。「米家墨氣」指宋代米芾及其長子米友仁開創的一種水墨山水畫的風格，世稱「米家山水」。
③ 乳竇：石鐘乳洞穴。北京遠郊的西山一帶多有此類洞穴，例如石佛洞，又稱十佛洞，坐落在今房山境內的西山中。
④ 〔煙雲〕二句：在山水間小住數月，有雲煙供養，令人神清氣爽，受用不盡。

袁中道

寄八舅

　　這是作者寫給八舅的信，與上一封信同時或先後寫成。作者以山中美景相招，邀八舅前來一同遊賞。山無泉則不靈，「山行之興」因此既離不開山色，更少不了泉聲。曾經的西山，以多泉著稱。寫西山的散文小品，也因此沾上了山泉的靈氣。

　　在晚明文人的小品文中，我尤其喜歡袁中道的〈寄四五弟〉和〈寄八舅〉。這首先是因為他寫得放鬆，彷彿脫口而出，不假思索。又如同文人的寫意畫，率意幾筆，畫完了又像是未完成。

　　在上一封信中，他這樣描寫西山的風光：「堆藍設色，天然一幅米家墨氣。」「堆藍」二字真妙，彷彿畫家在著色時剛剛把藍色的顏料堆在紙絹上，還沒有化開。這是顏料的本色，才脫筆硯，純而又純。不過，作者又把眼前的山色比作天然圖畫。西山鬱鬱蔥蔥，堆藍疊翠，不需要畫家著色加工，儼然已是一幅大自然的傑作，是天地間的「米家山水」。

　　散文貴在一個散字，太緊張了不行，不隨意怎麼能寫隨筆呢？但意在筆先，形散而神不散，這才是最高的境界。

自別老舅入山，無日不快，仰看堆藍之山色，俯聽跳珠之水聲，神骨俱清，百病消除。寺內有舊庵基[1]，正據山水之勝，已傾囊鬻得，且晚市木修造，有次第矣[2]。

此去十五六里，即為青溪，峰巒洞壑，殆非人境[3]。到此飯伊蒲，絕嗜慾，覺得容易遣日[4]。自信於山水有緣，聯榻不寐，遂有此一番佳境界，非愚甥不能造此思路，非老舅不能賞鑒也。

已矣，已矣，胸次舒泰，耳目清淨，豈非福耶？

二三月內，此中山色泉聲，更當十倍。老舅如有山行之興，當掃乳竇以待。

---

① 庵基：祠廟的舊址地基。
② 〔已傾囊鬻得〕三句：早就傾盡積蓄買了下來，又很快購得木材，修建屋宇，已初見規模了。 囊：錢袋。 鬻（yù）：購買，與「市」同義。 旦晚：早晚，指短時間內。 次第：與上封信中的用法不同，指規模和樣子。
③ 殆：幾乎。
④ 〔到此〕三句：在這裏吃素食，棄絕世間的嗜好與貪欲，不知不覺中，日子過得飛快。 飯：當動詞用，指食用。 伊蒲：素食、齋供。 遣：消遣、打發。

劉侗、于奕正

宜園

本文選自《帝京景物略》。

《帝京景物略》由劉侗（字同人，號格庵，約1593-約1637）、于奕正（字司直）兩人合著，于奕正搜求事跡，劉侗纂寫成文。

這是一部記錄北京名勝景觀的書，書中詳細介紹了當時北京各處的寺廟祠堂、山川風物、名勝古蹟、園林景觀等，也往往寫到作者走訪這些勝地的親身經歷和所見所聞。自此之後，但凡記述北京的歷史風土景物，無不徵引此書。作者以明代竟陵詩派俊雅雋潔的筆法來寫地理遊記，即便是在晚明的小品文中，也顯得出類拔萃，自成一格。

宜園，即冉駙馬宜園，位於東城石大人胡同。冉駙馬名興讓，娶明神宗女兒壽寧公主為妻。園中有堂、有台、有池，老樹森立，環境清幽，而最引人注目的是一座名為「萬年聚」的假山。

這篇短文體現了作者一向洗練警策的風格。他們以寫詩的態度來作文，反覆推敲斟酌，每一個字都不肯輕易放過。比如，寫那塊「千年聚」是「風所結，霤

為石」。用今天的話說，就是數百萬碎石被風給凝結起來，又化作隕石，自天而降。這樣一說，意思倒是差不多明白了，可原先的精神氣兒就全都不見了。讀古文因此不能靠白話翻譯，古文是用來讀的，不是用來翻譯的。

接下來我們會讀到〈水盡頭〉一篇，其中描寫秋天柿子林的那兩句，也是神來之筆：「曉樹滿星，夕野皆火。」著一「火」字，整個畫面頓時就燃燒起來了。「火」就是「火」，當動詞用，根本不需要「像」、「彷彿」、「如同」這一類字眼來修飾。

要想把文字寫得有精神，就應該多讀這樣的文章。

堂室則異宜已，幽曲不宜讌張，宏敞不宜著書①。垣徑也亦異宜，蔽翳不宜信步，皛曠不宜坐愁②。

冉駙馬宜園③，在石大人胡同。其堂三楹④，階墀朗朗⑤，老樹森立。堂後有台，而堂與樹，交蔽其望⑥。台前有池，仰泉於樹杪堂溜也，積潦則水津津，晴定則土⑦。客來，高會張樂，竟日卜夜去⑧。視右一扉而扃，或啓

---

① 〔堂室〕三句：廳堂屋室各自適宜於不同的目的。幽深曲折則不適宜設宴聚會，高大寬敞則不適宜著書作文。 堂室：古人的房屋內部，前為堂，其後以牆壁隔開，後部中央為室，堂的東西兩側為房。宜：適宜。 張：陳設、舉辦。

② 〔垣徑〕三句：垣徑也是如此。過於深幽隱蔽，則不宜於隨意漫步；過於寬敞明亮，則不宜於慵倦閒坐。 垣：小牆。 信步：隨意行走。 皛(xiǎo)：明亮。

③ 駙馬：皇帝的女婿。這位駙馬姓冉，是宜園現在的主人。

④ 楹(yíng)：廳堂的前柱。 三楹：即三個開間或三列房間。

⑤ 階墀(chí)：台階。

⑥ 〔而堂與樹，交蔽其望〕句：廳堂與樹木相互交會，遮擋了視線。

⑦ 〔台前有池〕四句：台前的水池，仰承從樹枝和雨漏流下來的雨水而成。雨後積水而一池漫溢，連續晴天就池乾見土了。 樹杪(miǎo)：樹梢。 堂溜：雨漏，也就是屋簷上承接雨水的管道。作者在這裏把順著樹枝和雨漏流下來的雨水比作了泉水。

⑧ 〔客來〕三句：客人來了，在堂上舉辦豪宴，盛奏音樂，直到夜裏才離去。 張樂：奏樂。 卜夜：常與「卜晝」連用，指聚飲無度，晝夜不休。

焉，則垣故故復，逕故故迂回⑨。

　　入垣一方，假山一座滿之⑩，如器承餐⑪，如巾紗中所影頂髻⑫。山前一石，數百萬碎石結成也。風所結，霣為石；鹵所結，硇為石；波所結，浮為石⑬；火所結，灰為石；石復凝石，其劫代先後，思之杳杳⑭。

　　園創自正德中咸寧侯仇鸞，後歸成國公朱，今庚歸冉⑮。石有名曰「萬年聚」，不知何主人時所命名也。

---

⑨〔視右一扉而扃〕四句：朝右看，一扇牆門緊閉，偶然有人打開，但見矮牆與小徑曲折迂迴，幽深難測。　扃(jiōng)：關閉、鎖上。或：有人，或有時。　啓：開啓。　故故：屢屢、常常。

⑩〔入垣一方〕二句：轉入門牆，別有一方天地，被一座假山佔滿了。

⑪如器承餐：像器皿盛滿了食物。

⑫〔如巾紗中〕句：又像紗巾中隱約可見的女人頭頂上的髮髻。
　髻(jì)：髮髻。

⑬〔風所結〕六句：「結」指凝結，「為」指形成，寫這座巨石的來歷，其中的數萬碎石包括被風凝聚起來的隕石，由鹽滷凝固而成的石塊，被波浪塑造成形的、浮出水面的石頭，還有由烈火的餘燼凝結而成的石狀物。　霣：通「隕」，降、落下。　鹵(lǔ)：一種有鹹味的無色或白色的結晶體，或稱鹽滷。　硇：同硇(náo)，一種礦物質。

⑭劫代：年代。　杳杳(yǎo)：久遠貌。

⑮〔園創自正德中〕三句：冉園是正德年間咸寧人侯仇鸞所創建的，後來歸成國公，今年歸冉駙馬了。　成國公朱：指明代世襲公爵，自名將朱能始，先後世襲九世，共十二位。

劉侗、于奕正

釣魚台

　　本篇介紹了釣魚台的景觀和歷史。釣魚台在北京玉淵潭東側，據說金代曾在此築台，迄今已有八百多年的歷史了。在作者的筆下，釣魚台興廢交替，無數次換主易名，唯有泉流不變，亙古如常。

　　作者喜歡寫短句，行文省淨。他們還有一個不小的本事，就是善於使用動詞，甚至常常把名詞和形容詞當作動詞來用，例如頭一句「古今園亭之矣」就是：從古到今，人們都在這裏修園建亭；又如寫當時的釣魚台廢棄已久，不再有人在那裏建造亭台了：「今不台，亦不亭矣。」這樣做有什麼效果呢？第一是省去臃腫的字詞，造成了明快醒目的風格；第二是把重心放在了動詞化的名詞上，用它來支撐整個句子，同時也可以變靜態為動態，讓句子更有生氣；第三是為原本稀鬆平常的一個句子帶來了新奇感和陌生感，從而化腐朽為神奇。

　　這一切既是作者字斟句酌的結果，也顯示了漢字書寫的一些內在特徵，例如詞性之間可以靈活轉換等。有的語言‧學家甚至認為，在古漢語中，並無詞性之間的固定區分。一個詞到底是名詞還是動詞或形

容詞呢，主要取決於它在句子中的位置。把它放在謂語動詞的位置上，它自然就起到了動詞的作用。此為一說，可供參考。無論如何，這在日益標準化的現代漢語中，已經不易做到了，歐洲文字做起來就更不容易。而在古文中卻不難，偶一為之，令人耳目一新。

近都邑而一流泉①，古今園亭之矣。

一園亭主，易一園亭名，泉流不易也②。園亭有名，里井人俗傳之，傳其初者。主人有名，薦紳先生雅傳之，傳其著者③。泉流則自傳④。偶一日園亭主，慎善主之，名聽土人，遊聽遊者⑤。

出阜成門南十里，花園村，古花園。其後村，今平疇也⑥。金王鬱釣魚台⑦，台其處，鬱前玉淵潭，今池也⑧。

---

① 都邑：城市。

②〔一園亭主〕三句：園亭換了一個主人，就改一次名字，但那裏的泉流卻依然如故，沒有因此而發生變化。

③〔園亭有名〕六句：此處的園亭各有其名，當地百姓口耳相傳，卻只有最初的名字流傳了下來；園子的主人也各有其名，士大夫極口傳誦，但也只有最著名的那幾位把名字流傳了下來。 薦(jiàn)紳：士大夫有官位者。 雅傳：極口傳誦。

④〔泉流則自傳〕句：大意是說泉流與園亭不同，沒有主人，因此，名稱徑自流傳。

⑤〔偶一日〕四句：偶爾有那麼一位主人，慎重地做上了稱職的園主。至於園子的名稱，完全聽從當地人的叫法，遊園也完全聽任遊客的興致。 聽：聽從、聽任。

⑥ 平疇：平野。

⑦〔金王鬱〕句：金代詩人王鬱(約1204–1232)曾在此處釣魚建台，曰釣魚台。

⑧〔鬱前玉淵潭〕二句：王鬱從前垂釣的玉淵潭，就是今天的水池。

有泉湧地出，古今人因之⑨。鬱台焉，釣焉，釣魚台以名⑩。元丁氏亭焉⑪，因玉淵以名其亭。馬文友亭焉，酌焉，醉斯舞焉。飲山亭，婆娑亭，以自名⑫。今不台，亦不亭矣。

　　堤柳四垂，水四面，一渚中央，渚置一榭⑬，水置一舟，沙汀鳥聞，曲房人邃⑭，藤花一架，水紫一方⑮。自萬曆初，為李皇親墅⑯。

---

⑨　因：因襲、沿用。

⑩　〔鬱台焉〕三句：王鬱在此建台，隱居垂釣，釣魚台因此得名。　焉：即「於之」，那裏、在那裏。

⑪　〔元丁氏〕句：元代一位姓丁的人在此建亭。

⑫　〔飲山亭〕三句：主人馬文友在此處建亭，又在亭子裏飲酒，醉而起舞，因此也就把它們稱作飲山亭和婆娑亭了。　婆娑：起舞的樣子。

⑬　渚置一榭：小島上有一座水榭。　渚：水中小島。　榭：這裏指建在水邊的樓台，供人觀賞水景。

⑭　〔曲房人邃〕句：描寫室內格局曲折幽邃，主人深居簡出，難得一見。　邃：深。

⑮　水紫一方：水紫佔據了這一帶的空間。　水紫：一種水生植物，又稱水紫蓴。

⑯　萬曆：明神宗朱翊鈞的年號 (1573–1620)。　李皇親：萬曆外祖武清侯李家。　墅：別墅、別館，是供休閒使用的園林住宅。

劉侗、于奕正

水盡頭

　　作者長於寫景，而寫景又往往以細節取勝。這一篇中寫魚的那一句可真好：「小魚折折石縫間，聞跫聲則伏，於茞於沙。」作者選擇了「折折」一詞，而且把它當動詞來用，寫小魚沿石縫曲折而行的樣子，既簡潔又傳神。又寫游魚一聽見人的腳步聲，就立刻隱伏起來，有的藏到浮草的下面，有的鑽進了泥沙，真是惟妙惟肖，恰到好處。寫出好的細節，需要有細緻而敏銳的觀察，也離不開文字表達的功夫，三言兩語，神態畢現，而不流於冗長囉嗦。〈海淀〉那一篇寫道：「橋下金鯽，長者五尺，錦片片花影中，驚則火流，餌則霞起。」金鯽游在水面的花影中，如片片錦緞，受到驚嚇則飛竄如流火（大火星）劃過天際，聚在一起吞食魚餌，又像一團彩霞從水中湧起。前面說過，這樣的文字一經翻譯，就不得不加上「如」和「像」這些字眼，把暗喻變成了明喻。而原文呢？「火流」、「霞起」，名詞加動詞，來得直截了當，就看你怎麼讀了。從來寫魚者多矣，但除了唐人柳宗元的〈小石潭記〉，如此鮮活靈動的文字還很少見到。而暗喻的妙用，就更勝一籌了。

《帝京景物略》中又有〈湯泉〉一篇，先寫溫泉蒸氣瀰漫，洶然有聲，如不可即。但「即之，靜若鑒，投錢池中，翻翻若黃蝶，百折而下，至底，宛然錢也。」這也是細節描寫外加妙喻的絕好例子。溫泉從遠觀到近察，呈現出了完全不同的面貌。而接下來寥寥數語，又把銅錢在水中恍若化蝶，翩翩而下的過程，寫得窈裊多姿，栩栩如生。銅錢一直落到水底才恢復了原形，而池水的清澈透明，也就不言而喻了。這樣的文字，誰不喜歡？

　　文章的結尾甚佳：別的遊客到了臥佛寺，以為無泉，掃興而歸。他們哪裏知道，只要再走上一段山路，峰迴路轉，就另有一番勝境呢？這篇題作〈水盡頭〉的遊記，讓我們想起王維〈終南別業〉的中間兩聯：「興來每獨往，勝事空自知。行到水窮處，坐看雲起時。」

　　值得一提的是，倒數第二段所寫的那兩塊巨石至今仍在，只不過那一帶不再叫「水盡頭」了，而改稱「水源頭」，泉水也不如從前豐沛了。感興趣的讀者得空可以到那裏走一走，看一看。當年的作者早已離我們遠去，但他們留下的文字卻依然新鮮如初。你與我周圍這個熟悉的世界，也因為他們的文字而獲得了新的生命，變得不同尋常起來。為此，我們該如何慶幸和感激呢！

觀音石閣而西，皆溪，溪皆泉之委[1]；皆石，石皆壁之餘[2]。其南岸皆竹，竹皆溪周而石倚之[3]。燕故難竹，至此林林畝畝[4]，竹丈始枝，筍丈猶籜，竹粉生於節，筍梢出於林，根鞭出於籬，孫大於母[5]。

過隆教寺而又西，聞泉聲，泉流長而聲短焉，下流平也。花者，渠泉而役乎花，竹者，渠泉而役乎竹，不暇

① 〔溪皆泉之委〕句：大意是說，山泉往下流淌就變成了溪水，溪水是承續山泉而來的。 委：下游。
② 〔石皆壁之餘〕句：峭壁延伸到地面就成為溪邊的石岸。 餘：延續和剩餘的部分。
③ 〔竹皆溪周而石倚之〕句：竹子都是繞著溪水，倚石而生的。
④ 〔燕故難竹〕二句：燕地從前不易生長竹子，但到此地卻成林成畝。
⑤ 〔竹丈〕六句：竹子長到一丈高才分枝，而竹筍長到一丈高，筍殼還沒有脫落。竹粉生於竹節，竹筍高出竹林，竹根的嫩芽長到籬笆外面去了，新生的竹子比老竹子都要粗壯。 筍：竹筍。 籜(tuò)：竹筍上一片一片的皮。 竹粉：指筍殼脫落時附著在竹節旁的白色粉末。

聲也⑥。花竹未役,泉猶石泉矣。石罅亂流⑦,眾聲漸漸,人踏石過,水珠漸衣⑧。小魚折折石縫間,聞跫音則伏,於苴於沙⑨。雜花水藻,山僧圍叟,不能名之。草至不可族⑩。客乃鬥以花,采采百步耳,互出,半不同者⑪。然春之花,尚不敵其秋之柿葉,葉紫紫,實丹丹,風日流美,曉樹滿星,夕野皆火⑫。香山曰杏,仰山曰梨,壽安山曰柿也⑬。

---

⑥ 〔花者〕五句:花要渠引泉水來澆灌,竹也要渠引泉水來澆灌,泉水於是忙於灌溉花竹的勞作,都無暇出聲了。 役:勞役、勞作。

⑦ 石罅(xià):石頭之間的空隙。

⑧ 漸:沾濕。

⑨ 跫(qióng):腳步聲。 苴(chá):浮草。

⑩ 不可族:這裏指雜草叢生,以至於難以分類。

⑪ 〔客乃鬥以花〕四句:因為雜草不易分類,沒法兒玩鬥草的遊戲,客人於是鬥花以為樂。可是,一邊走,一邊採花,不出百步,出示所採之花互鬥為戲,已半數相異,可見花的種類變得駁雜起來了。

⑫ 〔曉樹滿星,夕野皆火〕二句:描寫樹上的柿子如同晨星閃爍,傍晚的原野上柿子林像火一般燃燒著。

⑬ 〔香山曰杏〕三句:說的是這幾座山分別以盛產杏、梨和柿子而聞名。

西上圓通寺，望太和庵前，山中人指指水盡頭兒，泉所源也。至則磊磊中，兩石角如坎，泉蓋從中出[14]。鳥樹聲壯，泉喈喈[15]，不可驟聞。坐久，始別[16]，曰：彼鳥聲，彼樹聲，此泉聲也。

又西上，廣泉廢寺，北半里，五華寺。然而遊者瞻臥佛輒返，曰臥佛無泉。

[14]〔至則磊磊中〕三句：到了那裏，只見眾多石頭堆積在一起，其中兩石角力，形成坑穴，泉水大概就是從那裏湧出來的。 蓋：大概，表示推測。

[15] 喈 (jiē)：象聲詞，此處寫泉水的聲音聽上去如同鳥鳴，難以分辨。

[16] 別：辨別。

魏學洢

核舟記

魏學洢（約 1596–1625），字子敬，明末散文家。
他終生不仕，甘於貧寒，然好學不倦，以辭賦文章著
稱，有《茅簷集》八卷傳世。

核舟是在核桃上鏤刻而成的一件微雕工藝品，作
者在這篇〈核舟記〉中描寫了它精美絕倫的工藝，並讚
嘆手工藝人王叔遠的高超技巧。在方寸大小的桃核上
雕刻蘇軾赤壁泛舟的壯觀場景，這面臨著兩大挑戰：
一是小中見大，二是化靜為動。而這兩點，王叔遠都
做到了。不僅如此，他還通過人物的動作、姿態和表
情來造成聲音的聯想。例如坐在船尾的那一位，那麼
平靜專注，正端視著爐上的茶壺，似乎在聽壺水是不
是煮沸了。而在微型的核桃上刻寫文字，也堪稱一
絕。要是不用放大鏡，恐怕連讀都讀不下來，哪裏還
談得上刻字呢？

民間的極致工藝，往往被文人視為「淫工巧技」，
壞人心術，而文人深諳此道者，也不免「玩物喪志」之
譏。可是到了晚明時期，他們對民間的工藝和技術變
得越來越有興趣，而且也用不著任何掩飾或藉口了。

不見經傳的民間工藝由此升堂入室，並通過他們的記
載和描述而為我們今天的讀者所瞭解。

　　有趣的是，這篇文章自身也如同它所描寫的工藝
品那樣，精思巧構，刻劃入微，令人嘆為觀止。

明有奇巧人曰王叔遠，能以徑寸之木為宮室、器皿、人物，以至鳥獸、木石，罔不因勢象形，各具情態①。嘗貽余核舟一，蓋大蘇泛赤壁云②。

舟首尾長約八分有奇，高可二黍許③。中軒敞者為艙，箬篷覆之④。旁開小窗，左右各四，共八扇。啓窗而觀，雕欄相望焉。閉之，則右刻「山高月小，水落石出」，左刻「清風徐來，水波不興」。石青糝之⑤。

---

① 〔罔不〕二句：無不就著木頭本身的形狀，雕刻出不同的形象，並且各有各的神態。 罔（wǎng）不：無不。 因：順著。

② 貽：贈送。 大蘇：即蘇軾。

③ 〔舟首尾〕二句：核舟從頭到尾大約八分多長，約有兩個黃米粒那麼高。 有奇（yòujī）：多一點。 黍（shǔ）：即黃米。這裏表示長度，古人將百粒黍排列起來為一尺，一黍就是一分。 許：左右。

④ 中軒敞者為艙：中間敞開而高起的部分是船艙。 箬篷：竹製的頂篷。

⑤ 石青：石青色的礦物質顏料。 糝（sǎn）：黏、塗抹。

船頭坐三人，中峨冠而多髯者為東坡，佛印居右，魯直居左⑥。蘇、黃共閱一手卷。東坡右手執卷端，左手撫魯直背。魯直左手執卷末，右手指卷，如有所語。東坡現右足，魯直現左足，各微側，其兩膝相比者，各隱卷底衣褶中⑦。佛印絕類彌勒，袒胸露乳，矯首昂視，神情與蘇、黃不屬⑧。臥右膝，詘右臂支船⑨，而豎其左膝，左臂掛念珠倚之，珠可歷歷數也⑩。

⑥ 峨冠：高冠。 髯：鬍鬚。 東坡：即蘇軾。 佛印：即佛印禪師；魯直：是黃庭堅的字。

⑦ 〔其兩膝相比者〕二句：他們兩人膝蓋相接之處，都各自隱藏於手卷下面的衣褶中了。 比：靠近。

⑧ 不屬：不像、不同。

⑨ 詘右臂支船：佛印禪師右臂彎曲，支在船上。 詘（qū）：通「屈」，即彎曲。

⑩ 〔而豎其左膝〕三句：佛印豎起左膝，掛著念珠的左臂倚在左膝上，念珠清晰可數。 念珠：佛教徒用以念誦記數的隨身法具，分持珠、佩珠和掛珠三種類型。

舟尾橫臥一楫。楫左右舟子各一人[11]：居右者椎髻仰面[12]，左手倚一衡木，右手攀右趾，若嘯呼狀；居左者右手執蒲葵扇，左手撫爐，爐上有壺，其人視端容寂，若聽茶聲然[13]。

其船背稍夷[14]，則題名其上，文曰「天啓壬戌秋日[15]，虞山王毅叔遠甫刻」，細若蚊足，鈎畫了了[16]，其色墨。又用篆章一，文曰「初平山人」，其色丹。

---

⑪ 舟子：船夫、划船的人。

⑫ 椎髻：將頭髮結成椎形的髻。

⑬ 〔其人〕二句：那人凝視著茶爐上的水壺，神色寧靜，好像在聽壺水
　　燒開了沒有。 視端：凝神注視。 容寂：容貌安靜。

⑭ 夷：平。

⑮ 天啓：明熹宗朱由校的年號（1621–1627）。

⑯ 了了：清晰可辨的樣子。

通計一舟，為人五；為窗八；為箬篷、為楫、為爐、為壺、為手卷、為念珠，各一；對聯題名並篆文，為字共三十有四；而計其長，曾不盈寸[17]。蓋簡桃核修狹者為之[18]。

　　魏子詳矚既畢[19]，詫曰：「噫！技亦靈怪矣哉！《莊》、《列》所載，稱驚猶鬼神者良多，然誰有游削於不寸之質，

---

[17] 曾不盈寸：幾乎不滿一寸。 曾（zēng）：尚、還。

[18] 簡：選擇。 修狹：細長。

[19] 〔魏子〕句：我仔細觀察之後。 魏子：作者自指。

而須麋瞭然者⑳？假有人焉，舉我言以復於我，亦必疑其誑，乃今親睹之㉑。繇斯以觀，棘刺之端，未必不可為母猴也㉒。嘻！技亦靈怪矣哉！」

⑳〔《莊》、《列》〕四句：根據《莊子》、《列子》的記載，令人驚稱為鬼斧神工者也頗有不少，然而又有誰能在不到一寸的材料上遊刃有餘，連極小的細節也刻得一目瞭然呢？　須麋(mí)：同「鬚眉」。

㉑〔假有人焉〕四句：假如有人在這裏，用我剛才說過的話來回覆我，我必定懷疑他在騙我，可是我今天竟然親眼看到了！

㉒〔繇斯以觀〕三句：由此看來，在荊棘末端的尖刺上，未必不可以刻一個母猴啊。　繇：同「由」，明代避皇帝諱「由」字，故以「繇」代之。棘刺之端：二句出自傳說，稱宋人有一種技能，能在棘刺尖上刻出一隻母猴的形象。

鍾惺

與陳眉公

　　鍾惺（1574–1625），字伯敬，號退谷，是竟陵派的代表人物。以鍾惺、譚元春為代表的竟陵派繼公安派之後而崛起於明代詩壇，他們重「真詩」，重「性靈」，倡導學習古人的精神，反對模仿古人的詞句，在風格上追求新變，卓爾不群。

　　此篇是鍾惺寫給友人陳眉公的信。陳眉公即陳繼儒（1558–1639），字仲醇，號眉公。他工詩善文，長於書畫，是晚明文壇上的名人。鍾惺在給他的信中，談論人之相與的緣分與默契，只「朋友相見，極是難事」一句，便勝似千言萬語。大千世界，人海茫茫，我們因此常常說：不期而遇。而談到生活中值得回味的美好經歷，我們又會說：可遇而不可求。這也正是為什麼作者一上來就感慨「相見甚有奇緣」了。

　　在鍾惺看來，朋友相見的最佳境界是「有益」，只要有益，就不必有「相見恨晚」的遺憾了。當然，這裏的「有益」是有助於個人的修養，包括啟迪心智和增長見識。因此，與「開卷有益」同義，而與利益無關。

這封信從一句老生常談說起，卻出人預料地翻出了新意，短短的幾句話，道出了友情的難得與可貴。這正是作者的經驗之談，是他人生閱歷的結晶。

相見甚有奇緣，似恨其晚。然使前十年相見，恐識力各有未堅透處，心目不能如是之相發也[1]。朋友相見，極是難事。鄙意又以為不患不相見，患相見之無益耳[2]。有益矣，豈猶恨其晚哉！

---

[1]〔然使〕三句：然而假設十年前相識，恐怕雙方的識見都不夠成熟通透，不能像現在這樣啓發彼此的心智和聰明。 堅透：見識堅定、透徹。

[2]〔鄙意〕二句：我個人認為，不要擔心不能相見，而是要擔心彼此相見卻無所裨益。 鄙：自謙之詞。

董其昌

跋米芾《蜀素帖》（之二）[*]

　　董其昌（1555–1636），字玄宰，號思白，明代著名的畫家和書法家。

　　《蜀素帖》是北宋書法家米芾（1051–1107）的一件行書作品，也是他的代表作之一，所書內容為自作各體詩共八首。該卷現藏於台北「故宮博物院」。

　　題跋指寫在書籍、碑帖、字畫上的題識之語，也指單獨撰寫的關於書畫文物的品題和識語。通常寫在前面的為題，寫在後面的為跋，或統稱題跋。題跋的內容多為品評、鑒賞、考訂、記事之類，往往涉及題跋者觀賞與收藏書籍器物、書畫作品的緣起和經過。題跋的體裁多樣，包括散文詩詞等。我們欣賞古人的書法、繪畫和其他藝術收藏品，很重要的一條就是要學會讀題跋。

---

* 《蜀素帖》：這件作品是寫在蜀素上的，故此得名。蜀素是北宋時期四川出產的一種絲綢織品，質地滯澀，書寫不易，因此須全力以赴，才能做到筆力遒勁。

董其昌從吳廷手中換得《蜀素帖》之後，寫下了這篇跋語以記其事。關於米芾的《蜀素帖》，他之前寫過跋語，這是第二則。在此跋語中，董其昌盛讚《蜀素帖》的成就，還引用了另一位收藏家的話來證明它的價值。作為一位大書法家，董其昌向來喜愛並珍惜《蜀素帖》。他從前只得到過一個摹本，便刻拓成帖，收在了他編輯的《鴻堂帖》中。這一次獲得真跡，終於如願以償了。寫到這裏，他又一次借他人之口來說話：米芾的傑作落到董其昌的手裏，可以算是得其所歸了。

〈跋米芾《蜀素帖》〉不過百十餘字，卻把《蜀素帖》的來歷和轉手的情況交代得一清二楚，而董其昌的喜悅、欣慰之情，也溢於言表了。

米元章此卷如獅子捉象，以全力赴之，當為生平合作①。余先得摹本，刻之《鴻堂帖》②。甲辰五月③，新都吳太學攜真跡至西湖，遂以諸名跡易之④。時徐茂吳方詣吳觀書畫，知余得此卷，嘆曰：「已探驪龍珠，餘皆長物

① 〔米元章此卷如獅子捉象〕三句：觀米芾此卷，如同是獅子搏取大象，全力以赴，應該說是他一生的傑作。 米元章：即米芾，元章是他的字。 獅子捉象：通常作「獅子搏象」。 合作：指合於法度的書畫和詩文作品。

② 〔余先得摹本〕二句：我從前得到了一件摹本，刻拓成帖，收入《鴻堂帖》。《鴻堂帖》：又稱《戲鴻堂帖》或《戲鴻堂法帖》，是董其昌編輯的一部晉、唐、宋、元名家書法的叢帖。書名出自南朝（梁）袁昂對鍾繇書法的評論：「若飛鴻戲海，舞鶴遊天。」

③ 甲辰：此指萬曆三十二年，即1604年。

④ 〔新都吳太學〕二句：新都人吳廷攜帶米芾《蜀素帖》的真跡來到西湖，我於是拿了幾位名家的手跡來換取它。 吳廷：著名的書畫鑒賞家，也是董其昌的好友。 太學：指他曾為太學生。 易：交換。

矣。吳太學書畫船為之減色⑤。」然復自寬曰：「米家書得所歸⑥。」太學名廷，尚有右軍《官奴帖》真本⑦。董其昌題。

⑤〔時徐茂吳〕五句：當時徐茂吳正在拜訪吳廷並觀賞他的藏品，聽說我得到了《蜀素帖》，感嘆道：「他已經探得驪龍珠了，其他都是多餘之物。吳廷的書畫船為之減色。」 徐茂吳：名桂，1577年進士，罷官後隱居杭州，以著述和收藏為樂。 驪龍珠：指寶珠，後來也用來比喻珍貴的人或物。典出《莊子・列禦寇》：「夫千金之珠，必在九重之淵而驪龍頷下。」 長（zhàng）物：剩餘之物。 書畫船：宋、明時期的文人喜歡自置舟船，在旅行和閒遊中作書繪畫和鑒賞藏品。

⑥〔然復自寬曰〕句：然而又自我寬慰説：「米芾的書法終於有了恰當的歸宿。」 寬：寬慰。 得所歸：即「得其所歸」或「適得其所」，意思是回到了它所屬的和應該去的地方。

⑦〔太學名廷〕二句：吳太學名廷，他還收藏了王羲之的《官奴帖》的真跡。 右軍：即王右軍，東晉著名書法家王羲之。

張岱

金山夜戲

張岱（1597–約1689），字宗子，後改字為石公，號陶庵。張岱出身仕宦之家，早年生活奢華。明亡後，他隱居四明山，堅守不出，潛心著書。

金山，在今江蘇鎮江，有金山寺、慈壽塔等古蹟。1629年的中秋剛過，張岱一行來到鎮江，見月色中江景絕美，便起興在金山寺唱了一場夜戲。這種即興的舉動，頗有一些魏晉遺風，也不乏惡作劇的成分。而最令張岱莞爾的是，熟睡中的僧人忽然聽到鑼鼓喧囂，又見燈火盛張，一時目瞪口呆，從夢中醒來卻又如墜夢幻，還不敢細問。直到表演結束，目送張岱一行走遠了，也沒弄清他們到底是人、是怪、是鬼。

在這裏讀到的幾篇文章中，張岱追憶了他早年在杭州一帶的愜意生活和當地的風景名勝。因寫於明亡之後，往事已不堪回首，就連西湖他也不忍舊地重遊了。他所熟知、所心愛的西湖早就不復存在，或名存而實亡，只能從夢中去尋找一些零碎的片段，勉強連綴成篇。張岱把這些憶舊的文字匯集成書，書名就叫作《西湖夢尋》和《陶庵夢憶》。

崇禎二年中秋後一日，余道鎮江往兗①。日晡，至北固，艤舟江口②。月光倒囊入水，江濤吞吐，露氣吸之，噀天為白③。余大驚喜。移舟過金山寺，已二鼓矣④。經龍王堂，入大殿，皆漆靜。林下漏月光，疏疏如殘雪。余呼小傒攜戲具，盛張燈火大殿中，唱韓蘄王金山及長江大戰諸劇⑤。鑼鼓喧闐⑥，一寺人皆起看。有老僧以手背搬

① 〔余道鎮江往兗〕：我取道鎮江，前往兗州。兗州治所在今山東兗州市。

② 〔日晡〕三句：黃昏時分，到達北固山，把船停在了江口。　晡（bū）：下午三點到五點，接近黃昏時刻。　北固：北固山，地處鎮江東北，三面臨江，形勢險要。　艤舟：停船靠岸。

③ 〔月光〕四句：月光如從囊中傾瀉到江水中，為江面的波濤所吞吐，又被露氣所吸收，然後噴射出來，把天空都染成了白色。　噀（xùn）：噴。

④ 二鼓：夜裏九點至十一點，古寺夜間以擊鼓報更，二鼓就是二更。

⑤ 小傒（xī）：年幼的僕人。　韓蘄王金山及長江大戰諸劇：南宋著名將領韓世忠曾於建炎三年（1129）在鎮江金山附近的長江江面上擊潰了金兀朮（zhú）率領的金兵，後世因此以金山寺為背景創作了以抗金為題材的戲曲作品。　韓蘄王：即韓世忠，死後追封蘄王。

⑥ 喧闐（tián）：喧嘩、嘈雜。

眼瞖，翕然張口⑦，呵欠與笑嚏俱至。徐定睛⑧，視為何許人，以何事何時至，皆不敢問。劇完將曙，解纜過江。山僧至山腳，目送久之，不知是人、是怪、是鬼。

張岱

湖心亭看雪

　　湖心亭，又名湖心寺、清禧閣，建在杭州西湖的一個湖心島上。西湖大雪，潔白空闊，人跡稀少。作者寥寥幾筆，就把西湖雪景給勾勒出來了。賞雪景已是一大樂事，巧遇同賞的「知己」，更是大驚喜。

　　張岱寫湖上雪景數句：「霧淞沆碭，天與雲、與山、與水，上下一白。湖上影子，惟長堤一痕，湖心亭一點，與余舟一芥，舟中人兩三粒而已。」可以說深得水墨畫構圖用筆的韻致，就如同是面對一幅絕妙的雪景圖：空白的畫面上，一痕一點，外加一葉小舟和兩三粒舟中之人，點線分明，清空靈動，而又意趣全出。

　　光是畫面還不夠，篇末又通過舟子──為張岱划船的僕人──之口，寫出了旁人的不解：天寒地凍，不在家裏好好取暖，卻偏要去湖上賞雪！所以，他抱怨主人和湖心亭上的遊客太「痴」。在他這個普通人的眼裏，這些人都多少有些瘋瘋癲癲的不著調兒。不過，這只說明他是局外人罷了。當時的風雅之士，往往因為痴迷一件事情或一樣東西，而顯得有些不近情理。他們或像張岱這樣痴情於山水，有林泉之癖；或因酷愛品茶和收藏奇石，而有茶癖、石癖之稱。用張

岱自己的話説，「人無癖不可與交，以其無深情也。」高人雅士，怎能不痴，又豈可無癖？沒有癖好的人是不值得交往的，因為這意味著他們缺少深情，對人對事都做不到全身心的投入。此中的奧妙，不足為外人道，那位舟子又怎麼能懂呢？而既然都同樣痴迷於山水，湖心亭上的遊客也就是作者心目中的「吾輩」了。在下一篇〈西湖七月半〉中，我們還會碰上他惺惺相惜並引以為傲的「吾輩」。在「吾輩」與他人之間，張岱劃了一條不可逾越的界線。

有趣的是，這篇文章的開頭並沒有提到這位舟子。張岱只是説自己如何駕一葉扁舟，「獨往湖心亭看雪」。這是何等漂亮的姿態，更何況他還身著細毛皮衣，懷擁小火爐呢？直到從湖心亭返回下船，張岱才忽然想起了舟子。其實他一直都在，前面寫「舟中人兩三粒」，已經有所暗示了，只不過沒有點明是誰而已。實際上，沒有他這樣的下人撐船打雜，張岱及其「吾輩」恐怕哪兒也去不成，更談不上大清早就冒雪去湖上遊玩了。張岱在結尾處引用舟子的話，是為了顯示「吾輩」與眾不同，而前面寫自己親自划船，「獨往湖心亭看雪」，就不方便提他了。這樣的雅事他不感興趣，也與他無關。我們讀到這些地方，不可輕易就被作者的文字給瞞過了，還要學會讀出他掩去的某些真相。一位訓練有素的讀者，應該有這樣一種批評的眼光，哪怕讀的是我們熟悉或喜愛的作品。

崇禎五年十二月，余住西湖。大雪三日，湖中人鳥聲俱絕。

是日更定矣，余挐一小舟，擁毳衣爐火，獨往湖心亭看雪[①]。霧凇沆碭[②]，天與雲、與山、與水，上下一白。湖上影子，惟長堤一痕，湖心亭一點，與余舟一芥[③]，舟中人兩三粒而已。

---

① 〔是日〕四句：這一日初更的更聲剛過（大約晚上八點左右），我撐上一隻小船，穿著毛皮衣，攜帶小火爐，獨自前往湖心亭看雪。古時一夜分為五更，一更約兩個小時。初更的更聲剛定，即晚上八時許。 挐(rú)：通「橈」，即船槳，此處用作動詞，指用槳划船。 毳(cuì)衣：用鳥獸的細毛製成的皮衣。

② 霧凇(sōng)：水氣凝成的冰花。 沆碭(hàngdàng)：白霧迷濛的樣子。

③ 芥(jiè)：草芥，喻輕微纖細之物。此處用作量詞，暗示小船如草葉漂浮水面。

到亭上，有兩人鋪氈對坐，一童子燒酒，爐正沸。見余大喜，曰：「湖中焉得更有此人④！」拉余同飲，余強飲三大白而別⑤。問其姓氏，是金陵人，客此⑥。

　　及下船，舟子喃喃曰：「莫說相公痴，更有痴似相公者⑦。」

<hr>

④〔湖中焉得更有此人〕句：想不到湖中竟然還有這樣的人！
⑤〔拉余同飲〕二句：他們拉著我一同飲酒。我盡力喝了三大杯酒，然後與他們辭別。
⑥客此：在此地客居。
⑦相公：對年輕士人的尊稱，此指作者。

張岱

西湖七月半

　　説起賞月，大多數人想到的是八月十五中秋節，但在張岱所在的明清時期，七月十五中元節賞月也是一大風俗。

　　一篇寫西湖七月半看月的文章，頭一句卻説：「西湖七月半，一無可看。」一下子就把我們的好奇心給勾起來了。接著説「止可看看七月半之人」，我們才恍然大悟，原來西湖的七月十五之夜人擠人，根本就看不到什麼月亮。這固然不錯，可張岱後來又冷冷地補了一句：杭人遊湖，早上九至十一點就迫不及待地從城裏出發了，一到晚上，還等不到月好人靜，也就不過五至七點鐘的樣子吧，又急著趕回家睡覺去了 —— 他們總是這樣一副來去匆匆的樣子，唯恐遲到，卻也絕不久留。他們早出早歸，用張岱的話説，就彷彿是「避月如仇」了。作者真是妙語連珠啊，不服不行。這些人與其説是為了看月，不如説是好名。説起七月十五賞月，那是何等高雅之事，豈有錯過之理？當然，他們更多的是為了湊熱鬧，看看月之人，或者為了讓大家看自己，不想失去一次展示和炫耀的機會。

張岱不是小說家，可他寫西湖遊覽人看人的本領，後來被吳敬梓學了去，寫進了《儒林外史》的馬二遊西湖那一段，不信可以拿來比比看。不同之處只是吳敬梓沒寫七月十五，也沒寫月夜。可是以西湖平日之熱鬧，「士女遊人，絡繹不絕」，又何必非要等到七月十五之夜呢？

到了篇末，張岱才寫到了西湖之月。那時夜深月朗，萬籟俱寂。在「吾輩」出現之前，西湖先自「清場」——那些無心在西湖賞月，也不配在西湖賞月的人，都早已自行歸家，銷聲匿跡了。偌大的一片西湖，最終就屬於「吾輩」所有了！於是，「吾輩」泛舟於西湖之上，酣睡於十里荷花之中，在愜意的清夢裏度過了七月十五之夜。

西湖七月半，一無可看，止可看看七月半之人。

看七月半之人，以五類看之。其一，樓船簫鼓，峨冠盛筵，燈火優傒，聲光相亂[1]，名為看月而實不見月者，看之；其一，亦船亦樓，名娃閨秀，攜及童孌，笑啼雜之，環坐露台，左右盼望，身在月下而實不看月者，看之；其一，亦船亦聲歌，名妓閒僧，淺斟低唱，弱管輕絲，竹肉相發[2]，亦在月下，亦看月，而欲人看

---

① 〔樓船〕四句：坐在豪華的樓船上，吹簫擊鼓，戴著高冠，擺開盛筵，燈火明亮，優伶、僕從相隨，樂聲與燈光錯雜。 優：歌姬。

② 〔弱管〕二句：簫笛、琴瑟之樂輕柔細緩，簫笛聲伴著歌唱聲。 竹：竹管。 肉：人聲、歌聲。

其看月者，看之；其一，不舟不車，不衫不幘③，酒醉飯飽，呼群三五，躋入人叢，昭慶、斷橋，嘄呼嘈雜④，裝假醉，唱無腔曲，月亦看，看月者亦看，不看月者亦看，而實無一看者⑤，看之；其一，小船輕幌，淨几暖爐，茶鐺旋煮，素瓷靜遞，好友佳人，邀月同坐，或匿影樹下，或逃囂裏湖⑥，看月而人不見其看月之態，亦不作意看月者⑦，看之。

③ 幘（zé）：古人使用的一種束髮頭巾。

④ 躋（jī）：擠入，置身於。 嘄（jiào）呼嘈雜：大呼小叫聲音雜亂。嘄：同「叫」。

⑤〔月亦看〕四句：他們是月也看，看月的人也看，不看月的人也看，而實際上什麼也沒有看見的人。

⑥〔小船輕幌〕八句：乘著小船，船上掛著輕薄的窗幔，茶几潔淨，茶爐溫熱，茶鐺很快就把水燒開了，素色瓷碗在人們手裏輕輕傳遞，約了好友美女，邀請月亮與他們同坐，有的隱藏在樹蔭之下，有的去裏湖逃避喧鬧。 鐺（chēng）：溫茶、酒的器具。 旋：很快、當即。

⑦ 作意：刻意、有意。

杭人遊湖，巳出酉歸⑧，避月如仇，是夕好名，逐隊爭出，多犒門軍酒錢，轎夫擎燎，列俟岸上⑨。一入舟，速舟子急放斷橋，趕入勝會⑩。以故二鼓以前，人聲鼓吹，如沸如撼，如魘如囈，如聾如啞，大船小船，一齊湊岸，一無所見，止見篙擊篙，舟觸舟，肩摩肩，面看面而已。少刻興盡，官府席散，皂隸喝道去⑪。轎夫叫船上人，怖以關門⑫。燈籠火把如列星，一一簇擁而去。岸上

⑧〔巳出酉歸〕句：早上九點到十一點出發，晚上五點到七點回家。

⑨〔逐隊爭出〕四句：他們成群結隊，爭先恐後地出城，為此不惜賞賜看守城門的衛兵很多酒錢。轎夫手裏舉著火把，排列在岸上等候。犒：即犒勞，意即酬賞、慰勞。擎燎：手舉火把照明。俟(sì)：等待。

⑩〔一入舟〕三句：一上船，他們就催促船家急往斷橋駛去，好趕上那裏舉行的盛會。速：此處做動詞用，指催促。放：即「放舟」，行船、開船。勝會：指盛大的集會活動，這裏特指每年七月十五舉行的盂蘭盆節的民間信仰活動。盂蘭盆節又稱中元節和鬼節，緣起於佛教的超度亡靈的儀式。

⑪喝道：官員出行時，衛役在前面喝令行人讓道。

⑫〔怖以關門〕句：警告他們城門就要關上了。古時的城市，夜裏關閉城門。此處寫轎夫急著回家，催船上的遊人及早上岸，恐嚇說城門快要關了。

人亦逐隊趨門，漸稀漸薄，頃刻散盡矣。

　　吾輩始艤舟近岸。斷橋石磴始涼，席其上[13]，呼客縱飲。此時，月如鏡新磨，山復整妝，湖復靧面[14]。向之淺斟低唱者出，匿影樹下者亦出，吾輩往通聲氣，拉與同坐。韻友來，名妓至，杯箸安，竹肉發[15]。月色蒼涼，東方將白，客方散去。吾輩縱舟，酣睡於十里荷花之中，香氣拘人，清夢甚愜[16]。

---

[13] 席其上：把席子鋪在石磴上。

[14] 〔湖復靧（hui）面〕句：湖面就像是重新拂洗過的面龐那樣，清新可喜。

[15] 〔吾輩〕六句：我們過去和他們打招呼，拉來同坐。風雅的朋友來了，名妓也來了，杯筷安置，歌樂齊發。

[16] 〔香氣拘人〕二句：寫花香無所不在，讓人難以逃脫。 拘人：一作「拍人」，形容荷花的陣陣香氣像湖水一樣拍人入眠。 愜：愜意、適意。

夏完淳

獄中上母書

夏完淳（1631-1647），字存古，能文善詩，自幼才智過人，有神童之譽。明亡時，他隨父夏允彝參加抗清活動，兵敗被捕後，不屈而死，年僅十七歲。

此篇是夏完淳被捕後，在獄中寫給嫡母和生母的信，也是他的絕筆書。作者在信中回述了清兵入關所造成的國破家亡的慘痛經歷，表達了自己壯志未酬身先死的遺憾，同時也寫出了作為兒子卻不能盡孝於母親的負疚感。從大的方面來看，〈獄中上母書〉可以和文天祥的〈正氣歌〉放在一起來讀。不過，由於是散文書信體，又是寫給母親讀的，它的內容和語氣與〈正氣歌〉都有所不同。作為獨子，夏完淳的身上承負了整個家族的期待，可一旦面臨大節的抉擇，他還是義無反顧，視死如歸。然而內心的衝突、抉擇的艱難，也已歷歷在目，而又令人目不忍睹。死生大矣，豈不痛哉！讀這樣的文字，讓我們經歷了一次靈魂的震撼。

不孝完淳，今日死矣[1]。以身殉父，不得以身報母矣。痛自嚴君見背，兩易春秋，冤酷日深，艱辛歷盡[2]。本圖復見天日，以報大仇，恤死榮生，告成黃土[3]。奈天不佑我，鍾虐明朝，一旅才興，便成虀粉[4]。去年之舉，淳已自分必死[5]。誰知不死，死於今日也！斤斤延此二年之命，菽水之養，無一日焉。致慈君托跡於空門，生母寄生於別姓[6]。一門漂泊，生不得相依，死不得相問。淳

---

① 不孝：是兒女在父母面前的自稱。

②〔痛自嚴君見背〕四句：令我悲痛的是，自從父親過世，已經兩個年頭了，蒙受的冤屈和慘痛，日益嚴酷，艱辛備嘗。 嚴君：父親的尊稱。舊時的說法是父嚴母慈，故稱父為「嚴父」。 見背：指父母和長輩過世。 易：變更、替代。

③〔本圖〕四句：本來希望重見天日，以報大仇，使死者得到撫卹，生者獲得榮光，在祖先的墳墓前祭祀時，可以報告成功的消息。 圖：圖謀、希望。 復見天日：指光復明朝。 黃土：代指墳墓。

④ 鍾：聚集。 虐：災禍。 旅：古時的兵制，五百人為一旅。虀 (jī) 粉：粉末，這裏比喻被擊潰。

⑤ 去年之舉：指1646年舉兵抗清失敗之事。 自分：自己估摸、料想。

⑥〔斤斤延此二年之命〕五句：不過延續了兩年的生命罷了，卻沒有一天能夠服侍母親，以致嫡母託身於佛門，生母則寄生於別家。 斤斤：此處形容不值得計較的、微不足道的數量。 菽水之養：指貧寒之家兒女對父母的供養。語出《禮記‧檀弓下》「啜菽飲水盡其歡，斯之謂孝」。 菽，豆。 空門：佛門，此處指佛寺。

今日又溘然先從九京，不孝之罪，上通於天⑦！

　　嗚呼！雙慈在堂，下有妹女，門祚衰薄，終鮮兄弟⑧。淳一死不足惜，哀哀八口，何以為生？雖然，已矣！淳之身，父之所遺⑨；淳之身，君之所用。為父為君，死亦何負於雙慈！但慈君推乾就濕，教禮習詩，十五年如一日⑩。嫡母慈惠，千古所難，大恩未酬，令人痛絕。慈君托之義融女兄，生母托之昭南女弟⑪。

⑦〔淳今日〕三句：我今日又驟然先赴地府，不孝之罪，連上天都已知曉了。　溘(kè)然：突然、急促。　九京：或稱「九原」，原指古代晉國貴族的墓地，後泛指墓地。

⑧〔雙慈在堂〕四句：自己的嫡母和生母都還健在，下有妹妹和女兒，然而家運不濟，無兄無弟。　門祚：家運、家道。　終鮮(xiǎn)兄弟：出自《詩經‧揚之水》。鮮，指少、無。

⑨　遺(wèi)：給予。

⑩〔但慈君〕三句：只是嫡母對我愛護備至，教導我學禮習詩，十五年來從未改變。　推乾就濕：把床上的乾處讓給孩子，自己睡在濕處，寫母親養育兒女的無私之愛。

⑪〔慈君〕二句：我把嫡母託付給義融姊，把生母託付給昭男妹。義融是作者的姐姐夏淑吉的號，昭南是妹妹夏惠吉的號。

淳死之後，新婦遺腹得雄⑫，便以為家門之幸；如其不然，萬勿置後⑬。會稽大望，至今而零極矣⑭！節義文章，如我父子者幾人哉⑮？立一不肖後，如西銘先生，為人所訕笑，何如不立之為愈耶⑯！嗚呼！大造茫茫，總歸無後⑰。有一日中興再造，則廟食千秋，豈止麥飯豚蹄不為餒鬼而已哉！若有妄言立後者，淳且與先文忠在冥冥誅

⑫ 新婦：此處指作者的妻子。　遺腹得雄：指作者死後得子。　雄：男孩。

⑬ 置後：指立嗣，抱養別人家的男孩兒為後嗣。

⑭ 會稽大望：浙江會稽的名門望族，即會稽夏氏。據說夏禹曾會諸侯於會稽，會稽夏氏因此得名。　零極：零落到了極致。

⑮〔節義文章〕二句：名節大義和文章著述俱佳如我們父子二人者，能有幾人呢？

⑯〔立一不肖後〕四句：像西銘先生那樣立了一個不肖的後嗣，為別人所訴罵譏笑，還不如不立為好！　西銘先生：張溥，別號西銘，明末文學家，死於崇禎十四年（1641），無後，次年由錢謙益等代為立嗣，名永錫。明亡之後，錢謙益降清，時論認為立嗣一事有損於張溥的名節。　愈：更好。

⑰〔大造〕二句：此處可以有兩種不同的解釋。一說是天地茫茫，永無盡期，但家族卻不可能綿延不絕。另一說是，天意遙遠不明，晦昧難測。如果明亡是天意，那麼，即便我有了子嗣，也終歸難以倖存。大造：造化。

殛頑嚚，決不肯捨⑱！

兵戈天地，淳死後，亂且未有定期。雙慈善保玉體，無以淳為念。二十年後，淳且與先文忠為北塞之舉矣⑲。勿悲，勿悲。相托之言，慎勿相負！

武功甥將來大器，家事盡以委之⑳。寒食盂蘭，一杯清酒，一盞寒燈，不至作若敖之鬼，則吾願畢矣㉑！新婦

⑱〔有一日中興再造〕七句：如果有那麼一天，明朝光復了，那麼，我縱然無後，也將在祠廟中千秋萬世地受人祭祀，何止像普通人那樣享用平常的祭品，幸免成為餓鬼而已呢？如果有人妄言另立後嗣，我將與父親在陰間誅殺這愚蠢妄誕之人，而決不會饒恕他的。 文忠：夏允彝在兵敗之後，投水自盡，南明魯王詔賜文忠公的諡號。誅殛（jí）：誅殺。 頑嚚（yín）：愚頑妄言之人。

⑲〔二十年後〕二句：二十年後轉世為人，我仍要與父親在北邊關塞起兵反清。 二十年後：指死後轉世為人。

⑳〔武功甥〕二句：外甥武功將來可以成大器，家事可以全部交給他來處置。 武功甥：指夏完淳的姐姐夏淑吉的兒子侯檠（qíng），字武功。 委：委託、交付。

㉑〔寒食〕五句：清明節和盂蘭盆會時，給我祭上一杯酒、一盞燈，那我就不至於做一個沒有後嗣祭祀的餓鬼了。我的願望不過如此。寒食：這裏指清明節。 盂蘭：指農曆七月十五日的盂蘭盆會。 若敖：春秋時期楚國的公族。這裏的「若敖之鬼」指沒有子嗣祭祀的餓鬼。 畢：完畢。

結褵二年，賢孝素著㉒。武功甥好為我善待之，亦武功渭陽情也㉓。語無倫次，將死言善㉔，痛哉，痛哉！

　　人生孰無死？貴得死所耳㉕。父得為忠臣，子得為孝子，含笑歸太虛，了我分內事。大道本無生，視身若敝屣㉖，但為氣所激，緣悟天人理。惡夢十七年，報仇在來世。神遊天地間，可以無愧矣！

㉒ 結褵（lí）：成婚。褵指古時女子出嫁時所繫的佩巾。　賢孝素著：妻子的賢惠和孝順向來聞名。

㉓ 渭陽情：指甥舅之情。《詩經》的〈渭陽〉篇曰：「我送舅氏，曰至渭陽。」

㉔ 將死言善：出自《論語‧泰伯》：「人之將死，其言也善。」

㉕ 貴得死所耳：重要的是死其所，即死得有價值、有意義。　所：此指合適的地方和場合。

㉖〔大道本無生〕二句：依照佛教的「無生」觀，宇宙萬物的實體無生無滅，因此，生死無二。死時脫身而去，如同脫掉穿破的鞋子。

金聖歎

釋孟子四章（第一章）

金聖歎（1608–1661），名采，字若采；又名人瑞，號聖歎。金聖歎憤世嫉俗，一生坎坷，但他生有異稟，才華橫溢，又性喜批書，著述甚豐。他批點的《水滸傳》、《西廂記》及其他著述，三百多年來風行不衰。在讀者眼裏，他的評點文字是「靈心妙舌，開後人無限眼界、無限文心」。

古人讀書，好為評註，所讀文本也多為評註本。這一點，我們今天的讀者務必記在心上，因為評註對當時讀者的影響，實在是太大了。評註的形式繁多，稱謂不一：有的偏重在註釋字義，有的著意於串講章句，而講評文章的內容結構與藝術風格，自然也是評註的一部分，在歷史上源遠流長。這裏只舉金聖歎的〈釋孟子四章〉的第一章為例，來看一看前人的評本是什麼樣子，也借此瞭解他們是怎樣讀書、讀文章的。這裏的大字部分是《孟子》的正文，而正文的前後，以及正文的字句之間的小字部分，都是金聖歎所作的評釋。

孟子説：「我善養吾浩然之氣」，他的文章因此也以氣勢取勝，在語氣修辭上，頗能見出起承轉合、抑揚頓

挫之妙。金聖歎設身處地，細心揣摩《孟子》的立意行文，往往能知微見著，在作者似不經意處，別有一番體會。我們只要看他如何講解開頭的那兩個「亦」字，就可知一二了。可見讀古文光是講詞義字義是遠遠不夠的，還得懂修辭，而金聖歎就最講修辭。

值得一提的是，金聖歎的評釋不僅提示了閱讀的門徑，還讓我們感受到了閱讀所帶來的智性的快樂。這是一個難得的收穫。細心的讀者或許已經注意到了，他的文字還融入了口語的成分，讀起來有如對面交談，也拉近了我們與文本的距離。同樣都是講解儒家經典，他的〈釋孟子四章〉跟那些一本正經、老生常談的高頭講章相比，可真是太不一樣了。讀過之後，我們才知道，經典原來還可以這樣讀！

大凡一部書初開卷，必有壓面第一章，如織錦人，先呈花樣；如拳棒人，先吐門户。今此則正《孟子》一部七篇二百六十一章之壓面第一章也。一部七篇，純説仁義。純説仁義可以致於王道。故此章見梁王，劈面大聲，便叫「仁義」，便見生平一肚皮真才實學，更無第二人可以攬行奪市[1]，便見以下作書七篇，只是這個花樣，只是這個門户。

孟子見梁惠王。不是梁王要見孟子，是孟子自見梁王，正是一肚皮仁義可以致於王道，連夜要發揮出來，全不顧他抱玉自薦之嫌。**王曰：「叟！**不是尊敬孟子之詞，亦不是奚落孟子之詞，乃是反借梁王口中，寫出一肚皮仁義之人此時已是晚年。**不遠千里而來，亦將有以利吾國乎[2]？」孟子對曰：「王！**王開口先呼「叟」，孟子便開口亦先呼「王」，應對之禮也。**何必曰利？亦有仁義而已矣[3]。**接口便截住他「利」字，然後輕輕換出自己胸中「仁義」字，下另開作兩節詳辨之。

看梁王口中有一個「亦」字，孟子口中連忙也下一個「亦」字，真是眼明手疾。蓋梁王「利吾國」三字，全是連日耳中無數游談人説得火熱語。今日忽地多承這叟下顧，少不得也是這副説話，故不知不覺，口裏便溜出這一字來。孟子聞之，卻是吃驚：奈何把我放到這一隊裏去，我得得千里遠來，若認我如此，我又那好説話？遂疾忙於「仁義」字上也下他一個「亦」字。只此一個字，早把自己直接在堯、舜、禹、湯、文、武、周公、孔子之後也。看他耳朵裏，箭鋒直射進去，舌尖上，箭鋒直射出來，是何等精靈，何等氣魄！後來經生，只解於「利」

字、「仁義」字，赤頸力爭，卻全不覷見此二個字④。○⑤梁王口中一個「亦」字，便把孟子看得等閒；孟子口中一個「亦」字，便把自己抬得鄭重。梁王「亦」字，便謂孟子胸中抱負，立談可了；孟子「亦」字，便見自己一生所學，迂遲難盡。只這兩個「亦」字，鋒針不對，便已透露王道不行，發憤著書消息。

① 攙行奪市：跨行當搶了別人的生意。

② 〔不遠千里而來〕二句大意是：你不遠千里來到這裏，也有什麼有利於我梁國的高見嗎？ 亦：也。言下之意，孟子之前的說客都是如此。前一句的「叟」是對年長者的稱謂。金聖歎在「叟」字後斷句，其他的版本通常作「叟不遠千里而來」。別的版本也沒有在下一句「王何必曰利」的「王」字後斷句。

③ 〔何必曰利〕二句：何必談利呢？我只有仁義二字，除此別無可談了。 亦：有強調的意思，可以解釋為的確、只有。孟子在回答梁惠王的問題「亦將有以利吾國乎」時，毫不退讓妥協，而是開門見山，提出了自己完全不同的看法。他也用了「亦」這個字，彷彿接著梁惠王的話往下說，但「亦」的用法和語氣全變了。金聖歎評論這一句時，特別讚賞孟子在對話中表現出來的敏捷、機智和勇氣。

④ 〔後來經生〕數句是金聖歎的評論：後來讀儒家經典的學生，只知道在「利」和「仁義」這幾個字上，爭得面紅耳赤，卻全然看不見這兩個「亦」字的奧妙。

⑤ ○表示區隔，前後為兩條評語。

王曰：『何以利吾國？』牒上王口中語也⑥。大夫曰：『何以利吾家？』看他全不顧王。士庶人曰：『何以利吾身？』也不顧王與大夫。上下交征利而國危矣⑦！「利」字當面變作「危」字。萬乘之國，弑其君者必千乘之家；千乘之國，弑其君者必百乘之家⑧。看他「危」字還不盡興，偏要說出「弑君」二字來，又偏要的的確確說出來，恰似親眼見過幾遍。萬取千焉，千取百焉，不為不多矣⑨。百忙中，又忽作遊戲語，筆法飛舞。苟為後義而先利，不奪不厭⑩。兩「不」字好，算入他心窩裏。

一國中，如王、如大夫、如士庶人，交口說利，而未幾被弑，恰是為頭曰「何以利吾國」之王。看他文字，便如千把刀一齊戳。○明明是「利」字，不消一二語，倏忽變作「危」字，一變又竟作「弑其君」字，已又變作「不奪不厭」字。越變越怕，越變越確。

未有仁而遺其親者也，未有義而後其君者也⑪。看他上節作風毛雨血之筆，此節另作祥雲瑞靄之筆。

不正說仁義必有如何好處，卻只云「未有」、「未有」，蓋是要王深信其理之必然，而不可驟圖其事之果然也。何則？仁義則王道也，王道無一二年不功。故一入門，口未及開，便先爭「亦」字者，正以此仁義者全是氣候中事。使如梁王口中「亦」字，則必須旦夕之間，立有報效，方始快心。夫孟子生平所學，則豈有如是之事哉？親亦君也，自仁視之則為親，自義視之則為君；入骨入髓之謂不遺，趨事赴功之謂不後⑫。言利者，其禍疾，故寫之亦用疾筆。看他將兩字又分作兩句，用兩「未

有」，兩「者也」，紆遲對立，只此便是化工文字⑬。

王亦曰仁義而已矣，何必曰利？一節辭氣太利害，一節辭氣太迂遲，於王為難甚矣，故又呼王一聲。

前一振，後一激，只用二語，顛倒而成。文字又整齊，又變動，此人所同知也。豈知前先接「何必曰利」，是劈面便搶，此倒找「何必曰利」，是帶口輕拂；前徐稱「亦有仁義」⑭，是特換新題；此緊承「亦有仁義」，是趁熱便趕。前不得不前彼，後不

---

⑥ 牒：指政府公文。

⑦〔上下交征利而國危矣〕句：上下互相爭奪利益，國家就危險了！

⑧〔萬乘之國〕四句：在一個擁有一萬輛兵車的國家裏，殺害國君的人，一定是擁有一千輛兵車的大夫；在一個擁有一千輛兵車的國家裏，殺害國君的人，一定是擁有一百輛兵車的大夫。

⑨〔萬取千焉〕三句：從一萬輛兵車中奪取一千輛，從一千輛兵車中奪取一百輛，不能算是不多了。

⑩〔苟為〕二句：如果把利益放在仁義之前，那麼，他們最後不奪得國君的位子，就不會滿足的。

⑪〔未有仁而遺其親者〕二句：從來沒有仁者而遺棄父母的，沒有義者而不顧國君的。 親：此處指父母。

⑫〔入骨入髓〕二句：此處分別解釋「未有仁而遺其親者也，未有義而後其君者也」，大意是說，出自天性的骨肉之情，就不會遺棄父母；趨事赴功，一馬當先，就不會置國君於不顧。 趨事赴功：指盡心盡力地為國君服務。

⑬ 紆遲：延緩、舒緩。 化工：出神入化之工，非人工所能及。

⑭ 拂：逆、違背。 徐：緩、慢。

得不後此，總是化工文字也^⑮。非錦心繡口人不知，非冰寒水冷人不知。有意無意，又寫一「亦」字，分明引王作一路。

⑮ 〔此緊承「亦有仁義」〕五句：大意是說，孟子說的「何必曰利」一句，緊接著「王亦曰仁義而已矣」一句而來，就好像是趁熱打鐵，來得恰到好處。前面說：「何必曰利？亦有仁義而已矣」，這裏說「王亦曰仁義而已矣，何必曰利？」前者把「何必曰利」放在前面，是不得不如此；後者把「何必曰利」放在後面，也是不得不如此。金聖歎在此強調了孟子如何根據上下文的情勢來調整句子的順序和語氣，由此造成了不同的修辭效果。

金聖歎

〈景陽岡武松打虎〉評點(節選)

《水滸傳》是明代的一部章回小説,這裏節選了其中的「武松打虎」一節,你一定十分熟悉。可是當時的讀者是怎樣讀小説的呢?他們又如何讀這個家喻戶曉的故事?好的,就讓我們一起來看一看金聖歎的小説評點吧。

金聖歎是一位著名的評點家,一生評點過各式各樣的文體和作品名篇,尤其以他的《水滸傳》和《西廂記》評點而名滿天下。他在《水滸傳》中讀出了古文的章法和筆法,並且上溯《史記》和《左傳》等早期的歷史敍述,前後貫通,左右逢源,發表了不少新鮮別緻的見解。而小説評點的格式,也與前一篇的〈釋孟子四章〉大同小異:每一回的標題下有回前「總批」,或概述這一回的特點,或抓住一兩個觀點,做一些發揮。另外一種評點的形式叫「夾批」,在小説的正文中穿插評語,也就是在正文的某些字詞和句子的後面,用雙行小字作簡短的批語。這樣一來,每讀到精妙之處,必有評家喝彩插話,好不熱鬧!小説夾批暫時打斷了我們的閱讀,提醒我們反覆咀嚼玩味,這一處究竟好在哪裏,不要因為貪多圖快而囫圇吞棗。

前人常常把讀古書説成是和古人交朋友,而讀評註也正是交友的一種方式。讀書讀到了有趣兒的地方,

你自然想知道：我的那位朋友金聖歎會怎麼看呢？讀小說而同時讀評點，就像是跟朋友一路同行，不時停下來說上幾句話，分享體會或交換感想。讀到驚險之處，金聖歎會說作者可恨，直是嚇殺我也。高興的時候，又不禁大聲叫好，擊掌稱快。偶然也浮想聯翩，或者開了一個小差，不曉得被思緒帶到哪兒去了。更多的時候，他承擔起導讀的角色，告訴我們怎樣讀懂小說的字法、句法和章法，或者回顧前面的章回，看出小說結構的奧秘和前後呼應勾連之妙。金聖歎一直在注意武松的那根哨棒，不厭其煩地記錄它出現的次數和場合，吊足了我們的胃口。想不到武松最終掄起哨棒，使盡平生氣力，從半空劈將下來，卻打在了枯樹上，哨棒也斷成了兩截。面對老虎，武松只剩下了赤手空拳，這真是千鈞一髮之際，金聖歎評曰：「半日勤寫哨棒，只道仗他打虎，到此忽然開除，令人瞠目噤口，不復敢讀下去。」你看他這樣一路點評下來，道破了小說的奧妙。但他也是一位普通讀者，讀到這裏，已驚得魂飛魄散，卻又欲罷不能，反而越是害怕越想讀。他分享了我們的閱讀體驗，也道出了我們此刻的心情。有他一路陪伴，誰說閱讀是孤獨的行旅？

《水滸傳》固然不同於古文，金聖歎在評點中也混入了口語的成分，但他仍舊保留了古文的基本句式和句法。這類混雜的文字書寫風格，在明清時期往往可見。

總批：天下莫易於說鬼，而莫難於說虎。無他，鬼無倫次，虎有性情也。說鬼到說不來處，可以意為補接；若說虎到說不來時，真是大段著力不得①。所以《水滸》一書，斷不肯以一字犯著鬼怪，而寫虎則不惟一篇而已，至於再，至於三。蓋亦易能之事薄之不為②，而難能之事便樂此不疲也。

　　寫虎能寫活虎，寫活虎能寫其搏人，寫虎搏人又能寫其三搏不中：此皆是異樣過人筆力。

　　吾嘗論世人才不才之相去，真非十里二十里之可計。即如寫虎要寫活虎，寫活虎要寫正搏人時，此即聚千人，運千心，伸千手，執千筆，而無一字是虎，則亦終無一字是虎也。獨今耐庵乃以一人、一心、一手、一筆，而盈尺之幅，費墨無多，不惟寫一虎，兼又寫一人，不惟雙寫一虎一人，且又夾寫許多風沙樹石，而人是神人，虎是怒虎，風沙樹石是真正虎林。此雖令我讀之尚猶目眩心亂，安望令我作之耶！

　　讀打虎一篇，而嘆人是神人，虎是怒虎，固已妙不容說矣。乃其尤妙者，則又如讀廟門榜文後，欲待轉身回來一段；風過虎來時，叫聲「阿呀」，翻下青石來一段；大蟲第一撲，從半空裏攛將下來時，被那一驚，酒都做冷汗出了一段；尋思要拖死虎下去，原來使盡氣力，手腳都蘇軟了，正提不動一段；青石上又坐半歇一段；天色看看黑了，惟恐再跳一隻出來，且掙扎下岡子去一段；下岡子走不到半路，枯草叢中鑽出兩隻大蟲，叫聲「阿呀，今番罷了」一段。皆是寫極駭人之事，卻盡用極近人之筆，遂與後來沂嶺殺虎一篇，更無一筆相犯也。

那時已有申牌時分③，這輪紅日，厭厭地相傍下山。_{駭人之景。}武松乘著酒興，只管走上岡子來。走不到半里多路，見一個敗落的山神廟。_{奇文。○不因此廟，幾令榜文無可貼處。}行到廟前，見這廟門上貼著一張印信榜文。武松住了腳讀時，上面寫道：

①〔鬼無倫次〕六句：鬼怪沒有條理，老虎卻有性情。說鬼怪說到說不上來的地方，可以用想像來補充，而說老虎說到說不上來的地方，真是費盡了口舌也沒用。

② 薄：鄙薄、輕視。

③〔那時已有申牌時分〕句：那時已是下午三點到五點。 申牌：下午三時至五時的意思。古於衙門和驛站前設置時辰台，每移一時辰，則以刻有指示時間的牌子換之。

陽谷縣示：為景陽岡上新有一隻大蟲，傷害人命，見今杖限各鄉里正並獵戶人等行捕，未獲。如有過往客商人等，可於巳、午、未三個時辰，結伴過岡；其餘時分，及單身客人，不許過岡，恐被傷害性命。各宜知悉。政和年月日。奇文。

武松讀了印信榜文，方知端的有虎④，欲待轉身再回酒店裏來，有此一折，反越顯出武松神威。不然，便是卒然不及回避，僥倖得免虎口者矣。尋思道：「我回去時，須吃他恥笑，不是好漢，難以轉去。」以性命與名譽對算，不亦異乎？存想了一回，說道：「怕甚麼鳥！且只顧上去看怎地！」活寫出武松神威。武松正走，看看酒湧上來，看他寫酒醉，有節有次。便把氈笠兒掀在脊梁上，冬天也，偏要寫得熱極；後到大蟲撲時，忽然驚出冷來，絕世妙手。將哨棒綰在肋下⑤，哨棒十一。○「哨棒綰在肋下」，第五個身分。一步步上那岡子來。回頭看這日色時，漸漸地墜下去了。駭人之景。○我當此時，便沒虎來，也要大哭。此時正是十月間天氣，日短夜長，容易得晚。自注一句。武松自言自說道：「那得甚麼大蟲，人自怕了，不敢上山。」又作一縱。武松走了一直，酒力發作，醉。焦熱起來，熱。一隻手提哨棒，哨棒十二。○又「提著哨棒」，第六個身分。一隻手把胸膛前袒開，畫絕。踉踉蹌蹌，直奔過亂樹林來。駭人之景，可知虎林。見一塊光撻撻大青石⑥，奔過亂林，便應跳出虎來矣，卻偏又生出一塊青石，幾乎要睡。使讀者急殺了，然後放出虎來，才子可恨如此。把那哨

棒倚在一邊，「哨棒倚在一邊」，第七個身分。○哨棒十三。**放翻身體，卻待要睡**，驚死讀者。**只見發起一陣狂風。**

那一陣風過了，只聽得亂樹背後「撲」地一聲響，跳出一隻吊睛白額大蟲來。出得有聲勢。**武松見了，叫聲：「阿呀」，從青石上翻將下來**，有此一折，反越顯出武松神威。不然，便是三家村中說子路，不近人情極矣。**便拿那條哨棒在手裏**，哨棒十四。○拿著哨棒，第八個身分。**閃在青石邊。**一閃。○已下人是神人[7]，虎是活虎，讀者須逐段定眼細

④〔方知端的有虎〕句：才知道真的有虎。 端的：多見於早期白話，意為真的、確實。

⑤ 綰（wǎn）：繫結。

⑥ 光撻撻（tà）：外表光滑的樣子。

⑦ 已：即「以」。

看。○我常思畫虎有處看，真虎無處看；真虎死有處看，真虎活無處看；活虎正走，或猶偶得一看，活虎正搏人，是斷斷必無處得看者也。乃今耐庵忽然以筆墨遊戲，畫出全副活虎搏人圖來。今而後要看虎者，其盡到《水滸傳》中景陽岡上，定睛飽看，又不吃驚，真乃此恩不小也。○傳聞趙松雪好畫馬，晚更入妙，每欲構思，便於密室解衣踞地，先學為馬，然後命筆。一日管夫人來，見趙宛然馬也。今耐庵為此文，想亦復解衣踞地，作一撲、一掀、一剪勢耶？東坡〈畫雁〉詩云：「野雁見人時，未起意先改。君從何處看，得此無人態？」我真不知耐庵何處有此一副虎食人方法在胸中也。聖歎於三千年中，獨以才子許此一人，豈虛譽哉！**那大蟲又飢又渴，把兩隻爪在地上略按一按，和身望上一撲，從半空裏攧將下來。**虎。**武松被那一驚，酒都作冷汗出了。**神妙之筆，燈下讀之，火光如豆，變成綠色。**說時遲，那時快；武松見大蟲撲來，只一閃，閃在大蟲背後。**人。○二閃。**那大蟲背後看人最難，**百忙中自注一句。**便把前爪搭在地下，把腰胯一掀，掀將起來。**虎。**武松只一閃，閃在一邊。**人。○三閃。**大蟲見掀他不著，吼一聲，卻似半天裏起個霹靂，振得那山岡也動。把這鐵棒也似虎尾倒豎起來只一剪。**虎。**武松卻又閃在一邊。**人。○四閃。**原來那大蟲拿人只是一撲，一掀，一剪；三般捉不著時，氣性先自沒了一半。**百忙中注一句。○才子博物，定非妄言，只是無處印證。○此段作一束，已上只用四閃法，已下放出氣力來。**那大蟲又剪不著，再吼**

了一聲，一兜兜將回來。虎。**武松見那大蟲復翻身回來，雙手輪起哨棒，**「輪起哨棒」，第九個身分。○哨棒十五。**盡平生氣力，只一棒，從半空劈將下來。**人。○此一劈，誰不以為了卻大蟲矣，卻又變出怪事來。**只聽得一聲響，「簌簌」地將那樹連枝帶葉劈臉打將下來。定睛看時，一棒劈不著大蟲，**盡平生氣力矣，卻偏劈不著大蟲，嚇殺人句。**原來打急了，正打在枯樹上，**百忙中又注一句。**把那條哨棒折做兩截，只拿得一半在手裏。**哨棒十六。○半日勤寫哨棒，只道使他打虎，到此忽然開除，令人瞠目噤口，不復敢讀下去。○哨棒折了，方顯出徒手打虎異樣神威來，只是讀者心膽墮矣。

那大蟲咆哮，性發起來，翻身又只一撲，撲將來。虎。**武松又只一跳，卻退了十步遠。**人。**那大蟲恰好把兩只前爪搭在武松面前。**虎。**武松將半截棒丟在一邊，**了卻哨棒。○哨棒十七。**兩隻手就勢把大蟲頂花皮脛胳地揪住，一按按將下來。**人。**那隻大蟲急要掙扎，**虎。**被武松盡力氣捺定，那裏肯放半點兒鬆寬。**人。**武松把隻腳望大蟲面門上、眼睛裏，只顧亂踢。**腳踢妙絕，雙手放鬆不得也。踢眼睛妙絕，別處須踢不入也。**那大蟲咆哮起來，把身底下爬起兩堆黃泥，做了一個土坑。**虎。○耐庵何由得知踢虎者，必踢其眼，又何由得知虎被人踢，便爬起一個泥坑？皆未必然之文，又必定然之事，奇絕妙絕。**武松把大蟲嘴直按下黃泥坑裏去，**人。**那大蟲吃武松奈何得沒了些氣力。**

虎。武松把左手緊緊地揪住頂花皮，偷出右手來，提起鐵錘般大小拳頭，盡平生之力，只顧打。人。打到五七十拳，那大蟲眼裏、口裏、鼻子裏、耳朵裏，都迸出鮮血來，更動彈不得，只剩口裏兀自氣喘。虎。武松放了手，來松樹邊尋那打折的哨棒，拿在手裏；只怕大蟲不死，把棒橛又打了一回。哨棒十八。○哨棒餘波。眼見氣都沒了，方才丟了棒，哨棒此處畢。尋思道：「我就地拖得這死大蟲下岡子去。」第一念要提去，妙。就血泊裏雙手來提時，那裏提得動。原來使盡了氣力，手腳都蘇軟了。有此一折，便越顯出方才神威。

武松再來青石上坐了半歇，寫出倦極，便越顯出方才神威。又收到青石，妙絕。尋思道：「天色看看黑了，倘或又跳出一隻大蟲來時，卻怎地鬥得他過？且挣扎下岡子去，明早卻來理會。」特下此句，使下文來得突兀。就石頭邊尋了氈笠兒，叫聲「阿呀」，翻下青石來，一時手腳都慌了，不及知氈笠落在何處矣，寫得入神。轉過亂樹林邊，收到亂樹。一步步捱下岡子來。走不到半里多路，只見枯草中又鑽出兩隻大蟲來。嚇殺，奇文。武松道：「阿呀！我今番罷了！」嚇殺，奇文。只見那兩隻大蟲在黑影裏直立起來。嚇殺，奇文。武松定睛看時，卻是兩個人，把虎皮縫做衣裳，緊緊繃在身上，手裏各拿著一條五股叉，奇文。見了

武松，吃一驚道：「你、你、你吃了猰狸心⑧、豹子肝、獅子腿，膽倒包著身軀，如何敢獨自一個，昏黑將夜，又沒器械，走過岡子來！你、你、你，是人是鬼？」打虎既畢，卻於獵戶口中評之。武松道：「你兩個是甚麼人？」那個人道：「我們是本處獵戶。」武松道：「你們上嶺來做甚麼？」絕倒語。○我上嶺來是打虎，你上嶺來卻做甚麼？妙絕。兩個獵戶失驚道：「你兀自不知哩！今景陽岡上，有一隻極大的大蟲，夜夜出來傷人。只我們獵戶，也折了七八個，過往客人，不記其數，都被這畜生吃了！本縣知縣著落當鄉里正和我們獵戶人等捕捉。那業畜勢大難近，可知一撲、一掀、一剪，乃是非常之事。誰敢向前，我們為他，正不知吃了多少限棒，只捉他不得！今夜又該我們兩個捕

⑧ 猰狸：即「忽律」，鱷魚。

獵，和十數個鄉夫在此，上上下下放了窩弓藥箭等他。正在這裏埋伏，卻見你大剌剌地_{四字無心中寫出神威。}從岡子上走將下來，我兩個吃了一驚。你卻正是甚人？曾見大蟲麼？」

　　武松道：「我是清河縣人氏，姓武，排行第二。_{百忙中帶定望哥一案，故處處下此四字。}卻才岡子上亂樹林邊，正撞見那大蟲，被我一頓拳腳打死了。」_{第一遍自敘。}兩個獵戶聽得痴呆了，說道：「怕沒這話？」武松道：「你不信時，只看我身上兀自有血跡。」_{可惜紅襖。}兩個道：「怎地打來？」武松把那打大蟲的本事，再說了一遍。_{第二遍自敘。○實是異常得意之事，不得不說了又說。○我亦要說，可憐無甚說得出的事也。}兩個獵戶聽了，又喜又驚，叫攏那十個鄉夫來。

金聖歎

快事（節選）

本文選自金聖歎〈讀第六才子書《西廂記》法〉。

　　金聖歎讀《西廂記‧拷艷》，為其中的生花妙筆而擊掌稱快。他想起自己二十年前山中客居無聊，與好友大談平生快事以解鬱悶。於是他乘興追記談話的片段，留下了這篇奇文。這些「不亦快哉」的瞬間，都來自身邊的日常生活，但融入了金聖歎對快樂、幸福的感悟，因此顯得不同凡響，彌足珍貴。其中寫到了身體的感受，也有心靈的自適。有的涉及友情、知交與一見如故的默契。有的只與個人有關，他不寫下來，就沒人知道。此外呢，還有那麼多即興的快樂，既出乎意料，也強求不來──這一切都被金聖歎用精煉而又輕鬆的文字捕捉了下來，就好像是一幅幅生動的速寫。

　　這些速寫集錦，率意而成，不拘形式，與古典詩詞還有所不同，但又讓我們重溫了古典詩詞中的許多經典時刻，如白居易雪夜邀客的期待：「晚來天欲雪，能飲一杯無？」謝靈運病癒後初見春色的驚喜：「池塘生春草，園柳變鳴禽。」更不用說《論語》中的「有朋自

遠方來，不亦樂乎」了。這樣的心情或興致，可遇而不可求，並且得而復失，稍縱即逝。用金聖歎評《西廂記》的話説，「文章最妙，是此一刻被靈眼覷見，便於此一刻放靈手捉住。蓋於略前一刻，亦不見，略後一刻，便亦不見，恰恰不知何故，卻於此一刻忽然覷見，若不捉住，便更尋不出」。文學的價值也正在於此了：它將靈光乍現的剎那化為永久，也讓我們重新認識了生活。

讀這樣的文字，真是人生的一大快事！

昔與斫山同客共住①，霖雨十日，對床無聊，因約賭說快事，以破積悶②。至今相距既二十年，亦都不自記憶。偶因讀《西廂》至〈拷艷〉一篇，見紅娘口中作如許快文，恨當時何不檢取共讀，何積悶之不破？於是反自追索，猶記得數則，附之左方，並不能辨何句是斫山語，何句是聖歎語矣。

① 斫山：即王斫山，金聖歎的平生好友，他們曾客居同住。
② 霖雨：連續下雨。　破：破除、解除。

其一，夏七月，赤日停天，亦無風，亦無雲；前後庭赫然如洪爐，無一鳥敢來飛。汗出遍身，縱橫成渠。置飯於前，不可得吃。呼簟欲臥地上③，則地濕如膏，蒼蠅又來，緣頸附鼻，驅之不去。正莫可如何，忽然大黑，車軸疾澍，澎湃之聲如數百萬金鼓，檐溜浩於瀑布④。身汗頓收，地燥如掃，蒼蠅盡去，飯便得吃，不亦快哉！

③ 簟（diàn）：竹製的涼席。
④〔忽然大黑〕四句：此處寫暴雨驟降，傾盆而下的情形。　車軸：形容雨點密集。　澍（shù）：及時雨。　檐溜浩於瀑布：大雨順屋簷間的雨漏疾馳而下，看上去比山間的瀑布還要浩瀚。

其一，十年別友，抵暮忽至。開門一揖畢，不及問其船來陸來，並不及命其坐床坐榻，便自疾趨入內，卑辭叩內子⑤：「君豈有斗酒，如東坡婦乎？⑥」內子欣然拔金簪相付。計之可作三日供也，不亦快哉！⑦

其一，空齋獨坐，正思夜來床頭鼠耗可惱。不知其「戛戛」者是損我何器，「嗤嗤」者是裂我何書。中心回惑，其理莫措。忽見一俊貓注目搖尾，似有所睹。斂聲屏

⑤〔卑辭〕句：以謙卑的語氣徵詢妻子。 叩：叩問、叩請。 內子：對妻子的稱呼。

⑥〔君豈有斗酒〕二句：此處作者以「君」稱妻子，有親暱、戲謔之意。東坡：即蘇東坡。出自蘇軾〈後赤壁賦〉：「婦曰：『我有斗酒，藏之久矣，以待子不時之需。』」

⑦〔內子〕三句：此處是說妻子拿她的金簪支付待客的酒錢，算下來足供三天的酒食了，因此引以為快。 供：供給。

息，少復待之，則疾趨如風，「摵」然一聲⑧，而此物竟去矣，不亦快哉！

其一，重陰匝月⑨，如醉如病，朝眠不起，忽聞眾鳥畢作弄晴之聲。急引手搴帷⑩，推窗視之，日光晶熒，林木如洗，不亦快哉！

其一，夜來似聞某人素心⑪，明日試往看之。入其門，窺其閨，見所謂某人，方據案面南看一文書⑫。顧客

⑧ 摵（zhī）：此處為象聲詞。
⑨ 重陰匝月：連續陰天一個月之久。　匝：滿。
⑩ 弄晴之聲：指禽鳥在初晴時婉轉鳴唱。　搴帷：拉開窗簾。
⑪ 素心：寧靜淳樸、不慕功利。
⑫〔方據案〕句：正面朝南坐在書桌前讀書。

入來，默然一揖，便拉袖命坐，曰：「君既來，可亦試看此書。」相與歡笑，日影盡去。既已自飢，徐問客曰：「君亦飢耶？」不亦快哉[13]！

其一，冬夜飲酒，轉復寒甚，推窗試看，雪大如手，已積三四寸矣。不亦快哉！

其一，久欲覓別居，與友人共住，而苦無善地。忽一人傳來云，有屋不多，可十餘間，而門臨大河，嘉樹蔥

[13] 以上這一則寫作者慕名訪客，不拘俗套，卻一見如故，莫逆於心。他們在一起讀書談笑，日落而別，連飢餓都差一點兒忘掉了。

然。便與此人共吃飯畢，試走看之，都未知屋如何。入門先見空地一片，大可六七畝許，異日瓜菜不足復慮⑭，不亦快哉！

　　而實不圖《西廂記》之〈拷艷〉一篇，紅娘口中則有如是之快文也……。夫枚乘之七治病，陳琳之檄愈風，文章真有移換性情之力⑮。我今深恨二十年前賭說快事，如女兒之鬥百草，而竟不曾舉此向斫山也⑯。

⑭ 異日：他日。

⑮〔夫枚乘〕三句：此處用了兩個典故。一是漢代的枚乘作〈七發〉，寫楚太子有疾，吳客前往探視，為之描述八月廣陵觀潮的壯觀場面。太子聽了，豁然病癒。二是三國時期的陳琳曾代袁紹作檄文討伐曹操，痛斥他「除滅忠正，專為梟雄」。據說曹操當時正患風疾，聽罷檄文，驚出了一身冷汗，連頭疼也減輕了不少。

⑯〔我今深恨〕三句：此處大意是我如今十分後悔當年跟王斫山賭說快事時，就像女孩兒鬥百草那樣，一心只想著勝負，竟然沒有拿《西廂記》中的〈拷艷〉這一篇「快文」，與他一同分享。

黃宗羲

天一閣藏書記

黃宗羲（1610–1695），字太沖，號南雷，別號梨洲，浙江餘姚人。他與顧炎武、王夫之並稱明末清初三大思想家。黃宗羲學問廣博，見解深邃，著述宏富。他的重要著作包括《明夷待訪錄》、《明儒學案》和《宋元學案》。

宋濂在〈送東陽馬生序〉中寫他年少時家貧，不得不向藏書家借書來抄寫，而藏書家是些什麼人呢？藏書的背後又有怎樣的故事？黃宗羲的這篇文章似乎正是接著這個話題往下寫的，開頭就說：我曾經感嘆讀書難，藏書更難，要想收藏得長久而不散失，那就更是難上加難了。這是人生的感慨，也是經驗之談。全文圍繞著這幾個中心觀點，一步一步展開論述，並結合自己耳聞目睹的藏書樓的興廢成敗，寫得具體翔實而又富於情感。

藏書之難，難在藏書者一要有財力，二要愛書。可是，若以為愛書者因此而得天之佑，卻又不然。古今圖書之厄，何可勝計？藏書不可以盈利為目的，否則不能長久。而固守藏書，又必須有不計一切利害得

失的執著與決絕。不僅如此，其他方面的挑戰也難以低估：除了水火之災，以及戰爭和政治的破壞，還務必杜絕偷盜，更有家賊難防。金錢的誘惑無時不在，敗家子的故事我們都耳熟能詳。往往不出幾代人，一些規模可觀的藏書就散失殆盡了。

寧波的天一閣藏書樓是中國藏書史上的一個奇蹟。自明代的范欽（1506–1585）開始迄今，雖屢經災厄，卻屹立不倒，寫下了家族藏書的一部悲壯史詩。一六七三年，著名學者黃宗羲得到了主人的特殊許可，進入天一閣藏書樓讀書。他檢閱了其中的全部藏書，取其流通未廣者抄為書目，並撰成此文，為中國私家藏書史上留下了重要的記錄和思考。

在一個讀電子書的時代，我們回顧這一段可歌可泣的藏書史，不免有恍然隔世之感，也令人感慨唏噓。黃宗羲通篇歷數了藏書家的種種厄運與考驗，卻不忘在篇末加上了一筆：如果家族的子孫能像范氏家族那樣，世世代代「如護目睛」那樣守護藏書，那麼，說他們得到了上天的佑護，也不是沒有道理的。

或許那正是因為他們的這種精神，足以感天地而泣鬼神吧！

嘗嘆讀書難，藏書尤難，藏之久而不散，則難之難矣。

自科舉之學興，士人抱兔園寒陋十數冊故書，崛起白屋之下，取富貴而有餘[1]。讀書者一生之精力，埋沒敝紙渝墨之中，相尋於寒苦而不足[2]。每見其人有志讀書，類有物以敗之[3]，故曰：讀書難。

藏書，非好之與有力者不能。歐陽公曰：「凡物好之而有力，則無不至也[4]。」二者正復難兼。楊東里少時貧不

----

[1] 〔自科舉〕四句：自從科舉興起，讀書的士子只要抱著十幾冊簡陋的舊書，就能從貧寒起家，獲取富貴而有餘。 兔園：指唐人編纂的《兔園冊》，是淺近的類書，也曾在民間廣泛傳播，被用作蒙學讀物。 白屋：平民的住宅。

[2] 〔讀書者〕三句：相形之下，真正的讀書之人，花費了一生的精力讀書，卻埋沒在質量低劣的書籍之中，彼此相問於貧寒艱難而尚且無暇，更談不上得富貴、取功名了。 敝紙渝墨：用粗劣紙張印成的書籍，墨色浸染溢出。

[3] 〔類有物而敗之〕句：像有什麼東西在與他作對。

[4] 好：喜好。 有力：此指有財力。

能致書，欲得《史略釋文》、《十書直音》，市直不過百錢，無以應，母夫人以所畜牝雞易之⑤。東里特識此事於書後⑥。此誠好之矣⑦。而於尋常之書猶無力也，況其他乎？有力者之好，多在狗馬聲色之間⑧，稍清之而為奇器，再清之而為法書名畫至矣⑨。苟非盡捐狗馬聲色、字畫、奇器之好，則其好書也必不專⑩。好之不專，亦無由知書之有易得有不易得也。強解事者以數百金捆載坊書，便稱

⑤〔楊東里〕五句：楊東里年少時家貧買不起書，想得到《史略釋文》、《十書直音》，市價不過百錢，卻拿不出來，他的母親拿蓄養的母雞交換，才得到了這兩本書。　楊東里：明楊士奇，官至明朝內閣首輔，以賢明擅於用人著稱，著有《東里集》。《史略釋文》、《十書直音》：均為書名。

⑥〔東里特識此事〕句：東里特地將這件事記在書後。　識（zhì）：記載。

⑦　誠：真的、確實。

⑧　狗馬聲色：奢淫的生活。「狗馬」指供遊樂的事物；「聲色」指聲樂和女色。

⑨〔稍清之〕二句：比較清高的愛好是奇器，再清高的是書法名畫，也就算是極致了。　奇器：指古玩等珍奇器物。

⑩〔苟非盡捐〕二句：如果不完全放棄對奢淫生活、字畫、奇器的愛好，那麼他對書的愛好也必定不會專一。　捐：捐棄。

百城之富，不可謂之好也⑪。故曰：藏書尤難。

　　歸震川曰：「書之所聚，當有如金寶之氣，卿雲輪囷覆護其上⑫。」余獨以為不然。古今書籍之厄，不可勝計。以余所見者言之。越中藏書之家，鈕石溪世學樓其著也⑬。余見其小說家目錄亦數百種，商氏之《稗海》皆從彼借刻⑭。崇禎庚午間，其書初散，余僅從故書鋪得十餘部而已⑮。

---

⑪〔強解事者〕三句：不懂裝懂地用幾百金買了書坊裏的書，捆載著回來，便自稱如有百城之富，這不能說是真的愛書。

⑫〔歸震川曰〕四句：歸有光說：「聚書如同有金寶之氣，卿雲環繞覆護在它的上面。」　卿雲：「卿」通「慶」，古時象徵吉祥的彩雲。　輪囷(qūn)：屈曲的樣子。

⑬〔越中藏書之家〕二句：在越中的藏書名家之中，鈕石溪的世學樓是有名的。　鈕石溪：明代鈕緯，著名藏書家。他晚年修建了世學樓，所藏之書對後人影響深遠。

⑭〔商氏之《稗海》〕句：商氏的《稗海》皆是從世學樓借刻的。《稗海》：明代商濬編刻的叢書，多收錄歷朝野史與唐宋筆記。

⑮崇禎庚午間：即崇禎三年(1630)。

辛巳余在南中，聞焦氏書欲賣，急往訊之，不受奇零之值，二千金方得為售主。時馮鄴仙官南納言，余以為書歸鄴仙猶歸我也[16]。鄴仙大喜，及余歸而不果[17]，後來聞亦散去。

庚寅三月，余訪錢牧齋，館於絳雲樓下，因得翻其書籍，凡余之所欲見者無不在焉[18]。牧齋約余為讀書伴侶，閉關三年，余喜過望。方欲踐約，而絳雲一炬，收歸東壁矣[19]。

---

[16]〔辛巳余在南中〕七句：崇禎十四年（1641）我在南京，聽說焦氏後人想賣書，趕快去問訊。他的書不零星出賣，需要出二千金才能買下。當時馮鄴仙出任南納言一職，我認為書歸鄴仙就像是歸我一樣。 焦氏：焦竑，官至翰林院修撰，為晚明傑出的思想家與藏書家。藏書樓號「五車樓」，藏書失散於晚明兵火。 馮鄴仙：明人馮元飆，曾任兵部尚書。 南納言：明代南京的通政使。

[17] 不果：指馮元飆的買書計劃最終沒有實現。

[18]〔庚寅三月〕五句：順治七年（1650）三月，我去拜訪錢牧齋，住在他的絳雲樓下，因而能翻閱樓中的書籍，凡是我想讀的書沒有不在那裏的。 錢牧齋：錢謙益，號牧齋。明末清初著名詩人、學者，也是大藏書家。 絳雲樓：錢謙益的藏書樓，也是他迎娶江南名妓柳如是後夫妻共住的居所。順治七年，絳雲樓失火，樓內圖書付之一炬。

[19]〔方欲踐約〕三句：我正想赴約，絳雲樓卻遭火災，樓內圖書皆收歸上天所有了。 東壁：天上二十八星宿之一，主掌圖書。

歙溪鄭氏叢桂堂[20]，亦藏書家也。辛丑在武林捃拾《程雪樓》、《馬石田集》數部，其餘都不可問[21]。

甲辰館語溪，檇李高氏以書求售二千餘，大略皆鈔本也[22]，余勸吳孟舉收之。余在語溪三年，閱之殆遍，此書固他鄉寒故也[23]。

江右陳士業頗好藏書，自言所積不甚寂寞[24]。乙巳寄弔其家，其子陳澍書來，言兵火之後，故書之存者惟《熊勿軒》一集而已[25]。

---

[20] 歙 (shè) 溪：地名，安徽歙縣。

[21] 〔辛丑在武林〕二句：順治十八年 (1661)，我在武林搜集到程鉅夫《雪樓集》、馬祖常《石田集》幾部書，其餘的藏書都下落不明了。 武林：今浙江杭州。《程雪樓》：元程鉅夫所著的《雪樓集》三十卷，匯集了元史的珍貴素材。《馬石田集》：元馬祖常的《石田集》十五卷，收錄元代詩文、碑銘等，同樣也是為治元史者所經常參考的史料。 捃 (jùn) 拾：搜集。

[22] 〔甲辰館語溪〕三句：康熙三年，我住在浙江桐鄉時，嘉興高氏後人以二千金的價格出售其藏書，其中大多為鈔本。 甲辰：康熙三年 (1664)。 館：居住。 語溪：今浙江桐鄉。 檇 (zuì) 李：地名，浙江嘉興的別稱。 高氏：明末清初高承埏，為明末浙江著名的刻書家，好藏書，藏書處稱稽古堂。

[23] 〔此書固他鄉寒故也〕句：這些書的確就像是身在異鄉遇見的舊友。 寒故：貧賤時的故交。

[24] 〔江右陳士業〕二句：江西的陳士業喜愛藏書，稱自己的收藏已經相當不少了。 陳士業：陳弘緒，字士業，明末清初人。好藏書，工古文與詩。明亡後隱居，藏書為清軍搶掠，付之一炬。

[25] 乙巳：康熙四年 (1665)。 寄弔：寄信給他的家屬弔唁。 熊勿軒：即熊禾，號勿軒，為宋末元初著名學者。

語溪呂及父，吳興潘氏婿也，言昭度欲改《宋史》，曾弗人、徐巨源草創而未就，網羅宋室野史甚富，緘固十餘簏在家[26]。約余往觀，先以所改曆志見示[27]。未幾而及父死矣[28]，此願未遂，不知至今如故否也？

　　祁氏曠園之書初庋家中，不甚發視，余每借觀，惟德公知其首尾，按目錄而取之，俄頃即得[29]。亂後遷至化鹿寺，往往散見市肆。丙午，余與書賈入山，翻閱三晝夜，

㉖〔語溪呂及父〕六句：語溪的呂及父，是吳興潘昭度的女婿，他說潘昭度打算修改《宋史》，曾弗人和徐巨源已經著手卻沒有完成，兩人收集了很多宋代的野史，封存了十幾簏放在家裏。 呂及父：事跡不詳。 潘氏：明潘曾紘，喜愛藏書，蒐集宋朝野史甚多。 曾弗人：即明代的曾異撰，是出色的文學家，擅長詩、古文與書法。 徐巨源：明徐世溥，亦為著名文學家，尤擅於古文。 簏：用竹子、柳條編成的容器。

㉗〔先以所改曆志〕句：他先把修改過的《宋史》中關於曆法的部分拿給我看。

㉘ 未幾：不久。

㉙〔祁氏曠園〕六句：祁承㸁的書籍最初收藏在家裏，平常不輕易拿給人看，但我常常借出來讀。只有德公瞭解藏書的詳情，每一次都按照目錄取書，隨借隨到。 祁氏曠園：明祁承㸁，所擁別墅稱曠園，內有藏書樓「澹生堂」。祁承㸁好藏書，其子祁彪佳繼承父業，也是著名藏書家與戲曲作家，清兵入侵後，自沉殉國，祁家藏書散失一空。 庋(guǐ)：收藏。 德公：祁鳳佳，即祁彪佳之兄。 俄頃：很快、一會兒。

余載十捆而出，經學近百種，稗官百十冊，而宋元文集已無存者③⁰。途中又為書賈竊去衛湜《禮記集說》、《東都事略》③¹。山中所存，唯舉業講章③²、各省志書，尚二大櫥也。

丙辰至海鹽，胡孝轅考索精詳，意其家必有藏書③³。訪其子令修，慨然發其故篋，亦有宋、元集十餘種，然皆余所見者。孝轅筆記稱引《姚牧庵集》，令修亦言有其書，一時索之不能即得，餘書則多殘本矣③⁴。

---

③⁰〔丙午〕七句：康熙五年，我和書商到山中，挑書挑了三天三夜，最後我打好了十捆書運出，裏面有經學書籍近百種，野史小說一百十幾冊，但其中已找不到宋、元文集了。 丙午：康熙五年(1666)。書賈：書商。 稗(bài)官：野史小說。

③¹ 衛湜(shí)：宋代學者，匯集《禮記》諸家傳注，作成《禮記集說》一百六十卷。《東都事略》：南宋王稱撰，記北宋九朝史事。

③² 舉業講章：為學習科舉文或經筵日講所編寫的五經、四書一類的講義。

③³ 丙辰：康熙十五年(1676)。 海鹽：今浙江海鹽。 胡孝轅：明胡震亨，長於蒐集詩文資料，藏書豐富，有「好古樓」，纂輯《唐音統籤》。 意：推測、猜想。

③⁴〔孝轅筆記〕四句：胡震亨在他的筆記中引用過《姚牧庵集》，其子胡令修也說家中有此書，但是一時卻找不出來，而其他的藏書都是些殘本而已。《姚牧庵集》：元代姚燧著，姚燧為著名理學家與文學家，《牧庵集》收錄碑銘詩詞等，原本散佚，至清朝才重新蒐集重編。

吾邑孫月峰亦稱藏書而無異本，後歸碩膚[35]。丙戌之亂[36]，為火所盡。余從鄰家得其殘缺實錄，三分之一耳。

由此觀之，是書者造物者之所甚忌也，不特不覆護之，又從而災害之如此。故曰：「藏之久而不散則難之難矣[37]。」

天一閣書，范司馬所藏也[38]。從嘉靖至今蓋已百五十年矣。司馬歿後，封閉甚嚴。癸丑余至甬上，范友仲破

---

[35] 吾邑：我（作者）的故鄉，黃宗羲的故鄉為餘姚。 孫月峰：明人孫鑛（kuàng），官至兵部尚書，亦為文史家。 異本：特異的版本。 碩膚：明人孫嘉績，崇禎進士，抗清名臣。

[36] 丙戌之亂：順治三年（1646）清兵南下，孫嘉績和黃宗羲等發起抗清運動。

[37] 〔由此觀之〕五句：由此看來，書是造物主最忌恨的東西，不但不予以保護，反而加害於書，至如此地步。因此我説：「藏書久而不散，難上加難。」

[38] 范司馬：明人范欽（1506–1585），字堯卿，號東明，為天一閣主人，官至兵部侍郎，故稱為司馬。

戒引余登樓，悉發其藏^㊴。余取其流通未廣者抄為書目，凡經、史、地志、類書、坊間易得者及時人之集、三式之書，皆不在此列^㊵。余之無力，殆與東里少時伯仲，猶冀以暇日握管懷鉛，揀卷小書短者抄之^㊶。友仲曰諾^㊷。荏苒七年，未蹈前言^㊸。然余之書目遂為好事流傳，崑山徐健庵使其門生謄寫去者不知凡幾^㊹。友仲之子左垣乃並前所未列者重定一書目，介吾友王文三求為藏書記^㊺。

㊴〔癸丑余至甬上〕三句：癸丑年(1673)我到寧波，范司馬的曾孫范友仲打破了外姓不得登閣的禁令，帶我進入藏書樓，把所藏書籍毫無保留地展示出來。 甬(yǒng)上：寧波。

㊵〔余取其流通未廣者〕三句：我挑選天一閣的藏書中流通不廣的部分，登記編目，凡是市面上易得的經書、史書、方志、類書，以及時人之文集和術數之書，都沒有收在這部書目中。

㊶〔余之無力〕四句：我無財力，幾乎與東里年輕時差不多，還寄希望在空暇時拿起筆來，揀些短小的書籍抄寫一番。 伯仲：古時以伯、仲、叔、季表示兄弟之間的排序，因此用「伯仲」來比喻兩人相比時，難分優劣。 管：毛筆。 鉛：古人以鉛書字，謂之鉛筆。

㊷諾：表示答應。

㊸荏苒(rěnrǎn)：時間在不知不覺中過去。 蹈：履行、兌現。

㊹〔然余之書目〕二句：(雖然一直沒有機會重返天一閣，)但我編的書目卻被好事者流傳開來，崑山的徐乾學讓他的門生抄去了不知有多少。

徐健庵：清徐乾學，官至刑部尚書，好藏書，以傳是樓的藏書而遠近聞名。本篇作者黃宗羲也曾到傳是樓觀書，撰有〈傳是樓藏書記〉。

㊺介：憑借、通過。

近來書籍之厄，不必兵火，無力者既不能聚，聚者亦以無力而散，故所在空虛[46]。屈指大江以南以藏書名者不過三四家。千頃齋之書，余宗兄比部明立所聚[47]。自庚午訖辛巳，余往南中，未嘗不借其書觀也。余聞虞稷好事過於其父，無由一見之[48]。曹秋岳倦圃之書，累約觀之而未果[49]。據秋岳所數，亦無甚異也。余門人自崑山來者，多言健庵所積之富，亦未寓目。三家之外，即數范氏[50]。

㊻〔近來書籍〕五句：近年來，書籍的劫難並不限於兵火之災，無能為力的人是聚不起書來的，而有能力這樣做的人，也常因無力維持而導致書籍散佚，因此所到之處，每每空無所得。

㊼〔千頃齋之書〕兩句：千頃齋的書是我同宗兄長所收藏的。 千頃齋：明黃居中，字明立，官至南京國子監博士，喜好藏書，稱其藏書樓為千頃齋。 比部：明清時刑部官員的通稱。

㊽〔余聞虞稷好事〕二句：我聽說虞稷比他的父親更好事，可是還從來沒有見過面。 虞稷：黃居中之子，繼承父親的藏書志業。

㊾〔曹秋岳倦圃之書〕二句：曹溶數次約我去他家的藏書樓看書，但一直未能成行。 曹秋岳：明曹溶，號倦圃，官至戶部侍郎，有藏書樓稱靜惕堂，藏書多宋、元文集。

㊿〔三家之外〕二句：以上三家藏書之家（黃家、曹家、徐家）之外，就屬范氏的天一閣藏書最多了。

韓宣子聘魯，觀書於太史氏，見《易象》與《魯春秋》，曰：「周禮盡在魯矣[51]。」范氏能世其家，禮不在范氏乎[52]？幸勿等之雲煙過眼，世世子孫如護目睛[53]，則震川覆護之言，又未必不然也[54]。

[51]〔韓宣子聘魯〕四句：韓宣子受聘於魯國，在魯國太史那裏看書，見到了《易象》與《魯春秋》兩部書，感嘆道：「周禮盡在魯國了。」此事見《左傳・昭公二年》。

[52]〔范氏能世其家〕二句：范氏家族能世代傳承所藏之書，禮不就在范家嗎？

[53]〔幸勿〕二句：希望不要把書籍看作是過眼雲煙，世代子孫都要像愛護眼睛那樣來愛護書籍。

[54]〔則震川覆護之言〕二句：那麼，歸有光說書籍得「金寶之氣」和「卿雲」保佑的那句話，就未必不是真的了。

李漁

取景在借

李漁（1611–1680），字笠鴻，號笠翁。他多才多藝，作詩寫戲，替別人設計園林，還自組家庭戲班，四處演出。關於戲曲的寫作和表演，他也有不少新見。

《閒情偶寄》是作者一生藝術實踐和生活經驗的總結，分詞曲、演習、聲容、居室、器玩、飲饌、種植、頤養八個部分，論及戲曲理論、妝飾打扮、園林建築、器玩古董、飲食烹調、竹木花卉、養生醫療等諸多領域，儼然就是一部小百科詞典。其中介紹了他自己設計的暖椅、養生秘訣，還有室內裝飾和園林工藝的各種新奇招數，真是花樣百出。而李漁一貫的幽默詼諧，更令讀者忍俊不禁。作為時尚趣味的倡導者，李漁不喜空談，往往不厭其煩地教導我們怎樣動手去做，所以這本書又無妨説是李漁自編的讀者指南。誰要是有興趣，也可以親自動手試試看。

本篇節選自《閒情偶寄・居室部・窗欄第二》，講的是開窗借景的方法。借景原是園林設計的一種方法：園林通常不大，但是如果巧妙地將周圍的景點納入園林的景觀，就可以在有限的空間中創造出無盡

的風光。李漁把這一手法用在了他設計的小船上,從而在移動當中把河邊的風景盡收眼底了。而從岸上看去,小船又變成了水中移動的戲台。船上和岸上相互觀看,根本說不清究竟誰在台上,誰在台下了。

「觀看」是李漁關注的中心,他的借景小船,在一個流動的空間中,為主人和遊客創造了一次全新的視覺體驗。還記得嗎?張岱在〈西湖七月半〉中也寫到了「觀看」的現象。在西湖這樣一個熱鬧的景點,究竟是誰看誰,誰是觀看者,誰又是觀看的對象呢?這裏似乎並沒有固定的角色,也不存在固定的關係。

最讓李漁得意的是,他為小船「借景」時,設計了一個扇形「取景框」。從前不過就是尋常事物,一旦被攝入這個魔幻的取景框,當即就變成了圖畫,而且是移動變化的圖畫,永遠不會令人生厭。這樣看來,李漁豈不就是照相機發明之前的攝影師嗎?他走在了時代的前面。更有趣的是,這個取景框不僅可以「攝入」外面的景物,還可以把船上的風景「射出窗外」,供岸上的遊客欣賞玩味。這豈不是把照相機也給比下去了嗎?

李漁的諧趣好奇與活躍的心智,在他的這篇文字中都得到了淋漓盡致的表現。

開窗莫妙於借景，而借景之法，予能得其三昧[1]。向猶私之，乃今嗜痂者眾，將來必多依樣葫蘆，不若公之海內，使物物盡效其靈，人人均有其樂[2]。但期於得意酣歌之頃，高叫笠翁數聲，使夢魂得以相傍，是人樂而我亦與焉，為願足矣[3]。

向居西子湖濱，欲購湖舫一隻，事事猶人[4]，不求稍異，止以窗格異之[5]。人詢其法，予曰：四面皆實，獨虛

---

[1] 三昧：奧妙、訣竅。

[2] 〔向猶私之〕六句：以前我還將訣竅私藏起來，可是當下有怪癖嗜好的人不少，將來一定會有更多的人依樣葫蘆畫瓢，不如現在就向大家公開，使得每一樣事物都能發揮它的靈驗，每一個人都可以分享其中的樂趣。 向：過去、從前。

[3] 〔但期〕五句：只希望人們在得意盡興之時，能高聲呼喚我幾聲，使我們的夢魂得以相依為伴，大家的快樂，我也能分享，就如願以償了。 但：只。 是：這樣。 與：參與、分享。

[4] 事事猶人：每件事都學別人，與別人一樣。

[5] 〔不求〕二句：不要求有任何特異，只是在窗格上有所不同而已。

其中，而為「便面」之形⑥。實者用板，蒙以灰布，勿露一
隙之光；虛者用木作框，上下皆曲而直其兩旁，所謂便面
是也。純露空明，勿使有纖毫障翳⑦。是船之左右，止有
二便面，便面之外，無他物矣。坐於其中，則兩岸之湖
光山色、寺觀浮屠⑧、雲煙竹樹，以及往來之樵人牧豎⑨、
醉翁遊女，連人帶馬盡入便面之中，作我天然圖畫。且
又時時變幻，不為一定之形。非特舟行之際⑩，搖一櫓，

---

⑥〔四面〕三句：四面都是實的，只有中間是空的，而呈「便面」的樣
　子。　便面：用以遮面的扇狀物，這裏指船上的扇形窗口。

⑦〔純露〕二句：讓窗子完全透光，沒有絲毫遮蔽。　障翳（yì）：遮蔽。

⑧ 浮屠：佛塔。

⑨ 樵人牧豎：樵夫牧童。

⑩ 非特：不只。

變一象，撐一篙，換一景，即系纜時，風搖水動，亦刻刻異形[11]。是一日之內，現出百千萬幅佳山佳水，總以便面收之[12]。而便面之制，又絕無多費，不過曲木兩條、直木兩條而已。

世有擲盡金錢，求為新異者，其能新異若此乎？此窗不但娛己，兼可娛人。不特以舟外無窮之景色攝入舟中，兼可以舟中所有之人物，並一切几席杯盤射出窗外，

---

⑪ 刻刻異形：每一刻看到的情形都不一樣。
⑫〔是一日〕三句：一天之內出現的千百萬幅美好的山水圖畫，都可以收入我的扇形窗口了。

以備來往遊人之玩賞[13]。何也？以內視外，固是一幅裏面山水；而以外視內，亦是一幅扇頭人物[14]。譬如拉妓邀僧，呼朋聚友，與之彈棋觀畫，分韻拈毫[15]，或飲或歌，任眠任起[16]，自外觀之，無一不同繪事[17]。同一物也，同一事也，此窗未設以前，僅作事物觀；一有此窗，則不煩指點，人人俱作畫圖觀矣[18]。

[13] 〔不特〕四句：不僅可以把窗外的景色攝入舟中，也可以把舟裏的人、物及杯盤投射到窗外去，以供來往的遊人觀賞。

[14] 〔而以外視內〕二句：從外面往裏面看，也如同是一幅扇面人物畫。

[15] 〔分韻拈毫〕句：分韻賦詩題寫。

[16] 〔任眠任起〕句：隨意起臥，不守固定的鐘點。

[17] 〔自外〕二句：從外面看進去，沒有一處不似圖畫。

[18] 〔同一物〕數句：同一件物體，同一個事件，在沒設這扇窗子以前，只被看作是尋常的事物。而一旦有了這扇窗子，無須煩擾別人指點，人人都把它當作圖畫來看了。

李漁

廳壁

　　本篇節選自《閒情偶寄·居室部·牆壁第三》，講的是如何裝飾居室中廳的牆壁。李漁不知從哪裏請來了幾位畫師，為他的客廳設計一幅壁畫。從他的描寫來看，這幅畫似乎受到了西方幻象壁畫的一些影響，在室內創造了室外空間的幻覺。但他還有自己的噱頭，把鸚鵡隱藏在圖繪的樹枝樹葉之間。客人走進客廳，正在讚嘆畫師藝術高超，以假亂真，沒料到忽然枝頭顫動，鸚鵡張開翅膀從畫上飛了下來，一時大驚失色。這是李漁最開心的時刻了。他看上去就像是一位喜歡惡作劇的頑童，來了客人，就故技重演一遍，而且樂此不疲。

廳壁不宜太素，亦忌太華。名人尺幅自不可少[1]，但須濃淡得宜，錯綜有致。予謂裱軸不如實貼[2]。軸慮風起動搖，損傷名跡；實貼則無是患，且覺大小咸宜也[3]。實貼又不如實畫，「何年顧虎頭，滿壁畫滄州[4]」，自是高人韻事。予齋頭偶仿此制，而又變幻其形，良朋至止，無不耳目一新，低回留之不能去者[5]。

因予性嗜禽鳥，而又最惡樊籠，二事難全，終年搜

---

① 尺幅：小幅字畫。

② 〔予謂〕句：我認為裱成圖軸不如直接貼在牆上。 裱軸：裱成圖軸。

③ 〔軸慮風起動搖〕四句：畫軸要擔心風起搖動，會損害名人的墨跡。若是直接貼在牆上，那麼就沒有這個問題了，而且尺幅大小都可以。 咸：都。

④ 〔何年〕兩句：玄武廟的牆壁上，不知道什麼時候被顧愷之畫滿了高人隱逸的山水壁畫。 顧虎頭：顧愷之，為東晉著名畫家。 滄州：濱水之處，代指隱士居住的地方。

⑤ 〔予齋頭〕五句：我在書齋裏偶爾仿照這種方式，又變換形象。好友到此，無不覺得耳目一新，徘徊留戀而不忍離去。 齋頭：書齋。

索枯腸，一悟遂成良法⑥。乃於廳旁四壁，倩四名手，盡寫著色花樹，而繞以雲煙，即以所愛禽鳥，蓄於虯枝老幹之上⑦。畫止空跡，鳥有實形，如何可蓄⑧？曰：不難，蓄之須自鸚鵡始。從來蓄鸚鵡者必用銅架，即以銅架去其三面，止存立腳之一條，並飲水啄粟之二管⑨。先於所畫松枝之上，穴一小小壁孔，後以架鸚鵡者插入其中，務使極固，庶往來跳躍，不致動搖⑩。松為著色之松，鳥亦

⑥〔終年〕兩句：我整年竭力思索，突然間醒悟，想出了一個好方法。

⑦〔乃於〕六句：於是聘請四位名畫家，在廳旁的四面牆壁，畫滿著色的花樹，並且以雲煙繚繞其間，再把心愛的鳥養在蜷曲的樹枝和老樹幹上。 倩：聘請。

⑧〔畫止空跡〕三句：畫是虛的，鳥卻有實在的形體，怎麼能畜養在畫中呢？

⑨〔從來蓄鸚鵡者〕四句：從來畜養鸚鵡的人一定要用銅架，把銅架的其中三面去除，只留下一根立腳，再加上供鸚鵡飲水啄食的兩條管子。

⑩〔先於所畫松枝之上〕六句：先在牆上所畫的松枝上鑽一個小洞，之後再把銅架插進去，務必要插得牢固，這樣鸚鵡來去跳躍時，就不至於動搖。 穴：鑽洞。 庶：希望、但願。

有色之鳥，互相映發，有如一筆寫成。良朋至止，仰觀壁畫，忽見枝頭鳥動，葉底翎張⑪，無不色變神飛，詫為仙筆⑫；乃驚疑未定，又復載飛載鳴，似欲翱翔而下矣。諦觀熟視，方知個裏情形⑬，有不抵掌叫絕，而稱巧奪天工者乎？

　　若四壁盡蓄鸚鵡，又忌雷同，勢必間以他鳥⑭。鳥之善鳴者，推畫眉第一。然鸚鵡之籠可去，畫眉之籠不可

⑪ 翎：羽毛。

⑫ 詫：驚訝。

⑬ 〔諦觀熟視〕兩句：仔細觀察審視，才知道其中的情形。 個裏：此中、其中。

⑭ 〔勢必〕一句：勢必搭配其他鳥類。

去也，將奈之何⑮？

予又有一法：取樹枝之拳曲似龍者，截取一段，密者聽其自如，疏者網以鐵線，不使太疏，亦不使太密，總以不致飛脫為主⑯。蓄畫眉於中，插之亦如前法。此聲方歇，彼喙復開；翠羽初收，丹睛復轉⑰。因禽鳥之善鳴善啄，覺花樹之亦動亦搖；流水不鳴而似鳴，高山是寂而非寂。坐客別去者，皆作殷浩書空，謂咄咄怪事，無有過此者矣⑱。

⑮〔然鸚鵡〕三句：然而鸚鵡可以不用籠子，畫眉卻不能去掉籠子，這該怎麼辦呢？

⑯〔密者〕五句：樹枝密的地方不用管它，疏的地方再加上鐵絲，使它既不太密也不太疏，總的目的是確保畫眉不至於飛走。

⑰〔此聲方歇〕四句：這隻畫眉的叫聲才停，那隻的嘴巴又張開歌唱了；這隻畫眉剛收起翅膀，那隻的眼睛又轉動起來了。

⑱〔坐客別去者〕四句：離去的客人，都像殷浩書空一樣，覺得令人驚訝的怪事，沒有什麼能跟這相比了。「殷浩書空」、「咄咄怪事」都出自《世說新語》。晉代殷浩被桓溫廢免，整天用手在空中書寫「咄咄怪事」四字。後人用「殷浩書空」來表示對出乎意料之事的反應。

鄭燮

范縣署中寄舍弟墨第二書

　　鄭燮（1693–1765），字克柔，號理庵，又號板橋。
鄭板橋一生畫蘭、竹、石，是「揚州八怪」的代表人
物。揚州八怪是清中期揚州地區的一批風格相近的書
畫家的總稱，又稱「揚州畫派」。他們大膽創新的藝術
風格，為清中葉的文化帶來了新鮮的活力。

　　鄭板橋曾任范縣（今屬山東菏澤）縣令，此封家書
即他在任時寫給堂弟鄭墨的。他在信中向堂弟談了買
地築宅的想法。新宅的地點不錯，聽上去頗有野趣，
擬建的房子也足夠敞亮：一間客廳，一間書房，可以
貯存書籍，與良朋好友和後生小子談文作詩。此生足
矣，更復何求？唯一的問題，有人告訴他，就是怕強
盜。此地多盜，可又有什麼辦法呢？鄭板橋的回答有
趣得很：那就只好開門把他們請進來，看上了什麼就
拿去好了。如果一無所獲，乾脆把家裏的傳家寶拿出
來，換上幾百錢，總可以救一時之急了吧？鄭板橋的
玩笑自有嚴肅之處，畢竟所謂盜賊不過就是窮人，沒
窮到吃不上飯，也不至於打劫為生。作為縣令，他比
誰都明白他們的難處。不過，他的玩笑又是自嘲：如

果家裏的寶貝最多也只能換上幾百錢，那比強盜的處境又能好到哪兒去呢？他實際上告訴堂弟說，我只是一個窮縣令，家徒四壁，怕什麼強盜？

　　買宅原本是一件煩瑣平常之事，但被鄭板橋這麼一寫，就妙趣橫生了。你看他是怎麼寫請強盜入門的：「不知盜賊亦窮民耳，開門延入，商量分惠，有甚麼便拿甚麼去。」我們的第一個印象就是語氣生動，明白如話，原來古文還可以寫成這樣！再就是說什麼跟強盜「商量分惠」，聽上去彷彿是不義之財，取之何妨？接下來該操心的，就只是如何分配了。這哪像是被強盜打劫的人說的話？可除了鄭板橋，又有誰說得出這樣的妙語呢？他的古文，很值得一讀。

吾弟所買宅，嚴緊密栗，處家最宜[1]，只是天井太小，見天不大[2]。愚兄心思曠遠，不樂居耳[3]。

是宅北至鸚鵡橋不過百步，鸚鵡橋至杏花樓不過三十步，其左右頗多隙地。幼時飲酒其傍，見一片荒城，半堤衰柳，斷橋流水，破屋叢花，心竊樂之。若得制錢五十千[4]，便可買地一大段，他日結茅有在矣。吾意欲築一土牆院子，門內多栽竹樹草花，用碎磚鋪曲徑一條，以達二門。其內茅屋二間，一間坐客，一間作房，貯圖書史籍筆墨硯瓦酒董茶具其中，為良朋好友後生小子論文賦詩之所。其後住家主屋三間，廚屋二間，奴子屋一間，

① 〔嚴緊〕二句：指此處住宅空間不大，格局緊湊，最適宜居家過日子。
② 天井：指宅院中的露天空間。
③ 〔愚兄〕二句：只是我做哥哥的心思開闊遠大，不喜歡住在那裏而已。
④ 制錢：明、清兩代由官府發行的、由官爐鑄製的錢幣，不同於前朝的舊錢和本朝的私鑄錢。清廷規定白銀一兩兌換制錢千文，制錢五十千即白銀五十兩。

共八間。俱用草苫⑤，如此足矣。

　　清晨日尚未出，望東海一片紅霞，薄暮斜陽滿樹，立院中高處，便見煙水平橋。家中宴客，牆外人亦望見燈火。南至汝家百三十步，東至小園僅一水，實為恆便⑥。或曰：此等宅居甚適，只是怕盜賊。不知盜賊亦窮民耳，開門延入，商量分惠，有甚麼便拿甚麼去；若一無所有，便王獻之青氈，亦可攜取質百錢救急也⑦。吾弟當留心此地，為狂兄娛老之資，不知可能遂願否⑧？

---

⑤ 苫(shān)：用茅草編成的覆蓋物。

⑥〔東至〕二句：往東至小園僅隔一水，實在是非常方便。

⑦〔若一無所有〕三句：如果實在一無所有，就拿出家裏的傳家寶，也可換得百錢以救一時之急。　青氈(zhān)：用獸毛碾成的製品，典出王獻之的故事，後泛指家傳的故物。《晉書‧王羲之傳》附〈王獻之〉：「夜臥齋中，而有偷人入其室，盜物都盡。獻之徐曰：『偷兒，青氈我家舊物，可特置之。』群偷驚走。」　質：抵押。

⑧〔吾弟當留心此地〕三句：你要隨時留心這方，作為我這狂放的哥哥歡度晚年的依託，不知道能不能如願呢？

鄭燮

書後又一紙

鄭板橋在給他堂弟鄭墨寫的一封信中，說自己「平生最不喜籠中養鳥」，而意猶未盡，又做了以下這一段補充。

前人寫籠中之鳥者不少，也不乏同情之心，但他們真正關心的不是鳥，而是人，是他們自己。他們寫鳥不過是用它來做比喻，也就是把它當成「喻體」來用，實際上是比喻自己深陷官場，失去了自由。陶淵明辭官歸家時寫道：「久在樊籠裏，復得返自然。」說自己彷彿剛從籠子裏放了出來，重新恢復了本性。至於籠子裏的鳥呢？那是另外一個話題。而鄭板橋卻不然，他真正關心起鳥來了。他先說自己最不喜歡在籠中養鳥。為什麼呢？他在信中解釋道：「我圖娛悅，彼在囚牢，何情何理，而必屈物之性，以適吾性乎？」在他看來，以犧牲鳥的天性來娛悅自己，這是不能接受的。而見籠中之鳥，有如囚徒，已足以令他為之不歡了，又談何娛悅呢？在〈書後又一紙〉中，他接下來說，養鳥的最佳方法是在屋舍周圍多種樹，讓鳥兒在樹林中築巢為家，自由地鳴叫飛舞。篇末寫到自己最

大的快樂，就是鳥兒能以天地為園圃，江河為池，讓它們各適其性，在無限的天地間自由翱翔。

鄭板橋可以說是以鳥之樂為樂，以鳥之悲為悲了，而不是借著這個話題來說自己的悲歡和哀樂。

所云不得籠中養鳥，而予又未嘗不愛鳥，但養之有道耳。欲養鳥莫如多種樹，使繞屋數百株，扶疏茂密①，為鳥國鳥家。將旦時，睡夢初醒，尚展轉在被，聽一片啁啾，如《雲門》、《咸池》之奏②。及披衣而起，頮面漱口啜茗，見其揚翬振彩，倏往倏來，目不暇給，固非一籠一羽之樂而已③。大率平生樂處，欲以天地為囿，江漢為池④，各適其天，斯為大快⑤。比之盆魚籠鳥，其巨細仁忍何如也⑥！

---

① 扶疏：枝葉繁茂四布的樣子。

② 〔將旦時〕五句：每天早晨，剛從夢中醒來，還在被褥裏翻來覆去時，就可以聽到一片鳥鳴聲，就好像聽到了《雲門》、《咸池》等古樂的演奏。　啁啾（zhōujiū）：形容鳥叫聲。《雲門》、《咸池》：指古樂舞，相傳與黃帝、堯有關。

③ 〔及披衣而起〕六句：等到起身穿好衣服，洗臉漱口品茶時，看到它們張開五彩繽紛的翅膀飛來飛去，令人目不暇接，這種樂趣本來就不是一籠一鳥之樂所能比的。　頮（huì）面：洗臉。　啜（chuò）茗：飲茶。　翬（huī）：羽毛。

④ 江漢：長江、漢水。

⑤ 〔各適其天〕二句：讓它們各自適應其天性，這才是最大的快樂。

⑥ 〔比之〕二句：跟在盆裏養魚、籠中養鳥比起來，這樣養鳥，在空間的大小與用心的仁慈或殘忍上，顯得多麼不同啊！

姚鼐

登泰山記

姚鼐（1731–1815），字姬傳，號惜抱，是桐城派的重要作家。他曾纂輯《古文辭類纂》，為古文的發展確認正宗文統，影響深遠，也成為後人學習古文的範本。

泰山自古為天子祭天的所在，也是著名的登覽勝地。姚鼐的這篇遊記敘述了他與友人泰山知府朱孝純於一七七四年十二月二十八、二十九日（即西曆1775年1月29、30日），冒雪同登泰山的經歷。他以形象的語言，勾勒出泰山冬季的奇崛風景，尤其是夕照和日出，寫得清晰如畫，歷歷在目。其中「蒼山負雪，明燭天南」兩句，寫他沿石階而上，抬頭初見峰巔負載著耀眼的白雪，在那一刻有如明亮的燭光，點燃了南天一角。白雪與蠟燭，原本一冷一熱，並且水火不容，但作者卻在峰頂閃耀的雪色中看到了擎天而立的燭光，真是出人預料，獨具慧眼。精彩的比喻不是生造出來的，而是來自意外的發現：不經意之間，從兩個毫不相干、甚至性質相反的事物之間，看到了相似點。它給我們帶來了驚喜，彷彿在那一剎那重新認識了世界。

桐城派論文講究趣旨「雅潔」，姚鼐的這篇古文就是「雅潔」的標本。它章法謹嚴，文字簡練，多用短句，甚至三兩個字就形成一個句頓，偶爾與長句穿插搭配。駢偶對仗在古典詩文中原本尋常可見。漢字的特徵，外加詩賦的訓練，使得文人在寫作時，自然而然地就帶出了駢偶句。而姚鼐卻不同，他在行文當中盡量避免駢偶化，甚至通篇找不到一處對仗句。這正是古文家刻意排斥駢文的結果，做起來並不容易。當然，做得恰到好處，可以給文章帶來古雅的風味；要是做過了頭，就變成了局促枯槁。

姚鼐作文還十分注重聲音節奏的表現力。文章的開頭寫道：「自京師乘風雪，歷齊河、長清，穿泰山西北谷，越長城之限，至於泰安」。這些短句，再加上密集地使用一系列動詞，造成了急促的節奏與運動感，也傳達了他迫不及待的心情。

值得注意的是，這篇遊記依時間順序一路寫來，從一開始的匆忙急切，歷盡艱辛，寫到如夢似幻的沿途風光，直到泰山極頂看日出，可以說終於達到了輝煌的巔峰。但作者並沒有結束在這個輝煌的瞬間，而是把目光投向了四周的雪景。乍看上去，這有些違背常理，誰不希望把文章完成在一個高潮上呢？但這篇文章的結尾卻獨具匠心，別開生面。

回觀登臨日觀峰的來路，鳥獸匿跡，瀑布停流，

唯有松林和蒼黑色的山石與白雪相映襯，綫條短促明快，橫平豎直。姚鼐筆下的泰山雪景三多、三少、三無：「山多石，少土；石蒼黑色，多平方，少圓。少雜樹，多松，生石罅，皆平頂。冰雪，無瀑水，無鳥獸音跡。至日觀數里內無樹，而雪與人膝齊。」這一段讀下來，就如同在觀賞一座天然雕塑或一幅黑白照片，所有多餘的事物、色彩和形狀，全被白雪覆蓋或抹掉了。這裏用的是減法，而不是加法。你看他不只是描寫眼前之景，還逐一指點那些看不見的東西，包括奔流的瀑布、活動的鳥獸、雜樹和土，還有柔和的圓形輪廓。它們從畫面上消失了、隱去了，或難得一見，或所剩無幾。留下的部分構成了山的核心和本質。而姚鼐的風格又何嘗不是如此呢？這一段文字就像他筆下的泰山雪景那樣乾淨洗練：不僅偏好短句，還刪繁就簡，不加修飾，少用甚至不用形容詞和副詞，是不折不扣的極簡派作風。

讀到這裏，泰山風光已經從華彩絢爛變成了黑白明暗，由瞬息萬變而歸於萬籟俱寂，連時間都彷彿停滯不動了。籠罩在天地之間的，是純粹的靜穆，過濾掉任何聲響，平息了一切騷動。以此終篇，作者總算沒有辜負這一次雪中泰山之旅。他一路寫雪，從京城寫起，又從山下一直寫到了山上，而寫雪是為了寫

山。日觀峰的雪景奇觀，終於讓他領略了泰山超乎萬象之上的崇高肅穆，而他此時此刻的內心感受，也自不待言了。前人稱讚一篇詩文的結尾寫得好，經常會說：言有盡而意無窮。或者說：此時無聲勝有聲。經歷了奔波跋涉，也目睹了絢麗輝煌，姚鼐的泰山之行最終就結束在那群峰之巔的無邊空寂與曠古寧靜之中。

我記得有一位詩人，也曾經這樣寫過：「一切的峰頂，沉靜。」

泰山之陽，汶水西流；其陰，濟水東流①。陽谷皆入汶，陰谷皆入濟。當其南北分者，古長城也②。最高日觀峰，在長城南十五里。

　　余以乾隆三十九年十二月，自京師乘風雪，歷齊河、長清，穿泰山西北谷，越長城之限，至於泰安。是月丁未，與知府朱孝純子潁由南麓登。四十五里，道皆砌石為磴③，其級七千有餘。

---

① 〔泰山之陽〕四句：泰山的南面，汶河向西流，它的北面，濟水向東流。這幾句描寫泰山的方位，其中山南水北謂之陽，山北水南謂之陰。　汶（wèn）水：大汶河發源於山東萊蕪東北原山，向西南流經泰安東。　濟水：發源於河南濟源市西王屋山，東流到山東入海。

② 〔當其南北分者〕二句：佔據在南北分界線上的是古長城。　古長城：指戰國時齊國修築的長城，在山東境內。

③ 磴（dèng）：石頭台階。

泰山正南面有三谷。中谷繞泰安城下，酈道元所謂
環水也。余始循以入，道少半，越中嶺，復循西谷，遂
至其巔。古時登山，循東谷入，道有天門。東谷者，古
謂之天門溪水，余所不至也。今所經中嶺及山巔崖限當
道者，世皆謂之天門云④。道中迷霧冰滑，磴幾不可登。
及既上，蒼山負雪，明燭天南。望晚日照城郭，汶水、
徂徠如畫，而半山居霧若帶然⑤。

---

④ 崖限當道者：橫擋在道中的像門檻一樣的山崖，世人稱之為「天
　　門」。 限：門檻。
⑤〔道中迷霧冰滑〕八句：一路上霧氣瀰漫，路面結冰打滑，石階幾乎
　　無法攀登。等到登上了山頂，望見青山上背負著白雪，雪色如同燭
　　光那樣，照亮了南面的天空。遙望夕陽映照著泰安城郭，汶水、徂
　　徠山就像是圖畫一樣，半山腰滯留的霧氣彷彿是一條長長的帶子。
　　徂徠（cúlái）：山名。

戊申晦，五鼓⑥，與子潁坐日觀亭待日出。大風揚積雪擊面。亭東自足下皆雲漫。稍見雲中白若摴蒱數十立者，山也⑦。極天雲一線異色，須臾成五彩。日上，正赤如丹，下有紅光動搖承之。或曰，此東海也。回視日觀以西峰，或得日或否，絳皓駁色，而皆若僂⑧。

亭西有岱祠⑨，又有碧霞元君祠⑩。皇帝行宮在碧霞元

---

⑥ 戊申：即十二月二十九日，除夕日，昨天為丁未日。 晦：每月的最後一天。戊申晦：戊申這一天正值晦日。 五鼓：五更的鼓聲響過，即早上五點左右。

⑦ 〔稍見〕二句：約略可見雲中露出幾十個白色的像摴蒱似的東西，那就是山峰。 摴蒱（chūpú）：古代的一種賭博遊戲玩具，據說博戲中用於擲的骰子是用摴木製成的，其形兩頭橢圓，一面塗黑，一面塗白。

⑧ 〔回視〕四句：大意是回頭看日觀峰西面的山峰，有的被日光照到，有的沒有照到，紅白錯雜，色彩斑駁。因為這些山峰不及日觀峰的高度，看上去就像是面對日觀峰而弓背俯首。 絳：紅色。 皓：潔白、明亮。 僂（lǚ）：彎腰弓背。

⑨ 岱祠：東嶽大帝廟。

⑩ 碧霞元君祠：據說是祭祀東嶽大帝女兒的祠廟。

君祠東⑪。是日，觀道中石刻，自唐顯慶以來，其遠古刻盡漫失。僻不當道者，皆不及往⑫。

　　山多石，少土；石蒼黑色，多平方，少圜⑬。少雜樹，多松，生石罅，皆平頂。冰雪，無瀑水，無鳥獸音跡。至日觀數里內無樹⑭，而雪與人膝齊。

　　桐城姚鼐記。

⑪ 皇帝行宮：此處指乾隆皇帝登泰山時所住的宮室。
⑫〔自唐顯慶以來〕四句：寫姚鼐觀看沿途的石刻，有的刻於唐代顯慶年間，更早的石刻要麼難以辨認，要麼不復存在了。那些不在道邊的、偏遠一些的石刻，就來不及去看了。 顯慶：唐高宗年號（656–661）。 漫：漫漶、模糊不清。
⑬ 圜：通「圓」。
⑭ 日觀：即日觀峰。

龔自珍

病梅館記

龔自珍（1792–1841），字璱人，號定盦（ān），是清代中後期著名的文學家和思想家。他以詩詞聞名，也開創了經世散文的新風格。

龔自珍在這篇短文中描述了一種病態的藝術觀念，強調它如何對自然與生命造成了扭曲、壓抑和傷害。他評論的對象是盆景藝術。對這門藝術該做何評價，那是另一個問題。龔自珍話中有話，借題發揮，抨擊的是清王朝令人壓抑的沉悶空氣。

這篇文章讓我們回想起孟子與告子的一場辯論。告子把人的本性比作木材，無所謂好壞善惡。工匠可以隨心所欲地把它製成任何形狀的器具，因為一切都取決於外力。孟子表示不同意。他認為木匠在製作器具時，務必順應不同木材各自的本性，否則就會對它們造成斫傷和戕害。人的修養也是如此，哪裏聽說過通過戕賊人性來培養仁義的呢？歸根結柢，孟子認為人性本善，而仁義修養也正是為了擴充光大人性，而不是通過暴力的手段對它施加改造。

在龔自珍看來，暮氣沉沉的大清帝國早已令人不堪重負，正如繁文縟節的盆景以藝術之名，扼殺了草木的自然生長和盎然生機。他以作家和思想者的敏銳，在時代的氛圍中感受到了令人窒息的壓迫。他在1839年寫作的〈己亥雜詩〉組詩中的一首寫道：「九州生氣恃風雷，萬馬齊喑究可哀。我勸天公重抖擻，不拘一格降人才。」千萬匹的馬群竟然喑啞無聲，巨大的沉寂黑雲般覆蓋著神州大地——這是龔自珍那個時代的悲哀，也是他個人的不幸。然而物極必反，六十年之後，我們聽到了梁啓超對「少年中國」的呼喚。少年人的「朝陽」，如他所言，即將從古老帝國的灰燼中重新升起，而「歷代之民賊有窒其生機者」也終將被歷史所唾棄。

江寧之龍蟠，蘇州之鄧尉，杭州之西溪，皆產梅。

或曰：梅以曲為美，直則無姿；以欹為美[1]，正則無景；梅以疏為美，密則無態。固也[2]。此文人畫士，心知其意，未可明詔大號，以繩天下之梅也[3]；又不可以使天下之民，斫直，刪密，鋤正，以夭梅、病梅為業以求錢也[4]。梅之欹、之疏、之曲，又非蠢蠢求錢之民，能以其智力為也[5]。有以文人畫士孤癖之隱，明告鬻梅者，斫其正，養其旁條，刪其密，夭其稚枝，鋤其直，遏其生

① 欹（qī）：斜。
② 固也：的確如此。
③〔此文人畫士〕四句：文人畫家對此心知肚明，卻不便公開宣揚，大力號召，用這種標準來約束天下之梅。 繩：標準、法度。此處用作動詞，意思是規範、糾正。
④ 斫：砍去。 刪：刪刈。 夭：受到摧折。
⑤〔梅之欹〕三句：梅的枝幹的傾斜、枝葉的疏朗、枝幹的彎曲，又不是那些忙於賺錢的人憑借他們的智慧和力量就能做到的。

氣，以求重價⑥，而江、浙之梅皆病。文人畫士之禍之烈至此哉！

予購三百盆，皆病者，無一完者。既泣之三日，乃誓療之、縱之、順之，毀其盆，悉埋於地，解其棕縛⑦；以五年為期，必復之、全之。予本非文人畫士，甘受詬厲⑧，闢病梅之館以貯之⑨。

嗚呼！安得使予多暇日，又多閒田，以廣貯江寧、杭州、蘇州之病梅，窮予生之光陰以療梅也哉⑩？

---

⑥〔有以文人畫士〕九句：有的人把文人畫士這種奇僻的隱秘嗜好，明白地告訴給賣梅的人，讓他們砍掉端正的枝幹，培養傾斜的側枝，除去繁密的枝幹，摧折它的嫩枝，鋤掉筆直的枝幹，遏制它的生機，用這樣的方法來謀求好價錢。

⑦ 解其棕縛：解開捆綁它們的棕繩的束縛。

⑧ 詬厲：詛咒詬罵。

⑨〔闢病梅之館〕句：闢出一座病梅館來儲存病梅。

⑩ 安得：如何能做到？ 窮予生之光陰：窮盡我一生的時間。 療：治療。

吳敏樹

說釣

吳敏樹（1805–1873），字本深，曾建書齋於故里南屏山，遂自號南屏。他為官清廉，長於古文，以儒家的五經、司馬遷的《史記》和其他秦漢時期的作品為古文楷模，而欲在歸有光和桐城派之外自立一家。

釣魚有什麼可說的，竟然還寫成了一篇〈說釣〉？這篇文章說的是釣魚，卻別有所喻：通篇而下，汲汲於功名的「沽名釣譽」之徒，被一網打盡，成了作者筆下譏諷的對象。

釣魚的人，如果像文中的「我」那樣只想著結果，情況就不很妙了：釣到了小魚，就期盼著大魚而又唯恐不得。回家交差，不過是為了博妻子一笑罷了。放下飯碗又匆忙出門，直奔大魚而去，而且志在必得。結果卻總不能如願，更糟糕的是空手而歸。就這樣瞻前顧後，心煩意亂，把自己拖得疲憊不堪，還沒釣到大魚，就先被大魚給打垮了。即便偶然僥倖，釣到了大魚，可是「大之上有大焉，得之後有得焉」。比來比去，不知休止，而終無滿足之時。

作者從「我」自身的釣遊經驗開始，連類引譬，寫到了科舉考試和官場生涯。然而沽名釣譽的宦海浮沉，又遠甚於釣魚的患得患失。因此，回首往昔，即便是想念起一心釣魚的日子，也已經回不去了。這就叫作退而求其次卻不可得。從文章的章法上說，便是退一步的寫法。這樣一來，文字的表達就顯得曲折有致，更富於層次感了。

還有一層意思不該忘記。作者在文章的開頭就提醒我們，在他設立目標，一心一意要釣大魚之前，垂釣原本是何等自在悠閒的一椿樂事啊！他當初村居無事，就曾以釣遊為樂：「釣之道未善也，亦知其趣焉。」——那時的我雖然不擅長釣魚，卻頗能體會其中的樂趣。釣遊之樂乃隱逸之樂，不以魚為目的，也與技術的高低無關。模仿歐陽修《醉翁亭記》的說法，正是：釣者之意不在魚，在乎山水之間也。

願釣遊者不忘初心，永遠保有那些簡單的快樂。

余村居無事，喜釣遊。釣之道未善也，亦知其趣焉①。
當初夏、中秋之月，蚤食後出門，而望見村中塘水，晴
碧泛然，疾理釣絲②，持籃而往。至乎塘岸，擇水草空
處投食其中，餌釣而下之，蹲而視其浮子，思其動而掣
之③，則得大魚焉。無何④，浮子寂然，則徐牽引之，仍自
寂然；已而手倦足疲，倚竿於岸，遊目而視之，其寂然
者如故。蓋逾時始得一動⑤，動而掣之則無有。余曰：「是

---

① 〔釣之道〕二句：我對釣魚的門道並不精通，但頗得其中樂趣。
② 蚤：早。　晴碧泛然：描寫水面倒映晴空，一片空闊。　疾：急速、
　　趕緊。
③ 浮子：釣魚時，綁在魚線上的浮物，即魚漂、浮漂。浮子下沉，就
　　表示有魚上鉤。　掣：拉起。
④ 無何：沒多久。
⑤ 逾時：過了很久。

小魚之竊食者也，魚將至矣。」又逾時動者稍異，掣之得鯽⑥，長可四五寸許。余曰：「魚至矣，大者可得矣！」起立而伺之，注意以取之，間乃一得，率如前之魚，無有大者⑦。日方午，腹飢思食甚，余忍而不歸以釣。見村人之田者，皆畢食以出，乃收竿持魚以歸。歸而妻子勞問有魚乎？⑧余示以籃而一相笑也。乃飯後仍出，更詣別塘求釣處，逮暮乃歸，其得魚與午前比⑨。或一日得魚稍大者

---

⑥ 鯽：鯽魚，常見的食用魚。伺（sì）：觀察、等候。

⑦ 〔起立而伺之〕五句：站起來等候大魚的到來，全神專注，希望可以到手。可間或釣到幾隻，卻和先前釣到的相差無幾，並沒有什麼大魚。

⑧ 〔歸而〕句：回到家中，妻子慰勞，問有沒有釣到魚？

⑨ 〔逮暮乃歸〕二句：到了傍晚才回家，釣到的魚和上午差不多。

某所，必數數往焉，卒未嘗多得，且或無一得者⑩。余疑釣之不善，問之常釣家，率如是⑪。

嘻！此可以觀矣。吾嘗試求科第官祿於時矣，與吾之此釣有以異乎哉⑫？其始之就試有司也，是望而往，蹲而視焉者也⑬；其數試而不遇也，是久未得魚者也；其幸而獲於學官、鄉舉也，是得魚之小者也⑭；若其進於禮部，更於天官，是得魚之大，吾方數數釣而又未能有之

⑩〔或一日得魚〕四句：某天在一處釣到了比平時稍大的魚，我就會好幾次都去那個地方，卻不見得能釣到更多，有時甚至連一條都沒釣到。

⑪〔余疑釣之不善〕三句：我常懷疑是我的釣魚技巧不好，但請教了經常釣魚的行家，他們說的情況也大致如此。

⑫〔吾嘗試求科第官祿〕二句：我曾經想通過科舉而謀取功名祿位於當下，這與我在此垂釣的經驗又有什麼不同呢？　科第官祿：科舉品第，官位薪俸。

⑬〔其始之就試有司也〕三句：一開始去衙署參加科舉考試，就像釣魚時的情形，有所期待而前往，蹲在池塘邊觀察。　有司：負責科舉考試的政府部門。

⑭〔其幸而獲於學官、鄉舉也〕二句：有幸獲得學官賞識，鄉試中舉，就像釣到了小魚。　學官：掌管教育、考試的官員。　鄉舉：各省每三年舉行一次鄉試，鄉試錄取者稱「舉人」。

者也⑮。然而大之上有大焉，得之後有得焉，勞神僥倖之門，忍苦風塵之路，終身無滿意時，老死而不知休止。求如此之日暮歸來而博妻孥之一笑，豈可得耶⑯？

夫釣，適事也⑰，隱者之所遊也，其趣或類於求得。終焉少繫於人之心者，不足可欲故也⑱。吾將唯魚之求，而無他釣焉，其可哉⑲？

⑮〔若其進於禮部〕四句：如果受禮部錄取，得到吏部的任職，那就像釣到大魚一樣，我才有過可數的幾次釣魚經驗，還不可能有這樣的收穫。 禮部：主管教育、考試等的政府部門。 天官：這裏指吏部，主管官吏的任免、考核、升降、調動。

⑯〔然後大之上有大焉〕八句：但是大魚之上還有更大的魚，得到了之後又想得到更大的。勞費心神，想著僥倖可以成功，忍受奔波的辛苦，終其一生都沒有滿意之時，到死也不知停歇。哪怕只求像當初那樣，晚上回家可以博得妻兒一笑，又豈能做得到呢？ 孥：兒女。

⑰適：適意。

⑱〔夫釣〕六句：釣魚是閒適之事，也是隱者的喜好。其趣旨與功利之事有類似之處，但最終只不過稍繫於人心而已，那是因為從中獲得的利益無足輕重，不值得費心追求。求得：有目的性的功利行為。

⑲〔吾將唯魚之求〕三句：我只是希望得魚而已，別無其他索求，總還是可以的吧？

曾國藩

養晦堂記

曾國藩（1811–1872），字伯涵，號滌生，晚清名臣。他終身恪守儒家的理學，推崇桐城派古文，對晚清的文壇產生了持久的影響。

本篇是曾國藩為朋友劉孟容的書齋「養晦堂」所寫的記文。劉孟容（1816–1873）即劉蓉，號霞仙。他曾做過曾國藩的幕客，為人勤奮好學，長於詩詞古文。曾國藩在文章中詳述了「養晦」的原因和道理，並讚揚和肯定朋友的高貴品質。他希望後世學子能外觀世事之變，內求諸己，像君子那樣行身處世，安頓自己的人生。

爭強好勝，是人之血性使然，但君子卻能韜光養晦，不在眾人所爭之事上較一日之短長。這背後的道理究竟何在呢？這篇文章中的兩句話值得我們深思：一句是「君子之道，自得於中，而外無所求」；另一句是「自以為晦，天下之至光明也」。大意是說，君子或許自以為養晦就是自甘晦暗，但實際上卻是天下最大的光明；君子之道來源於自我的內心，而不依賴世間的成功和榮耀。文章接著寫道：多少人趨炎附勢，奔

命於顯耀之途，一旦大勢已去，意興蕭索，希望像普通人那樣生活卻不可得，所謂烜赫榮耀不過是徒有其名罷了。的確，從未有過發自內心的光明，又何曾見到過真正的輝煌呢？

讓我們仔細觀察一下作者選擇的兩組詞彙：一組與晦默相關（包括悶、幽默、暗然退藏、暗默自藏、養晦），另一組與光耀相關（如赫赫、炎炎、烜赫、高明、光明、焜燿）。每一組又可以分為兩類，大致以內外劃界。例如，內心的「光明」與外在的「烜赫」，就判然不同，而褒貶自見。這兩組詞彙貫穿了全文的終始，也為它提供了一個富於象徵性的意義結構。

君子修辭以立其誠，在曾國藩這樣的儒者那裏，文章與個人的身心修養是密不可分的。他的〈養晦堂記〉教導我們躲避耀眼的顯赫，而讓自己沐浴在晦默君子的至大「光明」之中。

凡民有血氣之性，則翹然而思有以上人。惡卑而就高，惡貧而覬富，惡寂寂而思赫赫之名①。此世人之恆情②。而凡民之中有君子人者，率常終身幽默，暗然退藏。彼豈與人異性？誠見乎其大，而知眾人所爭者之不足深較也③。

蓋《論語》載，齊景公有馬千駟，曾不得與首陽餓莩挈論短長矣④。余嘗即其説推之，自秦漢以來，迄於今

① 〔凡民〕五句：平常人只要有血氣之性，就會期待超過他人，厭惡身分低微而想有所高升，厭惡貧困而覬覦（jìyú）富裕，厭惡默默無聞而渴望赫赫有名。 翹然：翹首企足貌，形容期待和渴望。 上：此處作動詞用，指超過，居於他人之上。

② 恆情：常態。

③ 〔而凡民之中有君子人者〕六句：然而眾人中的君子，他們大多終其一生沉靜不顯，退避隱藏。難道他們的本性和他人不同嗎？不是的，而確實是因為他們的見識宏大，因而知道一般人所爭之事是不值得認真計較的。 幽默：寂靜無聲。 誠：的確。

④ 〔蓋《論語》載〕三句：《論語》中記載，齊景公擁有四千匹馬，在道德上卻不能與餓死在首陽山上的隱士伯夷、叔齊相提並論。周武王統一天下，殷人伯夷、叔齊兄弟二人恥食周粟，隱於首陽山，採薇而食，後餓死。 餓莩（piǎo）：餓死者的屍首，莩通殍。 挈（qiè）論：評論。

日，達官貴人，何可勝數？當其高據勢要，雍容進止，自以為材智加人萬萬⑤，及夫身沒觀之，彼與當日之廝役賤卒，污行賈豎，營營而生，草草而死者，無以異也⑥。而其間又有功業文學獵取浮名者，自以為材智加人萬萬，及夫身沒觀之，彼與當日之廝役賤卒，污行賈豎，營營而生，草草而死者，亦無以甚異也。然則今日之處高位而獲浮名者，自謂辭晦而居顯⑦，泰然自處於高明⑧。曾不知

⑤ 勢要：高位和要職。 雍容：形容儀態從容舒緩，文雅大方。 進止：即行止，一舉一動。 加人萬萬：遠遠超過常人。
⑥〔及夫身沒觀之〕六句：等到死的時候回過頭來觀察，他們與同時代的那些卑賤的奴僕差役和品行不端的商賈之徒一樣，生時奔走鑽營，死時倉促草率，並沒有什麼不同之處。 廝役賤卒：指地位低賤的奴僕和差役。 污行賈豎：行為卑污的市井商販。
⑦〔自謂辭晦而居顯〕句：自以為脫離了默默無聞的狀態而身居顯要之位。
⑧ 高明：此指顯要之位。

其與眼前之廝役賤卒、污行賈豎之營營者行將同歸於澌盡，而毫毛無以少異⑨。豈不哀哉！

　　吾友劉君孟容，湛默而嚴恭⑩，好道而寡欲。自其壯歲，則已泊然而外富貴矣⑪。既而察物觀變，又能外乎名譽⑫。於是名其所居曰「養晦堂」，而以書抵國藩為之記⑬。

　　昔周之末世，莊生閔天下之士，湛於勢利，汩於毀譽，故為書戒人以暗默自藏，如所稱董梧、宜僚、壺子

---

⑨〔曾不知〕三句：他們竟不知道自己與眼前蠅營狗苟的奴僕差役、不端商人即將一同消亡，而且沒有絲毫的差別。　澌盡：消滅。　少：稍微。

⑩　湛（zhàn）默：同「沉默」。

⑪〔自其壯歲〕二句：從壯年起，他就已經心境淡泊而不慕富貴了。

⑫〔外乎名譽〕句：以名譽為身外之物。

⑬〔而以書抵國藩〕句：（他）寄信給我，請我為他的「養晦堂」作記。

之倫，三致意焉⑭。而揚雄亦稱：「炎炎者滅，隆隆者絕。高明之家，鬼瞰其室⑮。」君子之道，自得於中而外無所求。飢凍不足於事畜而無怨，舉世不見知而無悶⑯。自以為晦，天下之至光明也。若夫奔命於烜赫之途，一旦勢盡意索，求如尋常窮約之人而不可得，烏睹可謂焜燿者哉⑰？余為備陳所以，蓋堅孟容之志⑱；後之君子，亦觀省焉。

⑭ 〔昔周之末世〕七句：周代末年，莊周憂憐天下的讀書人沉迷於權勢、財富、詆毀和讚譽，所以寫文章告誡世人要以緘默隱藏自己，如他所稱許的董梧、宜僚、壺子這些人，他對此再三表達其意。悶：同「憫」。 湛（dān）：沉溺。 汨（gǔ）：沉迷。 董梧、宜僚、壺子：早期道家所稱許的人物，出自《莊子》和《淮南子》等書。

⑮ 〔而揚雄亦稱〕五句：而漢代的揚雄也說過：「聲威烜赫之人容易招致毀滅，高貴顯赫之家常有鬼來窺看。」

⑯ 〔飢凍不足於事畜〕二句：自己飢寒交迫，不足以侍奉父母和撫養妻兒卻不發怨言；不被世人瞭解認可，而內心卻不苦悶煩惱。 事畜：指服侍父母，撫養妻兒，語出《孟子》。

⑰ 〔若夫奔命〕四句：像那些為了世間的榮耀而疲於奔命的人，有朝一日大勢已去、意興闌珊，希望自己能像尋常貧寒之人那樣生活卻不可得，哪裏看得見堪稱真正的輝煌呢？ 烜（xuǎn）赫：名聲或威望很盛。 窮約：窮困、拮据。 可謂：堪稱。 焜燿（kūn yào）：明照、輝煌。

⑱ 〔余為備陳所以〕二句：我為此詳細陳述其中的緣由，是為了堅定孟容的志向。 堅：堅固、加強。

魏源

《海國圖志》原序（節選）

魏源（1794–1857），名遠達，字默深，號良圖。他是晚清著名的思想家，是近代中國走向世界的先行者之一。他倡導學習西方先進科學技術，提出「師夷長技以制夷」。魏源的思想後來產生過深遠的歷史影響。

《海國圖志》在林則徐主持編譯的《四洲志》的基礎上擴展而成，是一部介紹西方國家科學技術和世界各國地理、歷史知識的綜合性圖書。這本書的出現拓寬了國人的視野，也開啓了近代中國放眼看世界的新風氣。

這篇序文是魏源於1843年為《海國圖志》五十卷本所作的序。這裏讀到的是節選本，刪去了原文最後一部分對全書章節的介紹。

為這樣一部重要的著作寫序，多少有些難以下手吧，作者自己也未必就拿得準。或者千頭萬緒，説來話長，反倒像是一部二十四史，不知從何説起了。但魏源卻毫不為難，直奔主題而去。從前人為書作序，往往採用問答體，魏源也是如此。他每一段都以一個問題開頭，每一段只回答那個問題：這部書以什麼

為依據？出自何處？與從前的海圖之書有什麼不同？當然，最關鍵的還是：這本書的目的是什麼？有什麼用處？只要這幾個問題都問到了點子上，讀者人人點頭，序文就成功了一半。為什麼只成功了一半呢？那是因為還有另一半：這些問題不能東一榔頭西一棒，而必須有內在的邏輯關係，能夠從一個問題引出下一個問題來。這篇序文思路清晰，筆法凌厲，如快刀斬亂麻，可以見出魏源行文做事的一貫風格，不信試看這幾句，「是書何以作？曰：為以夷攻夷而作，為以夷款夷而作，為師夷長技以制夷而作」，把一部大書的目的概括成了三句話，而且句句緊逼，絕不拖泥帶水，讀罷為之心折。回答了讀者最關心的這一系列問題，序的目的就達到了。這本書可以言歸正傳，正式開始了。

《海國圖志》六十卷何所據？一據前兩廣總督林尚書所譯西夷之《四洲志》①，再據歷代史志及明以來島志，及近日夷圖、夷語②。鉤稽貫串，創榛辟莽，前驅先路③。大都東南洋、西南洋增於原書者十之八，大小西洋、北洋、外大西洋增於原書者十之六④。又圖以經之，表以緯之⑤，博參群議以發揮之。

---

① 林尚書：即林則徐。

② 夷圖、夷語：外國人繪製的地圖和撰寫的著作。

③〔鉤稽貫串〕三句：通過查考後將這些資料貫連起來，這些都是前人沒有做過的事，就像鏟除雜樹野草，開闢道路一樣。 鉤稽：查證考核。 創榛辟莽：「創」和「辟」指開闢、剪除。「榛」和「莽」泛指叢生的荊棘和草莽。

④〔大都〕二句：基本上關於東南洋、西南洋的部分比原書增加了十分之八，大小西洋、北洋、外大西洋部分比原書增加了十分之六。東南洋：魏源在此指東南亞海域，包括朝鮮、日本海域和大洋洲海域。 西南洋：指包括阿拉伯海東部在內的南亞海域，以及西南亞東南面的阿拉伯西部等海域。 大西洋：指西歐諸國和西班牙、葡萄牙的西南海域，即大西洋連接這些國家的部分，以及北海的南部和西部。 小西洋：大西洋和印度洋連接非洲的部分。 北洋：指北冰洋及其南面各海的連接歐亞兩大洲的部分，部分波羅的海沿岸國家的海域，丹麥以西的北海東部及格陵蘭島周圍海域。 外大西洋：指大西洋連接南、北美洲的部分。

⑤〔又圖以經之〕二句：此外，以圖為經，以表為緯。

何以異於昔人海圖之書？曰：彼皆以中土人譚西洋⑥，此則以西洋人譚西洋也。

是書何以作？曰：為以夷攻夷而作，為以夷款夷而作，為師夷長技以制夷而作⑦。

《易》曰：「愛惡相攻而吉凶生，遠近相取而悔吝生⑧，情偽相感而利害生。」故同一禦敵，而知其形與不知其形，利害相百焉⑨；同一款敵，而知其情與不知其情，利

---

⑥ 中土：中國。 譚：通「談」。 西洋：這裏的西洋指大西洋沿岸的歐美各國。

⑦ 〔為以夷攻夷而作〕三句：為了借助外夷來攻克外夷而作，為了使用外夷的方式與外夷交接相處而作，為了通過學習外夷的長處來制服外夷而作。 款：此處指接待、相處，包括款議談判。

⑧ 〔愛惡相攻〕三句：出自《周易》的《繫辭》，大意是說，愛惡相互衝突產生吉凶，遠近相互爭奪產生悔恨，真假相互作用產生利害。 悔吝：悔恨。

⑨ 利害相百：利害之間相差百倍。

害相百焉。古之馭外夷者，諏以敵形，形同几席；諏以敵情，情同寢饋[10]。

然則執此書即可馭外夷乎？曰：唯唯，否否[11]！此兵機也，非兵本也[12]；有形之兵也，非無形之兵也。明臣有言[13]：「欲平海上之倭患[14]，先平人心之積患。」人心之積患如之何？非水，非火，非刃，非金，非沿海之奸民，非吸煙販煙之莠民[15]。故君子讀〈雲漢〉、〈車攻〉，先於〈常

[10]〔古之馭外夷者〕五句：古代能夠駕馭外敵的人，他們都能清晰準確地掌握敵人的情形，如同與他們熟悉到了同餐共寢的程度。 諏（zōu）：詢問、探取。 几席：飯桌和床席。 寢饋（qǐnkuì）：睡覺、吃飯。

[11] 唯唯，否否：應答之詞，不置可否。

[12]〔此兵機也〕二句：這是用兵的計策，而不是用兵的根本。

[13] 明臣：明代大臣。

[14] 倭患：指明代東南沿海經常出現的海盜侵擾之患。倭指日本。

[15] 莠（yǒu）民：刁民。

武〉、〈江漢〉，而知二《雅》詩人之所發憤[16]；玩卦爻內外消息，而知大《易》作者之所憂患[17]。憤與憂，天道所以傾否而之泰也，人心所以違寐而之覺也，人才所以革虛而之實也[18]。

昔準噶爾跳踉於康熙、雍正之兩朝，而電掃於乾隆之中葉。夷煙流毒，罪萬準夷[19]。吾皇仁勤，上符列祖。天時人事，倚伏相乘[20]。何患攘剔之無期，何患奮武之無

<hr />

[16] 〈雲漢〉、〈車攻〉：為《詩經》中讚美周王勤政愛民的詩篇。〈常武〉、〈江漢〉：為《詩經》中歌頌周王征伐外敵的詩篇。 二《雅》：指《大雅》和《小雅》，是《詩經》中的兩個部分。這幾句說君子讀《詩經》時，先讀稱頌周王勤政愛民的篇章，然後才讀周王攻伐外敵的篇章。這就如同明臣所說的那樣：「欲平海上之倭患，先平人心之積患。」

[17] 玩：玩味、體會。 卦爻：「爻」是《周易》中構成卦的符號，古人根據爻象的變化來預測吉凶。 《易》：即《周易》。

[18] 〔憤與憂〕四句：人們有了憤發與憂患，天道才因此擺脫否運而走向安泰，人心才因此脫離蒙昧而獲得醒覺，人才也因此拋棄空談而走向實務。 違：脫離。 寐：蒙昧。 革：革除。

[19] 〔昔準噶爾〕四句：過去準噶爾部在康熙、雍正兩朝時飛揚跋扈，但在乾隆朝中葉卻如閃電般被掃除。如今鴉片煙流傳的毒害，其罪惡超過了準噶爾一萬倍。 準噶爾：清代的蒙古四部之一，以伊犁為核心，往來遊牧於天山南北。 跳踉：猖狂，引申為叛亂。 夷煙：指鴉片煙。

[20] 倚伏相乘：「倚伏」指禍福相互依存，出自《老子》：「禍兮福之所倚，福兮禍之所伏。」「相乘」指禍福相互轉化。

會㉑？此凡有血氣者所宜慎悱，凡有耳目心知者所宜講畫也㉒。去偽、去飾、去畏難、去養癰、去營窟，則人心之寐患祛㉓，其一。以實事程實功，以實功程實事㉔，艾三年而蓄之，網臨淵而結之㉕，毋馮河，毋畫餅，則人材之虛患祛㉖，其二。寐患去而天日昌，虛患去而風雷行。《傳》曰：「孰荒於門，孰治於田？四海既均，越裳是臣㉗。」敘《海國圖志》。

㉑ 患：擔心。　攘剔：排斥、剔除。　奮武：振奮武事。　會：機會。

㉒ 宜：應該。　憤：激憤。　悱 (fěi)：積思求解。　講畫：議論、籌劃。

㉓〔去偽〕數句：去除偽裝和粉飾，去除畏難思想，拋棄姑息養奸的做法，拋棄只為個人謀算的念頭，人心的蒙昧之病就消除了。　養癰：「癰」即毒瘡，因為怕疼而不願割除，最終養癰成患，引申為姑息養奸的意思。　營窟：經營遁身之所。　祛：消除、治癒。

㉔〔以實事程實功〕二句：以實事為考核功績的標準，用功績來衡量實事。　程：衡量。

㉕〔艾三年而蓄之〕二句：艾草存放了三年之後，藥性更好；到了水邊才織網，也為時不晚。

㉖〔毋馮河〕三句：不要徒步過河，不要畫餅充飢，人才虛而不實的弊病就去除了。　馮 (píng) 河：徒步涉水渡河。

㉗〔《傳》曰〕四句：韓愈《琴曲歌辭‧越裳操》裏說：「誰使得門前荒蕪，誰在田地裏耕種？等到四海一統，遠在南荒的越裳國也臣服。」　越裳：古代傳說中的南海國，多指今越南、老撾和柬埔寨一帶。

梁啓超

少年中國說

梁啓超（1873–1929），字卓如，號任公，別號飲冰室
主人，近代改良運動代表人物之一。梁啓超也是近代文
學革命的倡導者，大力提倡「詩界革命」、「新文體」和「小
説界革命」，在思想界和文壇上起了促進革新的作用。

我們從前面的文選一路讀來，到了梁啓超這裏，
恐怕會感覺有些異樣吧？的確如此，一個新的時代已
經到來，古文也為之面目一新。讀梁啓超的文章，可
以強烈地感受到它的時代性。他作文如同面對觀眾
講演，慷慨陳詞，振聾發聵，下筆萬言而不自休。此
外，梁啓超很早就進入了報業，也經常在報刊上發表
文章。這些文章往往縱論時事，眼界宏大，旁徵博
引，並且大量使用比喻和排比句，帶來了激揚恢宏的
氣勢，因此又被稱作報刊政論體。梁啓超的文章就是
這個新時代的產物，是古文中的新文體。是的，新時
代也可以有古文，而古文也可以有新文體。

〈少年中國説〉寫於1900年。當時的中國內憂外
患，處境艱難，而梁啓超卻為中國想像了一個置之死
地而後生的未來。少年中國説至少有兩個源頭：一方

面來自十九世紀的歐洲，一方面來自中國的先賢。把一個民族的歷史比作人的一生，由少年、壯年而至老年——這是歐洲十九世紀浪漫主義者和民族主義者所常用的說法。馬志尼創「少年意大利」說，為同樣也是古老文明的中國帶來了希望。一個歷史悠久的老大民族如何自新，如何從古老的傳統中煥發出生命的活力，這正是梁啟超所面對的問題。在這篇文章中，梁啟超也提到了龔自珍的詩篇〈能令公少年行〉。這首詩寫詩人如何奮飛於想像之域，奇蹟般恢復了少年的元氣。而嚮往自由之境，並以絕大的勇力衝決一切對生命的束縛與壓制，這也正是他〈病梅館記〉的主題。

在這篇文章中，梁啟超反覆寫到清王朝如何日漸衰朽，從上至下，沉抑鬱悶而無所作為；悲涼之霧，遍被華林。官員們在年復一年的科舉考試、日復一日的八股文吟哦，以及沒完沒了的請安、作揖、磕頭、當差和各式各樣的官場逢迎周旋當中，消耗了生命和意志力。他們終日所思所想，無非就是謀求一官半職，然後不惜代價保住官位，同時卻尸位素餐，並且心安理得。梁啟超想像的少年中國與老大中國截然相反：那裏的一切都象徵著新生的、向上的力量，如朝陽、如乳虎、如春前之草、如長江之初發源。少年中國讓我們回到了開始的開始，去擁抱生的歡欣和面向未來的無限展望。

〈少年中國説〉在比喻與實指之間不斷滑動往還：「少年」既是未來中國的一個比喻，又象徵著一種精神狀態，與年齡未必有關，如作者引用的歐洲諺語所説：「有三歲之翁，有百歲之童。」不過，所謂少年也無妨從字面上來理解，指的就是生龍活虎、如日初升的少年人，而梁啓超正是將中國的希望寄託在了他們身上：「少年智則國智，少年富則國富，少年強則國強，少年獨立則國獨立，少年自由則國自由，少年進步則國進步，少年勝於歐洲則國勝於歐洲，少年雄於地球則國雄於地球。」

奮發吧，少年！誠如梁啓超所言：「今日之責任，不在他人，而全在我少年。」

日本人之稱我中國也，一則曰老大帝國，再則曰老大帝國。是語也，蓋襲譯歐西人之言也。嗚呼！我中國其果老大矣乎？梁啓超曰：惡[1]，是何言！是何言！吾心目中有一少年中國在。

欲言國之老少，請先言人之老少。老年人常思既往，少年人常思將來。惟思既往也，故生留戀心；惟思將來也，故生希望心。惟留戀也故保守；惟希望也故進取。惟保守也故永舊；惟進取也故日新。惟思既往也，事事皆其所已經者，故惟知照例；惟思將來也，事事皆其所未經者，故常敢破格。老年人常多憂慮，少年人常好行樂。惟多憂也，故灰心；惟行樂也，故盛氣。惟灰心也，故怯懦；惟盛氣也，故豪壯。惟怯懦也，故苟且；惟豪壯也，故冒險。惟苟且也，故能滅世界；惟冒險也，故能造世界。老年人常厭事，少年人常喜事。惟厭事也，故常覺一切事無可為者；惟好事也，故常覺一切事無不可為者。老年人如夕照，少年人如朝陽；老年人如瘠牛，少年人如乳虎；老年人如僧，少年人如俠；老年人如字典，少年人如戲文；老年人如鴉片煙，少年人如潑蘭地酒[2]；老年人如別行星之隕石，少年人如大洋海之珊瑚島；老年人如埃及沙漠之金字塔，少年人如西伯利亞之鐵路；老年人如秋後之柳，少年人如春前之草；老年人如死海之瀦為澤[3]，少年人如長江之初發源：此老年與少年性格不同之大略也。梁啓超曰：「人固有之，國亦宜然。」

梁啓超曰：傷哉，老大也！潯陽江頭琵琶婦，當明月繞船，楓葉瑟瑟，衾寒於鐵，似夢非夢之時，追想洛陽塵中春花秋月之佳趣④。西宮南內，白髮宮娥，一燈如穗，三五對坐，談開元天寶間遺事，譜《霓裳羽衣曲》⑤。青門種瓜人，左對孺人，顧弄孺子，憶侯門似海珠履雜遝之盛事⑥。拿破侖之流於厄蔑，阿剌飛之幽於錫蘭⑦，與三兩監守吏，或過訪之好事者，道當年短刀匹馬，馳騁中原，席

① 惡 (wū)：感嘆詞，表示驚訝和反感。

② 潑蘭地酒：即白蘭地，一種烈酒。

③ 潴 (zhū)：水停聚處。

④〔潯陽江頭琵琶婦〕數句：出自唐代白居易的〈琵琶行〉，寫潯陽江頭一位彈琵琶的歌女，「老大嫁作商人婦」的淒苦命運。

⑤〔西宮南內〕數句：暗用白居易的〈長恨歌〉的意境，其中有「西宮南內多秋草，落葉滿階紅不掃」句，寫宮女追憶安史之亂前的盛唐遺事。中唐時期此類詩歌很多，如元稹的〈行宮〉：「白頭宮女在，閒坐說玄宗。」《霓裳羽衣曲》：傳為楊貴妃所作。

⑥〔青門種瓜人〕四句：在長安東門外種瓜的召平，對著身邊的妻子，戲逗自己的孩子，回憶起當年門前車水馬龍、賓客雲集的熱鬧情景。青門種瓜人：即秦東陵侯召平，秦破，為布衣。家貧，種瓜於長安城東門（即青門）外。　侯門：指權豪勢要之家。　珠履：綴著珍珠的鞋子。　雜遝 (tà)：紛雜繁多貌。

⑦ 厄蔑：指位於地中海的厄爾巴島 (Elba)，1814年拿破侖一世戰敗後被流放至此。　阿剌飛：指艾哈邁德‧阿拉比 (Ahmed 'Urabi, 1841–1911)，埃及愛國將領。1882年率軍抵抗英國入侵，戰敗後被囚禁在錫蘭（今斯里蘭卡）。　流：流放。　幽：囚禁。

捲歐洲，血戰海棲，一聲叱咤，萬國震恐之豐功偉烈，初而拍案，繼而撫髀[8]，終而攬鏡。嗚呼！面皺齒盡，白髮盈把，頹然老矣！若是者捨幽鬱之外無心事，捨悲慘之外無天地，捨頹唐之外無日月，捨嘆息之外無音聲，捨待死之外無事業，美人豪傑且然，而況於尋常碌碌者耶？生平親友，皆在墟墓，起居飲食，待命於人，今日且過，遑知他日，今年且過，遑恤明年[9]，普天下灰心短氣之事，未有甚於老大者。於此人也，而欲望以拏雲之手段，回天之事功，挾山超海之意氣，能乎不能？

嗚呼！我中國其果老大矣乎？立乎今日以指疇昔，唐虞三代，若何之郅治[10]；秦皇漢武，若何之雄傑，漢唐來之文學，若何之隆盛；康乾間之武功，若何之烜赫。歷史家所鋪敘，詞章家所謳歌，何一非我國民少年時代良辰美景賞心樂事之陳跡哉！而今頹然老矣！昨日割五城，明日割十城，處處雀鼠盡，夜夜雞犬驚，十八省之土地財產，已為人懷中之肉，四百兆之父兄子弟，已為人注籍之奴，豈所謂「老大嫁作商人婦」者耶？嗚呼！憑君莫話當年事，憔悴韶光不忍看！楚囚相對，岌岌顧影，人命危淺，朝不慮夕[11]。國為待死之國，一國之民為待死之民，萬事付之奈何，一切憑人作弄，亦何足怪！

梁啓超曰：我中國其果老大矣乎？是今日全地球之一大問題也。如其老大也，則是中國為過去之國，即地球上昔本有此國，而今漸漸滅，他日之命運殆將盡也。如

其非老大也，則是中國為未來之國，即地球上昔未現此國，而今漸發達，他日之前程且方長也。欲斷今日之中國為老大耶？為少年耶？則不可不先明國字之意義。夫國也者何物也？有土地，有人民，以居於其土地之人民而治其所居之土地之事；自制法律而自守之，有主權，有服從，人人皆主權者，人人皆服從者。夫如是，斯謂之完全成立之國。地球上之有完全成立之國也，自百年以來

---

⑧ 撫髀(bì)：用手拍大腿，表示感嘆。

⑨ 遑知：怎知？ 遑恤：哪裏顧得上？

⑩ 疇昔：往昔。 若何：何等。 郅治：大治。

⑪〔憑君莫話當年事〕六句：請君莫說當年事，韶華已逝，衰老憔悴，不忍目睹！就像是束手待斃的楚囚，彼此相對，在危急之中，顧影自憐。性命危在旦夕，難以預測。 楚囚：原指春秋時期被囚禁在晉國的楚人鍾儀，後泛指處於困境的囚徒。

也。完全成立者，壯年之事也；未能完全成立而漸進於完全成立者，少年之事也。故吾得一言以斷之曰：歐洲列邦在今日為壯年國，而我中國在今日為少年國。

夫古昔之中國者，雖有國之名，而未成國之形也。或為家族之國，或為酋長之國，或為諸侯封建之國，或為一王專制之國，雖種類不一，要之，其於國家之體質也，有其一部而缺其一部。正如嬰兒自胚胎以迄成童，其身體之一二官支[12]，先行長成，此外則全體雖粗具，然未能得其用也。故唐虞以前為胚胎時代，殷周之際為乳哺時代，由孔子而來至於今為童子時代，逐漸發達，而今乃始將入成童以上少年之界焉。其長成所以若是之遲者，則歷代之民賊有窒其生機者也[13]。譬猶童年多病，轉類老態，或且疑其死期之將至焉，而不知皆由未完全未成立也。非過去之謂，而未來之謂也。

且我中國疇昔豈嘗有國家哉！不過有朝廷耳。我黃帝子孫，聚族而居，立於此地球之上者既數千年，而問其國之為何名，則無有也。夫所謂唐、虞、夏、商、周、秦、漢、魏、晉、宋、齊、梁、陳、隋、唐、宋、元、明、清者，則皆朝名耳。朝也者，一家之私產也[14]；國也者，人民之公產也。朝有朝之老少，國有國之老少，朝與國既異物，則不能以朝之老少而指為國之老少明矣。文、武、成、康，周朝之少年時代也。幽、厲、桓、赧，則其老年時代也。高、文、景、武，漢朝之少年時

代也。元、平、桓、靈,則其老年時代也。自餘歷朝,
莫不有之,凡此者,謂為一朝廷之老也則可,謂為一國之
老也則不可。一朝廷之老且死,猶一人之老且死也,於
吾所謂中國者何與焉⑮。然則,吾中國者,前此尚未出現
於世界,而今乃始萌芽云爾。天地大矣,前途遼矣,美
哉我少年中國乎!

　　瑪志尼者⑯,意大利三傑之魁也。以國事被罪,逃竄

---

⑫ 官支:器官、肢體。
⑬ 民賊:殘害人民的人。　窒:窒息。
⑭〔朝也者〕二句:王朝是皇帝一家的私產。
⑮ 何與:有什麼關係呢?
⑯ 瑪志尼:即朱塞佩·馬志尼(Giuseppe Mazzini,1805–1872),意大
　利民族解放運動的領袖,他在1831年創立「青年意大利」革命團體,
　組織武裝暴動,爭取國家統一,多次流亡海外,屢敗屢戰,為意大
　利的民族獨立做出了巨大貢獻。

異邦，乃創立一會，名曰「少年意大利」。舉國志士，雲湧霧集以應之，卒乃光復舊物，使意大利為歐洲之一雄邦。夫意大利者，歐洲第一之老大國也，自羅馬亡後，土地隸於教皇，政權歸於奧國，殆所謂老而瀕於死者矣，而得一瑪志尼，且能舉全國而少年之，況我中國之實為少年時代者耶？堂堂四百餘州之國土，凜凜四百餘兆之國民，豈遂無一瑪志尼其人者？

龔自珍氏之集有詩一章，題曰〈能令公少年行〉，吾嘗愛讀之，而有味乎其用意之所存。我國民而自謂其國之老大也，斯果老大矣；我國民而自知其國之少年也，斯乃少年矣。西諺有之曰：「有三歲之翁，有百歲之童。」然則國之老少，又無定形，而實隨國民之心力以為消長者也。吾見乎瑪志尼之能令國少年也，吾又見乎我國之官吏士民能令國老大也，吾為此懼！夫以如此壯麗濃郁翩翩絕世之少年中國，而使歐西、日本人謂我為老大者，何也？則以握國權者皆老朽之人也。非哦幾十年八股，非寫幾十年白摺，非當幾十年差，非捱幾十年俸，非遞幾十年手本，非唱幾十年諾，非磕幾十年頭，非請幾十年安，則必不能得一官，進一職[17]。其內任卿貳以上[18]，外任監司以上者，百人之中，其五官不備者，殆九十六七人也，非眼盲，則耳聾，非手顫，則足跛，否則半身不遂也。彼其一身飲食步履視聽言語，尚且不能自了，須三四人在左右扶之捉之，乃能度日，於此而乃欲責之以國事，是何

異立無數木偶而使之治天下也。且彼輩者，自其少壯之時，既已不知亞細、歐羅為何處地方，漢祖、唐宗是那朝皇帝；猶嫌其頑鈍腐敗之未臻其極，又必搓磨之，陶冶之，待其腦髓已涸，血管已塞，氣息奄奄，與鬼為鄰之時，然後將我二萬里山河，四萬萬人命，一舉而畀於其手[19]。嗚呼！老大帝國，誠哉其老大也。而彼輩者，積其數十年之八股、白摺、當差、捱俸、手本、唱諾、磕頭、

⑰〔非哦幾十年八股〕數句：除非吟誦幾十年八股文，寫幾十年的奏摺，當幾十年差，熬幾十年俸給，遞幾十年名帖，唱幾十年的喏（原文如此，現代漢語用喏），磕幾十年頭，請幾十年安，否則必定不能得一官，升一職。 哦：吟誦。 白摺（zhé）：臣下的進本。 捱：拖延、混日子。 手本：明清時期拜見上司、貴人所用的名帖。

⑱ 卿貳：次於卿相的朝中高官，即二品、三品的京官。

⑲ 畀於其手：斷送在他手上。 畀（bì）：交付、斷送。

請安，千辛萬苦，千苦萬辛，乃始得此紅頂花翎之服色，中堂大人之名號，乃出其全副精神，竭其畢生力量，以保持之。如彼乞兒，拾金一錠，雖轟雷盤旋其頂上，而兩手猶緊抱其荷包，他事非所顧也，非所知也，非所聞也。於此而告之以亡國也，瓜分也，彼烏從而聽之，烏從而信之[20]。即使果亡矣，果分矣，而吾今年既七十矣八十矣，但求其一兩年內，洋人不來，強盜不起，我已快活過了一世矣。若不得已，則割三頭兩省之土地，奉申賀敬，以換我幾個衙門；賣三幾百萬之人民作僕為奴，以贖我一條老命，有何不可，有何難辦。嗚呼！今之所謂老后、老臣、老將、老吏者，其修身、齊家、治國、平天下之手段，皆具於是矣。西風一夜催人老，凋盡朱顏白盡頭。使走無常當醫生，攜催命符以祝壽，嗟乎痛哉！以此為國，是安得不老且死，且吾恐其未及歲而殤也[21]。

梁啓超曰：造成今日之老大中國者，則中國老朽之冤業也；制出將來之少年中國者，則中國少年之責任也。彼老朽者何足道，彼與此世界作別之日不遠矣，而我少年乃新來而與世界為緣。如僦屋者然[22]，彼明日將遷居他方，而我今日始入此室處。將遷居者，不愛護其窗櫳，不潔治其庭廡，俗人恆情，亦何足怪[23]？若我少年者，前程浩浩，後顧茫茫。中國而為牛、為馬、為奴、為隸，則烹臠鞭棰之慘酷，惟我少年當之[24]。中國如稱霸宇內，主盟地球，則指揮顧盼之尊榮，惟我少年享之。於彼氣息奄奄與鬼為鄰者何與焉？彼而漠然置之，猶可言也；我

而漠然置之，不可言也。使舉國之少年而果為少年也，則吾中國為未來之國，其進步未可量也；使舉國之少年而亦為老大也，則吾中國為過去之國，其漸亡可翹足而待也。故今日之責任，不在他人，而全在我少年。少年智則國智，少年富則國富，少年強則國強，少年獨立則國獨立，少年自由則國自由，少年進步則國進步，少年勝於歐洲則國勝於歐洲，少年雄於地球則國雄於地球。紅日初

⑳ 烏從：從哪裏？怎麼可能？
㉑〔使走無常當醫生〕六句：讓替閻王勾魂的人作醫生，帶著催命符來祝壽，真是令人悲痛啊！用這樣的方式治理國家，國家又怎麼能不衰老死亡，何況我還擔心它沒有成年就夭折了？　走無常：據迷信的說法，閻王派遣活人作鬼差，去勾攝將死者的魂魄。承應鬼差的人，又稱走無常。
㉒ 僦（jiù）：租賃。
㉓〔俗人恆情〕二句：世俗之人的常情就是如此，又有什麼可奇怪的呢？
㉔〔中國而為牛、為馬〕三句：中國如果成為牛馬奴隸，那麼像烹燒、宰割、鞭打、棰楚這樣的慘酷遭遇，就只有我們的少年去承受了。

升，其道大光；河出伏流，一瀉汪洋。潛龍騰淵，鱗爪飛揚；乳虎嘯谷，百獸震惶。鷹隼試翼，風塵吸張；奇花初胎，喬喬皇皇。干將發硎，有作其芒㉕。天戴其蒼，地履其黃。縱有千古，橫有八荒㉖。前途似海，來日方長。美哉我少年中國，與天不老！壯哉我中國少年，與國無疆！

「三十功名塵與土，八千里路雲和月。莫等閒白了少年頭，空悲切。」此岳武穆〈滿江紅〉詞句也。作者自六歲時即口受記憶，至今喜誦之不衰。自今以往，棄「哀時客」之名，更自名曰「少年中國之少年」。

㉕〔干將發硎，有作其芒〕：名為干將的寶劍在磨刀石上發刃，於是鋒芒閃耀。 硎（xíng）：磨刀石。 有作：「有」為助詞，無義；作：始、發。

㉖〔天戴其蒼〕四句：頭頂著蒼天，腳踏著黃土地。我們的歷史追溯千古，我們的疆土佔據八荒。

後記

《給孩子的古文》是活字文化和香港中文大學出版社「給孩子」系列中的一本，目的是為青少年讀者提供一本好的古文讀本。在「給孩子」的系列中，這是第一種包含了詳細註釋和導讀的文學讀本。就編撰者而言，選定篇目只是一個開始。從開始到成書，前後花費的時間，遠遠超出了最初的設想。

活字版（簡體字版）《給孩子的古文》於 2019 年 5 月出版，這一次趁著改版的機會，我對本書的文字部分做了一些補充和修訂。增補了《論語》、《列子》、《莊子》和《世說新語》中的幾個片段，並且修改、擴充了全書的註釋，對部分導讀也做了加寫和改寫。在此基礎上，推出了香港中文大學出版社的繁體字版。

在編撰和修訂的過程中，我得到了許多師長和朋友的支持、鼓勵和協助，在此一併致謝。首先要感謝活字文化的董秀玉和李學軍，她們考慮得非常周到，從各個方面為我提供了支持與配合。在起步階段，馬維潔編輯協助我做了籌備工作，為全書打下一個基礎。此後薛倩接手，負責本書的文字修訂工作。最後由閆晟哲接任責編，主持完成了修訂版的增補、修改。何浩為香港中文大學出版社的繁體字版設計了精美雅緻的封面。此外，本書的題花設計選

自徐冰《芥子園山水卷》，特此致謝。最讓我高興的是，李二民去年年初加盟活字文化。他不辭辛勞，反覆核對，嚴格把關，及時推進了本書的修改與完成。

在這個讀本的選目階段，袁行霈先生提供了許多寶貴的建議。林鶴、郭院林審閱了本書的導讀和註釋部分，楊中薇、張一帆協助我補充了清代文選的註釋，白謙慎、薛龍春回答了我有關書畫的問題。作為「給孩子」叢書系列的發起者和主持者，北島多方敦促，令我無法懈怠和拖延。李陀對這本書的關注，貫穿了從編撰到出版的全過程，絲毫不亞於他與北島合編的《給孩子的散文》。在過去的幾年當中，還有不少朋友和不相識的讀者，以各種不同的方式提供了反饋和建議，我都酌情採納並做了相應的修改。井玉貴特意寄來長信，逐條說明，尤其令我感動。他們的關心與期待，不斷地提醒我，這本書有著特殊的意義，只能編好不能編壞。在《給孩子的古文》的修訂版出版之際，我願借此機會對他們表示最誠摯的謝意！

在此，我還要感謝哥倫比亞大學東亞語言與文化系中國文學與文化中心，尤其是感謝黃、林基金的贊助者黃驊和林鶴。他們一如既往，給予了我無條件的支持。

最後，我要感謝我的妻子彭昕為我所做的一切，她在這本書上投注了巨大的熱情。我們的女兒明明和青青正在讀中學，這本書也是為她們編的，是送給她們的禮物。

2019 年 11 月 28 日